灯下黑 4

羊行屮　著

SPM南方出版传媒　广东人民出版社

·广　州·

图书在版编目（CIP）数据

灯下黑 4 / 羊行中著 . — 广州 : 广东人民出版社 , 2019.6
ISBN 978-7-218-13489-5

Ⅰ . ①灯… Ⅱ . ①羊… Ⅲ . ①长篇小说—中国—当代
Ⅳ . ① I247.5

中国版本图书馆 CIP 数据核字 (2019) 第 060951 号

DENGXIA HEI SI
灯下黑 4　　羊行中　著

出 版 人： 肖风华

策划编辑： 后　超
责任编辑： 钱飞遥
责任技编： 周　杰

出版发行： 广东人民出版社
地　　址： 广州市大沙头四马路 10 号（邮政编码：510102）
电　　话：（020）83798714（总编室）
传　　真：（020）83780199
网　　址： http://www.gdpph.com.
印　　刷： 三河市金泰源印务有限公司
开　　本： 690 毫米 ×980 毫米　1/16
印　　张： 16　　**字　　数：** 206 千
版　　次： 2019 年 6 月第 1 版　2019 年 6 月第 1 次印刷
定　　价： 38.00 元

如发现印装质量问题，影响阅读，请与出版社（020-83795749）联系调换。
售书热线：（020）83790604　　83791487　邮　购：（020）83781421

目　录

前言

如果，相逢只是千百年等待的一次邂逅；那么，人生的离别却是轮回时宿命的再次回眸。

2016年12月，《灯下黑》第三部出版，至今两年多了。时间过得很快。

这一年，朋友们，你们经历过什么？毕业、结婚、生子抑或是失恋、漂泊、死亡……许许多多刻骨铭心的悲欢离合，人生百态，架构起每个人不同的世界。

我们的世界会有交集吗？搭乘飞机、高铁、大巴、地铁时，我经常会想，坐在对面专心读书的人，或许就是我的读者朋友。

这种感觉很奇妙，陌生或熟悉的城市，和你擦肩而过的他（她），彼此并不相识，却有可能是同一本书的读者。

那么，纵然今生只是陌路，却是最熟悉的陌生人。

每每念及此，我就会想起他。我们彼此的人生，始终错综复杂地联系着。虽然，我已经很久没有他的消息了……

我，南晓楼；他，月无华。我们的经历，不会成为传说，但是足够精彩，记录成一段段文字，就当做曾经青春的纪念吧。

很多朋友问我：“羊叔，第四部什么时候出版？”

我不知道该怎么回答。作为那段诡异经历的记录者，还没有发生的，我怎么写呢？

喂，我虽然是过气写手，可是节操还是有的嘛！

月无华，不知道你如今身处何方？是否真的在完成终极任务时做了那个决定？

此生，能否，再次相遇？

一如彼此初识——很多年前，寝室，正午阳光温煦惬意，钻进门缝在地面贴了一缕斜斜的光亮。

“吱呀”，门开了。瘦削却不单薄的身材，复古匡威板鞋，旧得很有质感的破洞牛仔裤，白色衬衣整洁得找不出一丝褶皱，碎碎的斜发垂在额头，遮了略略细长的眼睛，微尖下巴衬着笑起来上扬的嘴角——真是一个天真略带邪气的精致男人。

背包往墙角一丢，纤长的手指摸了摸挺直的鼻子，他扬扬眉毛：“你就是南晓楼？我，月无华。以后，我们的生命就有了交集，余生还要彼此多多指教啊。”

我一脸懵逼：你谁啊？有这么自来熟的吗？脑子进水了？大学门槛这么低了？这智商都能考上？白长了一副好皮囊。

这是我和月无华初识，至今历历在目。

但愿，他能看到这本记录着我们经历的书。

也许，飞机、高铁、大巴、地铁，坐在你对面的瘦瘦高高，喜欢摸鼻子扬眉毛的帅气男子，就是月无华。

书有结局的瞬间，人有重逢的时候吗？

《灯下黑》第四部，大结局，开始了。

第一章 千年之恋

引子

君生我未生，我生君已老；君恨我生迟，我恨君生早。

君生我未生，我生君已老；恨不生同时，日日与君好。

我生君未生，君生我已老；我离君天涯，君隔我海角。

我生君未生，君生我已老；化蝶去寻花，夜夜栖芳草。

“三郎，妾身再也不能为你舞那曲《霓裳羽衣》了。”

马嵬坡，深夜寒风拍打破旧窗棂，窗轴“咿呀”涩响，烛火忽明忽暗，空荡荡的老房卷起一股肉眼可见的旋风，裹着尘土直冲屋顶，绕着屋梁盘旋片刻，乱蓬蓬地落下。

全身缟素，容貌艳丽的微胖女子，嘴角弯着一丝苦笑，纤纤玉指握着檀木香梳，缓慢梳理着乌黑的长发，眼神迷离地盯着悬挂在屋梁的白绫。

夜风吹入，白绫晃悠悠，宛如黑白无常手中的夺命索。女子长叹一声，木梳顺着长发滑落于地。

“三郎，我知你疼我、怜我、爱我，他们说我是‘乱国祸水’，”女子从怀中摸出一柄黄金剪刀，剪下一缕秀发，直勾勾地盯着白绫，美目蕴泪，“难道，自古红颜，真真薄命？”

屋外，野山，衣着华丽的老人，宛如一根即将燃熄的蜡烛，随着狂风摇晃着身体。一道闪电映亮了皱纹纵横的老脸，干裂的嘴唇微微颤动，混浊的双目远望映在窗棂的佳人倩影，长叹一声，两行老泪滚落：“开元盛世，人人歌功颂德；安史之乱，祸国荒淫罪君。如今，朕保得住江山，保得住万千子民，却保不住……”

“皇上，江山社稷为重。一个女子，死就死吧。她不死，军心不稳，民心不平。”老人身旁的肥胖官员，双目间寒意迸现。

“江山……江山……”老人胡须抖个不停，喃喃自语，忽地身形一晃，仰天长笑，“朕乃喜词爱曲浪荡人，阴差阳错当了一国之君。本以为能和玉环成神仙眷属，琴瑟和鸣，百年终老，却为安抚天下人心，赐死心爱之人。谁，知我痛？”

“轰隆”，极远处，几道闪电撕裂铅云密布的天际，红光闪烁，宛如开膛破肚迸射的鲜血，雷声挟着狂风，骤雨倾盆。

女子似乎听到了老人的呼喊，凄然一笑，手中长发扬起，丝丝落下：“三郎，身体发肤，受之父母。这是第二次为你剪了头发，也是最后一次了。”

“愿来生，三郎歌、妾身舞，再续《霓裳羽衣》。”女子踏上板凳，双手挽住白绫，不舍地环视这间破烂的小屋。

白绫勒进脖颈，羊脂般细腻温润的皮肤现出一道红紫的勒痕。勉力抬头望着窗棂，目光似乎穿透了时间空间的界限，看到了悲怆的老人：“你我今生绝代风华。来生若能再相逢，妾身还是最懂三郎的玉环。”女子挣扎片刻，双手僵直垂落。

暴雨，隔断视线、声音，隔不断老人眼中的那扇窗棂。昏黄的烛光闪动，映着他一生最爱的那个人悬在空中的身体。

许是狂风冲进屋里，垂挂的身体微微摆动，如同飞天仙女，舞着那曲《霓裳羽衣》。

身形婀娜，舞姿秀美，容颜娇艳，衣裙漫飞……

倏地，烛火暴涨，化成诡异的幽绿色，“噗噗”闪动，灭了。

老人的生命之火仿佛即将熄灭，本是灰蒙蒙的头发刹那如雪。他抬头望天，喉结颤动，想要呼喊却没有任何声音，任由雨水灌入嘴中。

她走了，心已经随他留下；他活着，心已经随她走了。

极远处的山峰，两个老人不知道站了多久，湿透的衣服被风吹得猎猎作响。

圆脸老人从怀中摸出瓶子，仰脖灌了一口：“自古美人如名将，不许人间见白头。”

“这词儿用在这里不恰当，”黄衫老人摸了摸鼻子，“‘在天愿作比翼鸟，在地愿为连理枝。天长地久有时尽，此恨绵绵无绝期。’是不是更恰当？”

“又不是你写的，跑这儿拽哪门子文采。”圆脸老人没有心思争论，“这个诅咒，真不能破解？”

“如果能破解，你和酒……”黄衫老人话说了一半再没说下去，扬扬眉毛，“很多事，不能改变。”

“我懂。”圆脸老人接了一捧雨水，从指缝慢慢流落，“为什么是文族？为什么是你？”

“英雄美人，绝代风华。”黄衫老人答非所问，意兴阑珊地伸了个懒腰，“人生很多时候都在蹉跎，只有一瞬间用来成长。”

圆脸老人眼眶红了，哽咽着：“可是，咱们经历的这种瞬间实在太多了。”

“走吧，趁着药力没散，抓紧时间。”黄衫老人摸出几枚桃木钉别在腰间。

“谢谢你。”圆脸老人背起行囊，眼角微微抽搐，瞳孔里映着女子自缢的荒屋。

“你都谢了我大半辈子，不差这一次。”黄衫老人扬扬眉毛。

一

我弹身跃起，捂着脖子“咿呀咿呀”连蹦带跳，活脱脱京剧里的丑角。

月饼半躺在沙发玩着最近很火爆的一款手游，“猥琐发育，别浪”“请求集合”“全体进攻中路”的游戏配音不绝于耳。

“南少侠，虽说‘白发石林’那件事让您老人家瞎猫撞上死耗子解决了，也不至于睡个觉还在唱京剧吧？真把自己当角儿了？”月饼头也没抬，两根拇指在手机屏幕滑动，如蝴蝶穿花。

噩梦历历在目，那条白绫好像就缠在我脖子里，喉结都生生勒断了。我咽口唾沫，喉咙火辣辣地疼：“月饼，我做了个梦。”

“五杀！”月饼挺直身子，手机举过头顶，“翻盘！哈哈哈哈……”

我一时气结，如此高冷的月饼居然也有这么不矜持的时候。

月饼喜滋滋地保存了游戏视频发到朋友圈：“你做了个‘霸王别姬’的梦吧？吱哇乱叫吓我一跳。”

“唐明皇，杨贵妃，马嵬坡。”我说不出的疲惫，胸闷得像被砸了一锤子，喘口气都费劲。

“年轻人，照说你这个年纪，做个华清池‘贵妃出浴’的梦倒还能理解，”月饼似笑非笑地眯着眼，“‘贵妃上吊’就不必了吧。”

我懒得搭理他，回忆着梦中细节，越想越心塞，那两个老人到底是谁？做个梦都不让人消停，哪儿都是他们俩的影子。

“话说当皇帝的感觉怎么样？”月饼见我面色不对，随口找了个话题。不用说，他自然以为我在梦里是唐明皇。

说到这个，我苦着脸回道：“我……我梦见自己是杨贵妃。”

月饼闻言一怔，起身走我跟前，翻开我的眼皮端详片刻，沉着脸一言不发。

我被他的怪异举动弄得心里发毛：“月饼，我别不是中了什么术吧？那个梦，太真实。”

“唔……”月饼似乎下定决心要告诉我真相，一本正经摸着鼻子，沉吟片刻，“你该找个女朋友了。梦见自己是女人，这个倾向很危险啊！”

我一下子没反应过来，月饼忍俊不禁，指着我："南少侠，下个梦该是葵花宝典，东方不败了吧？"

"丧尽天良！"我从牙齿里迸出这个词，也忍不住笑了。

月饼坐回驾驶室，拨通车载电话："奉先，酒吧处理得怎么样了？"

"月爷，您放心，绝对不会再出现卖假酒被砸店、查封的事儿，丢人丢到姑姥姥家了。"奉先气急败坏的声音在车厢里"嗡嗡"作响，"燕子也知道错了，何况她还琢磨出那串数字是冰城的坐标。您大人大量，多担待。"

这事儿说来话长了。我和月饼回到古城图书馆，满地烂桌椅，着实吃了一惊。等了大半个下午，奉先揣着几张罚款单悻悻而归，方才得知缘由……

燕子这个贪财娘们儿，贪图小便宜，进了批假酒，让酒客当场揭穿，后面的事情懒得说，反正做生意还是本本分分、讲究个诚信最好。

我和月饼白白紧张半天，事已至此，也不好说什么。何况藏着终极秘密的图书馆安然无恙，遂也罢了。

接下来发生的事情倒是让我们大跌眼镜。正所谓"骑白马的不一定是王子，有可能是唐僧"，一家人对着"12542，13010，4404，4640"这串数字大眼瞪小眼，琢磨不出个所以然，偏偏从厨房端出几盘好菜、喷香臊子面，负荆请罪的燕子随便瞥了一眼："这不是冰城的坐标吗？"

我顿时对燕子刮目相看，敢情"高手在民间"这句话不是没有道理，哪曾想没念过几年书的燕子居然是个地理学霸！

月饼用手机百度，果然是冰城的东经、北纬坐标，不由把"燕子进假酒"这事儿抛到脑后："燕子，很了不起啊。"

燕子俏脸一红，从兜里摸出手机递给月饼："我哪懂这些。有个微商，杭州做化妆品生意，个性签名就是这组数字。我随口问了句，说是冰城的东经、北纬坐标，表示对家乡的怀念。"

"装文艺装得这么低端也是没谁了。做化妆品有点钱就不知道自己姓什么了。"我特见不得有钱就装文化人的假情怀。

忽然，我想到了拆散酒娘和杨艾的熊老板，也是在杭州做生意。"白发石林"事件里抢了祥博女人（和酒娘长得一模一样的东北女人）的东北土豪老板，好像也是在杭州做这个行业。

怎么会这么巧合？这一切会不会有什么联系？

月饼点开微信看了几眼递给我。

我接过来一看，头皮像是通了电流一般，“簌簌”发麻。这个卖化妆品的东北微商的头像是本人照片，正是我在石林遇到的王八蛋土豪老板。

他，也姓熊！

我点开他的朋友圈，最后一条是在冰城的中央大街，配了几句网上摘抄的文艺句子，怎么看都透着一股土气。

算算时间，正是我完成石林任务后的第三天。

月饼拿回手机，把熊老板的微信用名片方式发到自己微信，添加好友。

片刻，对方居然通过了，还留了一句话：“异徒行者，来吧，该结束了。”

经历了这么多事情，我已经不会为这种看似玄机的巧合大惊小怪了。这还用想吗？这个姓熊的微商就这么巧有燕子的微信，说他没有预谋，鬼都不信。

正如月饼所说：“饿了，吃饭；困了，睡觉；有事，解决。想破脑子不如立刻做事。”

很简单的几句话，却讲了很不简单的道理。

我们扒拉几口饭，酒都没有喝，上车直奔冰城。临行前，月饼详细询问燕子和熊老板的相识经过，燕子说这个熊老板是前年主动加的她。女人嘛，对化妆品没什么抵抗力，也没多问熊老板如何得来的微信（再说这年头，微信号、QQ号、手机号根本就不是私人专属，五花八门的公司也不知道从哪儿就能搞到），就留在好友里面了。

熊老板添加燕子微信的时间，正好是我和月饼刚接受“异徒行者”的时候。

如今再明了不过，他也没有躲着我们的意思，到了冰城，待小爷我抽他几个嘴巴子，再问问来龙去脉也不耽误。

至于我们为什么还有闲心玩“手游”睡大觉，再多说几句。

一周前。

“月饼，燕子眼不带桃花，腮没有红晕，眼角、鼻头、嘴角没有痣，照说不应该是水性杨花的面相，不会和熊老板有点儿啥事吧？”我抽着烟有些郁闷，随手开了车窗透透气。

夜色漆黑，冷冽的朔风灌入，我狠狠打了几个哆嗦。

“你这是被熊老板整出心理阴影了，”月饼困得眼里满是血丝，灌了口红牛，“这几件事情都和熊老板有关，你怎么看？”

我心说这个王八蛋熊老板估计吃了千年春药，从唐朝搞破鞋搞到21世纪，恨得牙根痒痒：“有什么好看的！到了冰城找到丫，顺手把他做了，到时候月饼你别拦着小爷开杀戒。”

月饼轰了脚油门：“酒娘、石林女人、燕子。呵呵……我倒觉得，如果没有熊老板，这几个线索就断了。他好像是特地为了让咱们完成任务，不得不这么做。”

“你要说熊老板对‘异徒行者’任务有想法，我多少还信，”我把烟头弹出窗户，滚圆的红点在反光镜里一闪而逝，“丫这操行还有这高尚品质？”

“咱们认识多少年了？”月饼打了个哈欠，“到休息站换你开，我困了。”

“七年了。”

“嗯。”月饼扬了扬眉毛，“这七年，我曾经为了达到目的，也做过别人无法接受的事情，可是你从来不觉得我是坏人。”

“你本来就不是坏人。”

“但是我做的事情在别人看来就是坏人，只有你不这么认为。”

我明白月饼的意思了！

我之所以不愿接受月饼提出的“熊老板协助我们完成任务”这个观点，完全是因为我对他没有任何好感。如果我是他多年老友，了解他这么做的苦衷，是否还会是这样的想法？可是，熊老板对石林女子、酒娘做的事，我实在接受不了。

“南瓜，我很羡慕你从来没有做过违背原则的事情。”月饼下巴抬起，面孔棱角分明，细碎长发随着车载空调的暖风在额头微微颤动。

"我这个人没有什么原则。"我不想多讨论这个问题，打了个哈哈，拿起手机浏览新闻。

"天快亮了，"月饼放慢车速，凝望远方，"有黑暗的地方就有光明；光明永远无法照穿阴影。人们对光明的信仰靠什么支撑？"

"月饼，你说真的有这种事吗？"我心想再接话月饼又该想起过去那些不痛快的事了，这又何必？假装没听见，读着"网易新闻"的帖子："墨西哥男子进行心脏移植手术，一年后出现极度暴力行为。据悉，心脏捐赠者生前是变态杀人狂……"

"医学界有种解释，这种现象叫做'细胞记忆'。指的是心脏窦房区域有几束细胞会记忆个体的情绪活动规律加以拷贝，和大脑情绪管理中心形成一种基于心脏自身实际状况下的相互协作、制约关系。据说最早的心脏移植手术由三国时期的神医华佗完成，"月饼一本正经地科普，忽然摸了摸鼻子，"南晓楼，谢谢你。总是能让我很快忘记那些不愉快的事情。"

"自家兄弟，不用客气。"我揉着酸麻的小腿，"过会儿我开，你好好休息，到了冰城还要靠月公公斩妖除魔啊。"

高速公路延伸至地平线的极远方，逐渐没入黑暗。一缕裹着红色的暗青光芒从黑暗中绽放，迸射而出的光线被雾气笼罩得扭曲模糊。血红色太阳挣脱着地平线束缚，颤巍巍升起。

"天亮了，"月饼懒懒靠着座椅，"好久没看见这么美的日出了。"

我拿起手机准备好好拍几张照片发朋友圈。突然间，远处一片铅灰色的雾气，漫天漫地四处扩散，太阳还没来得及绽放，立马被雾气吞噬，天地间阴云惨雾迷漫，宛如地狱。

"月饼，别不是又走进哪条'凶路'了吧？"我想起沪渝高速的那段凶路，心里"咯噔"一声。

月饼打开双闪，放慢车速，眯眼观察片刻："糟了，雾霾！"

二

古城到冰城，横跨半个中国，又因为雾霾限行、封路，这一路走得是狼狈不堪，更何况从杏花村回到古城就没好好休息，我们本着“菜在锅里不差这一会儿”的原则，找了个服务区养精蓄锐，歇了两三天再出发。

说也奇怪，进了东北，就像是葫芦兄弟的七娃拿着紫葫芦收了不良空气，天蓝云白，空气虽然冷冽却很清新，哪里有半分雾霾的影子？

“月饼，东北不是中国重工业集中地吗？照理说雾霾应该更大才是。”

“那是好久以前的事情了，”月饼懒洋洋地看景儿，“现在的东北，很多重工业都停了。”

天气好，心情也好，车自然开得飞快。沿途城市，远看也是高楼林立，却透着一股空城的萧索。想想这几年东北经济发展不景气，全国各地都能见到东北人，倒也不觉得奇怪。

一路无话，熊老板的微信也没什么动静，很有些猎人等猎物入圈套的架势。如此又过了三天，才到达冰城。

我们驱车进城，恰逢大雪方歇。这座被白雪覆盖的城市，随处可见俄罗斯老建筑，别有一番异国风韵。

更妙的是，男女老少虽说穿得严严实实，衣着打扮却洋气得很。尤其是许多年轻丫头，容貌颇有几分姿色，穿着过膝皮靴，露着半截大腿，身材更是婀娜多姿，我只恨没长二郎神杨戬的第三只眼。

我瞅瞅仪表盘显示的室外温度，零下十八度，不由咂舌：“月饼，这些丫头不冷吗？”

“穿多了岂不是满足不了南少侠的眼福？”月饼拐进停车场熄了火，“听说冰城中央大街很多俄罗斯妹子。南少侠要是有意，谈个跨国恋生个混血儿，也是一段佳话。”

“快拉倒吧。”我老脸一红，点根烟岔开话题，“咱们是先吃点儿还是直接找线索？”

话音刚落，车顶“嘭”的一声微响，好像有什么东西落了下来。我心说出门没看皇历，怕不是树上的冰凌砸着车了？

“咚”，又是一声轻响，一团黑乎乎的东西顺着车窗落到车前盖，我惊了一身虚汗。定睛一看，原来是只通体乌黑的猫。

说也奇怪，这只黑猫并不躲闪，半蹲在车前盖上，直勾勾地盯着我们，幽绿的瞳孔忽大忽小，尾巴左右摆动。如此片刻，黑猫脖颈黑毛根根炸起，咧嘴露出白森森的牙凄厉惨叫，后腿蜷曲、绷直，迎头撞向车前窗。

我们曾经在日本经历过一段有关猫的恐怖经历，自然倍加小心。黑猫突然暴起更是把我惊着了，明知道它撞不碎玻璃，还是下意识往后躲闪。

沉闷的撞击声夹杂着细微骨裂声，车上窗印着一团黏着几根黑毛的猫血，瞬间冻成血冰花。那只黑猫弹身落地，额头皮开肉绽，隐约能见白骨，些许血珠粘在胡须上冻成红球，它对着我们又是几声凄吼，扭身跑了。地面扬起团团雪粉，一道黑影由近及远，消失在这片白色的世界。

“遇黑猫，大凶兆。”月饼点了根烟，入神地盯着车窗，隔着玻璃摸着血迹轮廓，“黑猫喋血，一人必死，两人死其一。”

我没来由打了个冷战，汗毛从鸡皮疙瘩里“簌簌”立起。这一切发生得太过诡异突然，脑子完全转不动，眼前不停闪回那场恐怖的“日本化猫事件”。

车厢内一片死寂，我和月饼各怀心事。时间仿佛停滞了，只剩我们的呼吸声。

“天惶惶，地慌慌，家有夜哭郎，愁煞爹和娘。”

凄老沙哑的声音从车厢一侧传来，我又打了个哆嗦，彻骨的寒冷顺着血液流淌全身。

夜哭郎？！（关于“夜哭郎”的故事请看此系列第三部）。

缓缓地、缓缓地……车厢左侧，拄拐端碗的乞丐蹒跚而出。黑色的衣裤皱皱巴巴，满是破洞，他披着黄色的破烂麻袋，身子佝偻着，几乎弯到膝盖。头上油腻虬结，沾着乱蓬蓬的雪花，像块用了不知多少年破抹布的头发遮挡侧脸，看不清模样。

乞丐步履蹒跚，举起碗对着空气，好像那里站着几个活人：“饿了，行行好吧。看到我的孩子没？又不知道去哪儿淘气了……咯咯咯……”

乞丐的笑声异常刺耳，就像是指甲盖划过黑板的那种摩擦声，又像是一根长针插进心脏，紧紧缩得疼。

忽地，乞丐高举拐杖破碗，跪倒在雪地，尖声喊着：“天惶惶，地慌慌，家有夜哭郎，愁煞爹和娘啊！呜呜呜……”

雪粉乱糟糟地扬起，乞丐转身，隔窗瞪着我们。奇怪的是，他的脸明明就在不远处，我却看不到相貌。这种感觉很奇怪，也很难形容，仿佛乞丐的脸上笼了一层雾气，让人无法辨认。

这完全超出了我的认知。

这一切，太诡异了。

“碗。”月饼手里的烟挂着大半截烟灰，另一只手夹着两枚桃木钉。

我这才注意到，乞丐的碗里，半碗纸灰，半碗烧了一半的纸。

寒风吹过，黑色纸灰漫天飞扬，在这片冰天雪地中分外刺眼。乞丐额前头发随风摆动，隐隐露出一双幽绿的眼睛。

乞丐默默地盯着我，那双眼仿佛射出两道冰冷的绿芒，穿透我的双眼，钉住我的大脑，在脑子里面凿了一个洞，打开尘封已久，或许不属于我的记忆。

那一瞬间，我的眼前浮现出很多奇奇怪怪的画面——黑猫、蜷缩街头冻死的老人、大火、烧焦的尸体、围观者惊恐的眼神。

他们的瞳孔里，映着一张令人恐惧的脸！

“你们不知道啊！那就不要来，回去吧。”让人说不出难受的声音渐渐远了，终于消失。

不知过了多久，我如同从噩梦中惊醒，大口喘着气，衣服早被冷汗浸透。月饼手中的烟烧到过滤嘴，一柱烟灰终于颤落，就像那团漫空飞舞的纸灰。

再看车外，乞丐早已不见。

月饼夹着桃木钉的指关节白得发青：“你看到了？”

“嗯。”我的嗓子火辣辣的涩痛。

“想到了？”

“想到了。”

“那个传说，居然是真的。”

我深吸口气，努力使心跳平复正常，随着月饼这句话，心脏又“突突”猛跳。

因为，我，想到了，冰城，最恐怖的传说——

猫脸老太！

三

冰城。

侵略的战火使得这座城市更显破败，沿街商铺悬挂的膏药旗有气无力耷拉着。

路人低着头，行色匆匆，生怕多看一眼巡逻的日本军人，就成了侵略者练枪法的活靶子。没有人注意到街中央那具冻僵的尸体，或许众人都已看到，很默契地选择了视而不见。

在这个生命和尊严没有保障的城市，死人比野猫都多。况且尸体被雪覆盖大半，只能依稀看出衣衫褴褛、蓬头垢面的乞丐相，更不会博得所谓同胞的些许同情心。

乱世，自己活着，才是最重要的事情。

“妈妈，尸体上面为什么蹲着一只猫？”七八岁大的孩子拽着妈妈衣角。

正好几个巡逻的日本军人路过，指着尸体“叽里呱啦”说着什么。

母亲脸色一变，想起前几天邻家孩子去捡地上的一块糖果，谁曾想这糖果是日本人打赌练枪法的诱饵。小孩捡糖果的时候，被日本人一枪打爆脑袋的惨状历历在目……

母亲急忙捂住儿子嘴巴：“小兔崽子，别乱说话。”

孩子眼睛瞪得滚圆，嗓音夹杂着恐惧的颤音：“妈……妈，那只猫正在啃尸体的脸。”

也许是天气太过寒冷，也许是孩子描述的事情过于诡异，母亲打了个激灵，偷偷瞄去。

一只通体乌黑、皮毛油亮的黑猫蹲在尸体胸前，长满倒肉刺的舌头舔舐着冻得看不清面目的死人脸。每舔一下，舌头会被冰凌粘住，“刺啦”一声，生生撕下几根肉刺，鲜血还没流出伤口，就冻成红色血块。

黑猫“呜呜”哀鸣着，幽绿的眼睛润着泪水，似乎觉不出疼痛，它执着地舔着，时不时用小爪子挠着乞丐的脸。它似乎期待着这是平日的装睡游戏，乞丐会像往常般突然醒过来，“哈哈”笑着把它搂在怀里，喂几块乞讨来的、自己都舍不得吃的干馒头。

母亲暗忖：这哪儿是啃人脸？动物有灵性，这是寻着主人了。

再有灵性的动物，也不知道人死不能复生，倒是这义举，在这漠然的城市，更显得人类无情。

“砰”！

三八大盖的枪口冒着冉冉青烟，血花四溅，强大的冲击力使得黑猫躯体腾空飞起，猫头只剩一张皮，糊在尸体的脸上。

几个日本兵“咯咯”几声怪笑，身材矮壮的军人用刺刀挑起猫尸，对着围观的众人炫耀地绕了一圈，拉开枪栓假意开枪，等围观众人顿时鸟兽散，才大摇大摆地扛着猫尸往回走。

在这个基本口粮都供应不足的城市，一只肥硕的猫，可是上等美味。

躲在角落的母子俩战战兢兢，儿子更是吓得撇嘴欲哭，还未等母亲捂住他的嘴，恐怖的一幕发生了——

那具“尸体”在微微抽搐。

“天惶惶，地慌慌，家有夜哭郎，愁煞爹和娘啊！呜呜呜……”

嘶哑的嗓音从“尸体”嘴里传出，不断地重复着这句话，语速越来越快疾，语调越来越尖锐。

“吱嘎吱嘎”，就像是废弃的老旧机器重新启动，这阵令人牙酸的咬合声响过后，“尸体”原本摊开的双手微微弯曲，皴裂的手掌撑着地，缓慢地站了起来。

“天惶惶，地慌慌，家有夜哭郎，愁煞爹和娘啊！呜呜呜……”“尸体”摇摆着肩膀，双腿笔直地走向那几个日本军人……

“诈尸啊！”几个躲在角落偷偷看热闹的人惊叫着，连滚带爬地跑了。

母子俩吓得哪里还有半分力气，双腿瘫软挪不动半步，眼睁睁地看着“尸体”从身边走过。

“啊！”母亲又一声惊呼！

她看到了，这一生都不敢相信的一幕。

那具“尸体”，半张脸是布满皱纹的老妇人的脸。另外半张脸，长着黑色绒毛，幽绿的眼睛，几根长长的胡须横着刺出，分明是半张猫脸。

老妇人扭头瞥着母子俩。人眼，满是慈祥；猫眼，充满怨恨。

日本军人听到身后人声，转身看到“尸体”居然站了起来，而且有半张猫脸，惊慌的“八嘎”声、枪栓声响成一片。

“砰砰砰”乱枪扫过，数发子弹贯穿老妇人，却像打进土墙，弹出灰烟，根本没有人血淌出。

老妇人低头摸着伤口，手指探进取出灼热的子弹，张嘴舔舐。她的舌头，半边圆厚红润，半边长满肉刺。

日本人本就信奉鬼神，见此状把什么“武士道精神”忘了个干净，“咕咚咕咚”跪了一片，结结巴巴不知道嘟囔些什么。至于中国的鬼神能不能听懂，估计也不在这帮吓破胆的小鬼子考虑的范围了。

老妇人没有理会几个鬼子的丑剧，直勾勾地盯着猫尸，喃喃自语：“你不会死……我保护了你一千多年，还没等到那个人，你怎么能死？”

“喵……”没有头颅的猫尸竟然从腹腔传出一声沉闷的猫叫，猫肚子鼓起一个圆球，顺着腹部缓缓向脖颈断口移动。断口原本稀烂的碎肉虬结蠕动，长出一坨肉膜包裹的血淋淋肉球。

须臾，“啵”的一声，圆球挣破肉膜，嘶哑地“喵喵”着，渐渐五官成形，黑色毛发从肉球里钻出，不多时又长成方才那只黑猫的脑袋。

小鬼子们哪见过这种阵势，连滚带爬地怪叫着逃窜，老妇人“咯咯”一笑：“她有九条命，让你们折损了第八条，还剩最后一条了。你们想就这么走了？”

话音刚落，老妇人的长发无风自动，双脚未曾挪动，不知怎的就凭空从原地消失，挡在十几米外的小鬼子面前。这么近距离看到老妇人的脸，小鬼子怕是连向天照大神求救的念想都没了，胆小的更是直接昏死过去。

黑猫“喵”的一声跳到老妇人肩膀，舔着她的脸，幽绿的眼瞳满是欢悦。老妇人摸着黑猫脑袋，步履蹒跚地向街拐角走去，片刻不见踪影。

诡异的一幕吓得人们不敢说话，不知谁哆哆嗦嗦喊了一声：“太君死了，快逃吧。”

再看那几个跪在地上的小鬼子，喉咙多了个圆圆的血洞，血洞两侧细细密密的牙印深可见骨，血泡汩汩冒着……

据说，当夜，日本军营传出恐怖的惨叫，火光冲天，大火中依稀看到几个长着尾巴，浑身黑毛的人形巨猫，逢小鬼子就咬。

日本军方对此忌讳莫深，第二天一辆军用卡车停在军营门口，小鬼子们全副武装，搬着几具裹尸袋运上卡车。其中有一具在搬运时掉落，裹尸袋破裂，露出一只人手大小的猫爪。

小鬼子遇到神秘猫脸老太的事件，在茶馆喝茶的日本随军医生亲眼所见，当时正是清晨7点31分。随后几年，日军在东北某地建立了一支臭名昭著的部队，专门从事病毒变异、传染的人体实验。

部队的编号正是“731”。究竟是巧合还是由“猫脸老太”引起？不得而知。

“猫脸老太”在冰城成了流传多年的恐怖故事，以讹传讹，众说纷纭，越来越邪乎。直至八十年代中期，好事者据此写了现代版本的手抄本，流传甚广。估计作者文笔绝佳，故事写得活灵活现，竟引起冰城人民的恐慌。一时间人人自危，小孩子手腕要绑根红绳才能上学，夜间更是无人敢出门……

四

我，作为一名过气写手，职业所需，不但要把和月饼的经历记录成文，发给编辑修订出版，还要收集各种民俗、传说、历史类的资料，使得每次经历都有更详细的依据。好在古城图书馆藏书丰富，历代“异徒行者”的随笔记录更是匪夷所思，使人大开脑洞。

“猫脸老太”的传说，就是从民国那位坠机的“异徒行者”的手札里看到的。联想到日本“雪奈化猫事件”，我大感兴趣，查了关于此事的详细资料，甚至搜到了几幅图片，看得毛骨悚然。

有趣的是，“猫脸老太”在韩国也流传甚广。不过韩国人不求甚解的娱乐精神无处不在，居然称之为“香港猫脸婆婆”。

记得我还很感兴趣地和月饼聊过，月公公本着“万般皆下品，唯有睡觉高”的原则，“唔”了一声翻身继续睡。我自讨个没趣，又翻了翻资料，没了兴致，跟着月饼找周公谈心去了。

醒来的时候，月饼抽着烟查阅“猫脸老太”的资料，我正想问几句，他把电脑一关拖着我喝大酒。喝酒的时候还和调戏饭店服务员的醉酒小痞子打了一架，这事儿也就不了了之。

哪曾想，小三年过去了，我们在冰城，居然真的见到了“猫脸老太”。

我有种传说和现实突然碰撞的不真实感，说好了来冰城是痛殴一顿王八蛋熊老板，顺便找到下个任务的线索，怎么就冒出个“猫脸老太”？

“这年头，行为艺术都开始走灵异传说路线了？”月饼拔了车钥匙开门下车，“你写的书害人不浅啊！”

“我写的都是正能量好不好？”我就烦别人说写恐怖小说的带坏了年轻人。

人分九品，就算是恐怖小说，也有个质量高低之分对不？

随着月饼下车，我们两人很默契地各忙各的。月饼蹲在雪地研究老太太的脚印，我趴在车前盖顺着猫脚印寻找它跳过来的方向。

这些事情看似微不足道，往往解决很多事情的关键就是从不起眼的小事入手。

车前盖覆盖着皑皑白雪，猫爪印虽然凌乱，却像一朵朵散落雪中的梅花，精致可爱。我贴近爪印，盯地眼睛发酸，也没看出所以然。如果不是刚才那件事，这些无非就是普通猫爪印……

我闭眼揉了揉眼睛，残影在黑暗中虚化，我仿佛看到了奇怪的东西。急忙睁眼，猫爪印依然杂乱无章，并没有什么不同。这种“明知道不对却不知道哪儿不对”的感觉，让我心里堵得慌。

“月饼。”

“南瓜。”

我们同时喊了对方。我心里有数，月饼也想到了什么。

“脚印？”我们又同时说道。

我站在车前，可以远距离看到“猫脸老太”的脚印，而月饼蹲在雪地，看不到车盖的猫爪印。我盯了片刻闭上眼睛，残像又出现在黑暗中，我知道为什么觉得奇怪了。

“猫脸老太”的脚印，和黑猫在车盖留下的脚印构成的图形完全一样。

“W……D？”月饼在我耳边念叨。

闭着眼冷不丁听到声音，把我吓了一跳。月饼不知何时已经站在我身边，左右手对空虚画着两种不同的脚印。经他提示，我才发现这两串脚印，构成了两个英文字母——W、D。

我心说月饼确实聪明，我只是看出脚印构成图案，他却瞬间察觉到这是两个英文字母。

可是，这两个英文字母代表着什么意义呢？

我：“我的？”

月饼：“唯独？”

我：“问道？”

月饼：“味道？”

我：“what are you doing？”

月饼：“guess a riddle。”

我俩这都用英语对话了。

微信提示音响起，是月饼的手机。

熊老板：“这个地方，关于猫的故事。晚上，12点，恭候异徒行者。”

事件伊始，熊老板就异常嚣张，直接不把我们放在眼里，这次更是赤裸裸地挑衅我们的智商！

更可气的是，我实在想不出冰城和猫有关的“WD”的地方在哪儿。

月饼扬扬眉毛，摸着鼻子笑了。

我大喜：“知道是哪儿了？”

“走！吃饭去！”月饼双手揣兜，很有兴趣地踢着雪，哼着“走到玉林路的尽头，坐在小酒馆的门口”。

“这不是吃饭的时候吧？”我心说月饼你心也太大了吧？居然还有胃口吃饭？这算是唱哪一出？

“现在是下午四点，到晚上十二点还有八个小时。”月饼双手交叉举起伸了个懒腰，“不吃饱哪有力气拯救世界？边吃边琢磨，再喝点儿酒，说不定就想到了。”

嗯！这就是月无华。

永远不会按照常理出牌却又让我无比信任的人。

五

说是寻找饭店，其实也是找与“WD”有关的地名。溜达了一个多小时，天色已黑，一无所获。我们也顺着人群走到了中央大街。

说到中央大街，多絮叨几句。

冰城最有名的三张城市名片——美女、冰雕、中央大街。

中央大街旧称“中国大街”，最初是沿江地段的古河道，尽是荒凉低洼的草甸子。后来，运送铁路器材的马车在泥泞中开出一条土道，于是中东铁路工程局将沿江荒地拨给散居冰城的中国人，至1900年即形成“中国大街”，意为“中国人住的大街。”

1924年5月，俄国工程师科姆特拉·肖克作为设计师，为中央大街铺上了花岗岩方石。正所谓“要想富，先修路”，自此，住家、商贩、顾客、外国人多了起来，渐渐形成了冰城最繁华的主街。因为坐落于冰城核心位置，1928年7月改称“中央大街”。

这条街长1.5公里，宽二十多米，聚集了欧式及仿欧式建筑71栋，文艺复兴、巴洛克、折中主义及现代多种风格的建筑随处可见。沿街走来，仿佛置身于现代与古典艺术完美融合的时光隧道。

当然咯，满大街吃着“马迭尔冰棍”“冰糖葫芦”的美女比建筑物更让我目不暇接。

月饼没什么兴致看美女，驻足在吹萨克斯的街头艺人身旁，听了一会儿，微信扫码发了一百块钱红包，艺人激动得硬是把一首《回家》吹走调了。

“来首《成都》。”

“让我，流下眼泪的，不止昨夜的酒；让我，依依不舍的，不止你的温柔。”

饱含凄凉、怀念、离别的音乐响起，我随着曲子在心里默唱。不知不觉，心，酸了。

我想起了月野；想起了酒娘；想起了年少时暗恋的初中女孩，她笑起来有一对酒窝，梳着马尾，亮晶晶的眼睛会说话。

“我独在意夜阑人静时的一声呢喃，

你只留下万籁俱寂时的一丝温暖，

遥不可及的是左手右手牵无可牵，

痛彻肺腑的是心深处难掩的小寒。”

今天，正好是小寒节气，我下载了一张小寒的图片，写了四句话，发到了朋友圈、微博。

月饼抽着烟，烟气顺着他棱角分明的脸漫进头发，遮住了蕴含泪水的眼睛。

他，想起了谁？

烈火焚身的阿普：“阿华，记住！活着，是为了骄傲地死去！”

善良多情的萍姐：“狐族蛊女，生生世世，相互吸引，不死不休。”

亦正亦邪的阿娜：“无华？是你吗？”

这是和月饼最亲的三个人，临终前最后一句话。（详情请看《灯下黑》第一部、第二部。）

这些年，曾经的同学朋友们或在异乡打拼，或结婚生子，或忘记了曾经的梦想碌碌无为地生活着。

不够精彩，绝对真实。

而我们俩，就像活在一部虚幻小说里，承载了太多生死离别、悲欢离合、人性善恶。厌倦，却不得不继续。

我很羡慕过着普通生活的人们，起码他们会在疲惫时倒头就睡、难过时号啕大哭、快乐时放声大笑，中了一百块钱彩票都会美滋滋发个朋友圈，美团点个好菜庆祝……

这样，多好。

青春就是几个人挤在十多平方米的寝室，心里却装着全世界；青春是一场永远喝不完的酒，以为可以这样一辈子；青春是仰望星空充满对未来的幻想，从不在乎脚下的坎坷；青春是雨天不打伞唱着走调的歌，看不清前方也从不迷茫；青春是即使摔倒了，依然“哈哈”笑着，起码姿势很好看。

我，南晓楼；他，月无华。

我们，没有青春；我们，只有彼此。

《成都》结束了，我们的感伤也结束了，该面对的，永远不要逃避。

“吃饭吧。”月饼走得很萧索，捎带手还拒绝了几个奔放的小姑娘主动索要微信的合理要求。

我心里愤愤不平：身在福中不知福！说不定这几个丫头就是我的读者！小爷多低调！

走了半条街，寻了家人声鼎沸的饭馆，六个极具气势的大字赫然在目：东北杀猪大菜！

煞风景的是LED灯坏了几个，店名成了“东北杀人菜”。

六

鉴于这几年冰城个别不良商家坑宰顾客的报道，我们异常谨慎。明确了“鱼是按照一盘还是一条算钱”“乱炖是按斤算还是按份儿算”“酒的价钱是杯还是瓶”诸如此类的问题，才放心点了一桌子菜。

饭馆老板倒也理解，满嘴东北腔的豪爽：“俺们这旮旯儿的名声就让几个王八犊子埋汰了。兄弟放心，俺家二十年老店，中央大街再整不出第二家。俺们东北人都是活雷锋。翠花，上酸菜。整几口不？白的，啤的，常温还是冰镇？”

我被老板的嘴皮子逗乐了，月饼面沉似水，估计在琢磨“WD”。我寻思晚上还有正事儿，喝啤酒不耽误事儿，白酒还是免了。又暗笑老板招揽生意的脑子拎不清，这零下三十多度的天气，喝冰镇啤酒那不是“有坑偏要踩，自找不痛快”吗？

且不说二十年放心老店的菜味如何，单说这速度就很像样儿。前后也就十分钟，猪肉炖粉条、小鸡炖蘑菇、辣烧鲫鱼、溜肉段、地三鲜接连端上。油花花的五花肉煨在晶莹剔透的粉条里，咕嘟嘟冒着油泡，汁多汤厚，裹着浓香的热气，光是闻闻，四肢百骸无不舒坦。小鸡炖蘑菇更不用多说，筷子轻触，白嫩鸡肉微微颤动，山采野蘑和笨鸡的香味就这么毫无保留地溢出，浓郁得能把鼻腔塞满。两条鲫鱼浇着红亮汤汁，几段辣椒配在盘子两旁，红红绿绿煞是好看，更妙的是居然还有几块肥肉勾味儿，怎是一个“鲜”字了得。溜肉段酸甜适中，肥而不腻，略略金黄的菜色，光是看着就诱人口水。土豆、茄子、辣椒混搭的地三鲜，油水足还特别清口，配上颗颗珍珠般的大米饭，比平时能多吃三四碗。

正所谓“跟啥过不去也别跟肚子过不去”。什么熊老板、猫脸老太、WD，吃饱了再说。我刚拿起筷子，才发现没有酒。

“老板，酒呢？”

后厨传来老板东北腔：“年轻人火气贼拉猛，正给你们拿常温啤酒。”

月饼来了神采，夹起鸡腿，“呲溜呲溜”啃个精光，这才眯着眼长长嘘气：“好吃！”

酒搬上来，我才明白“孤陋寡闻”这四个字怎么写。

这哪儿是啤酒，分明就是一瓶大冰碴子。

这叫人咋整?

月饼起开瓶子盖，连酒带冰倒了一杯，仰脖饮尽：“南少侠你的脑子让这粉条煮了？零下三十多度的常温啤酒也敢喝？别磨叽，赶紧的，免得看咱笑话。”酒最大的妙处，会让你莫名卸下防备，撕掉伪装，找回最真实的自己。微醺时，没有现在，没有未来，只有过往的伤痛遗憾。

于是，几杯酒之后——

“十年之前，我不认识你，你不认识我。”月饼一饮而尽。

“一杯敬自由，”我仰脖灌满口，“一杯敬死亡。”

月饼眼里闪烁着水纹波漾的光芒：“敬萍姐。”

“为阿普喝一杯。”我没有提起阿娜，那个月饼深爱的女孩。

“酒娘，是个好女人。”月饼嘴角溢出一丝残酒。

我的心脏莫名酸痛：“舟山，人鱼，敬她一杯。”

“这杯，敬阿娜。”月饼晃着酒杯，酒沫儿顺着杯沿滑落。晃着晃着，眼里的波纹顺着眼角滑落。

我默默地喝着，往事历历在目。那些曾经鲜活的面孔，如今只是我小说里的一个个人物。又有谁知道他（她）们真实存在过，演绎着生命的精彩，直至死亡?

“月饼，我最近特别怀旧，总想起以前的事情，”我感觉有些醉了，按照我的酒量，本不应该如此，“相学里有一种说法，当一个人总是回想过往，那就离死亡不远了。”

“经历的情感太多，总是容易回忆。”月饼脸颊微红，眼神发直，居然也有了醉意，“我不会让你死的。”

我没听出月饼这句话的另一番含义，只觉得酒意上涌，脑壳轰轰作响，就要裂开：“月饼，我累了，我真的累了。”

“累了，就休息。”月饼“哈哈”一笑，引得邻桌纷纷侧目，“咱们就算不完成这些任务又怎样？什么异徒行者，什么终极秘密，全滚蛋！”

我根本没在意月饼说了些什么，脑袋越垂越低，视线模糊，满桌的菜五颜六色混成一团，幻化成抽象派画家的作品。我很难过，知道为什么难过；我想哭，可不知道为什么要哭。

所以，我的眼泪，流在了心里。

很苦，很涩。

“等事情告一段落，去重庆转转吧。”月饼仰靠椅子望着天花板，也不知是喃喃自语，还是对我说，“那里的生活很安逸，那里的火锅很好吃。”

“嗯。”我酒醉前最后一句话，“等我们老了，就定居在重庆。”

“天亮之后总是潦草离场，清醒的人最荒唐。”月饼的声音很远，又很近。

我好像看见月饼很认真地把桃木钉别在腰间，背上背包，竖起衣领，推门而去。寒风，吹起他额前的细碎长发，吹乱了路灯倒映的、那条萧索寂寞、长长的孤独人影。

七

“兄弟，该醒醒了，要关门了。”老板的东北腔声如洪钟，在耳边炸响。

我猛地惊醒，宿醉后的头重脚轻让我差点摔倒。

月饼，早已不在，空荡荡的饭店只剩我，柜台后面玩手机的服务员和眼神警惕的老板。

“我朋友呢？”我瞥了眼挂在墙上的老钟，十一点半。距离熊老板约定的时间，还有半小时。

“兄弟，以后交朋友可要谨慎，”老板搭着笑搓着手，“哪能喝醉了就不管呢？再说账也没结。”

我没心思跟老板多说，心念如电，把来到冰城的所有事情迅速回忆了一遍。突然，我想起熊老板发来的微信、猫、WD、月饼很自信的笑。

还有他说的那两句话：

“黑猫喋血，一人必死，两人死其一。”

“我不会让你死的。”

我端起酒杯，使劲晃着，残酒荡起一缕灰色旋涡，随着酒杯的停顿，沉淀成粉末颗粒，落在杯底。我凑着鼻子闻了闻，有种奇特的、类似于蜂蜜的香味——

“南瓜，陪杂家去抓蜜蜂。”

“月公公，想喝蜂蜜可以去超市买，不愿出门可以淘宝。捅蜂窝，万一蛰得狗头猪脸，毁了小爷这副好颜值，得不偿失。”

“我准备配点迷蛊，缺了蜂毒不行。知道原因吗？被蜜蜂蜇了，疼痛很短暂，麻木好几天，说明蜂毒有麻痹神经的作用。再加上三年的老麻椒、无根水、没破土的知了、夜明砂、檀木粉，熬足七十二个时辰，研磨成粉。放进酒水、饮料、菜肴里，最多十五分钟，人事不省。”

“月……月公公，你还愁没女人？至于搞这么下作的手段吗？非要下药才行？”

“我是担心你这辈子没对象，生米做成熟饭，说不定就成了。”

月无华！你这个浑蛋！

你以为只身犯险很了不起么？你以为这么做很义气吗？

你这个矫情、情商低、一意孤行、不求别人理解、只要自己做到的浑蛋！

我才不会领你这个人情！

……

“兄弟，结账。”老板看我神色激动，以为没带钱，方才的和蔼可亲顿时变成了凶神恶煞。

“知道了！”我一肚子火没处发，吼了一句。

“咋的？想不结账啊？找死啊？”老板梗着脖子喊，服务员放下手机，挽袖子露胳膊凑了过来。

时间太紧迫了，我根本没意识到还没结账，飞快地琢磨着“WD”、黑猫这些线索，推断月饼去了哪里。老板的聒噪让我容不得思考，这句脏话更是激起了无明业火。

我一把掐住他的脖子，手指慢慢勒紧，红着眼睛一字一顿：“再多说一句，我弄死你。”

服务员见主子有难，这时候不效忠更待何时？正要动手，我单手指着他的鼻子：“滚！账，我会结。”

这一声类似于野兽的嘶吼把我自己都吓了一跳。服务员尴尬了，不知道该做什么。

老板脸色由红转白，喉咙“咯咯”作响，艰难地吐出一句：“兄弟，可以欠账。交个朋友，这顿算我请的都行。”

火气出完了，我意识到失态，倒是愧疚起来，急忙松开手：“多少钱？”

老板摸着脖子大喘气，服务员小声说了个数，我拿出手机对着桌子上的微信二维码扫了扫，点了付款，手指不小心触碰到朋友圈。最上面一条是一个读者朋友发的状态：“和老公去万达看《妖猫传》首映，美美哒。”

下面配着三张图片：电影票、一只黑猫趴在女人头发上的电影海报，以及一张用美图秀秀制作的“大魔王、小仙女”文字标注的背影合照。

我忽然想到熊老板的话：“这个地方，关于猫的故事。晚上，12点，恭候异徒行者。”

我知道月饼去了什么地方了！

八

我叫了辆“神州专车”，说了目的地，顺口交代一句“师傅麻烦您快点”。

司机师傅苦着脸指着白雪压实的马路：“兄弟，不是我不想快，您瞅这路面儿，快得起来吗？”

我虽然着急，也不好为难司机，打开车窗，揉着太阳穴，冷冽的寒风让我清醒了许多。我想起一事，拿手机网上订票，查了一下座位。到底是大片，只有最角落第三张椅子空着，靠边两张座椅说不定是情侣，做些不可言喻的事大有可能。

我突然想起一个读者朋友在电影院上班，他曾经在群里讲过：电影院看似环境幽暗，情侣搞些鬼鬼祟祟的事情自以为“神不知鬼不觉”，其实影院都有监控，做些什么监控室一目了然……

一路无话，我也懒得去想会发生什么，闭目养神，准备“兵来将挡、水来土掩”，“撸起袖子好好干”！

还好司机车技不错，二十多分钟就到了万达影城。我看看时间，十二点零一分，但愿来得及。

进了电梯，空无一人，墙上贴满各种大片的海报，《妖猫传》贴在最显眼的位置。我扫了一眼，突然全身冰冷，汗毛一根根竖了起来。

梦，是一种很奇特的生理现象，至今无法有科学定论。为什么大脑进入休眠状态，依然会产生有意识的影像，形成梦境呢？这些影像为什么会如此真实？以至于很多人醒来后分不清是在梦里还是在现实里？

每个人都有自己的“气”，前文提过，不多赘述。“气存心，心生梦”，当人体进入休眠状态，五感封而心气苏。通俗来说，就是感官和现实世界隔离，气形成的潜意识在另一个真实世界活跃。

梦分“喜、噩、平、预”四种，心境平和之人擅做“平梦”，梦境无喜无悲，多以日常细微琐碎为主；奸邪淫妄、善妒猜忌、大悲大恶之人常做“噩梦”，多为凶杀、淫乱、灾祸，在某个特殊环境（海洋、沙漠、高山等地）永远到不了目的地……“喜梦”顾名思义，俗话“为人做事心端正，不怕半夜鬼敲门”就是这个理儿；“预梦”最为奇特，也是“气”的一种表现。有此气之人世间少有，道家称之为“先天之气”，佛家为“慧根”，文族则把此气称为“灵气”。

有句成语“灵气十足”，形容某人聪明伶俐、灵巧机灵。这是字面意思。

若十个脚趾甲都有阳白，那就是所谓的“灵气十足”。这种人的梦境多以前生、今世、未来的预感为主。当他走过某个地方，灵气与地气交合，会出现“这个地方我好像来过”“这个人似曾相识”“这件事好像发生过”的闪念。那是因为，早在一生诸多梦境中，他已经梦到了。

而我，恰恰十个脚趾甲都有阳白，所以我经常对某些事物有着准确的预感。

月饼就有些尴尬了，脚趾甲一个阳白也没有。

在古城，闲得没事时，我们去篮球场“三对三”斗牛，暴虐了文身、耳钉、嘻哈、花里胡哨管我们叫“大叔”的一帮街球手。

当然，我们看似赢得轻松，实则豁了老命。街球手们悻悻而归，我们前一秒还作“江湖自此有了哥的传说”状，下一秒就狼狗吐舌，喘着大气脱鞋晒脚。

“月公公，你的脚趾居然没有阳白？整了半天你是个没有过去、未来、现在的人啊。”

月饼懒洋洋地“嗯”了一声，注视着球场的夕阳余晖，眉毛微微挑了挑：“也许吧。这样，或许更好。”

九

午夜，影城，电梯。

我之所以感到恐惧，是因为那张《妖猫传》的海报。杨贵妃、唐明皇的模样，居然和我在梦中见到的一模一样！呆立了几秒钟，我的衣服已被冷汗浸透贴着脊梁，冰冷黏腻，似无数小虫爬行。

我又拿出手机，翻开那个读者的朋友圈，《妖猫传》的海报照片，完全不是我看到的这张。造型、背景、文字完全一样，唯独演员的相貌改变了。

这到底是怎么回事？为什么梦中的那些人出现在海报里？难道没有人发现蹊跷吗？

思索间，电梯门缓缓打开，爆米花、可乐的味道随着空气对流卷进电梯，柔黄色灯光笼着空荡荡的影厅。几个服务员面无表情站在售票处、食饮处的柜台后面，灯光笼罩着他们的脸，脸色泛着异样的苍白。

我又感到一阵冰冷，这次不是心理反应，而是深入骨髓的阴寒。阴气入体!

走出电梯，服务员似乎没有看到我，木然站着。距离较远，我看不清他们的模样，只是模糊一片，就像是脸上没有五官的无脸人。

我观察着整个影厅格局：东是电梯入口，进入影厅大约有三丈三的长度，地面是浅黄色；南是一排排沙发的候影区和洗手间，沙发有圆形凹陷，说明刚坐过人，洗手间走廊前摆着两盆绿萝；北是购票区，黄色的隔离带细细窄窄，像是一条幽冥之路；西边是食饮区和影厅入口，大多数观众会排队购买零食饮料，然后把票递给检票员，进入幽暗的影厅，按照影票进入几号影厅，对号入座。

我心里一阵哆嗦，抬头望着天花板，默看着灯具布置形状。影厅正中央，一盏主灯光线强而不烈，亮且柔。围着主灯的小射灯群，沿着天花板构成了两头窄、中间宽的坛子形状……

十

据古城图书馆里的一本古书记载，这种格局源自于黄帝与蚩尤的“涿鹿之战”。黄帝根据星辰、山脉、江河、树林、道路的走向，布成此阵，并最终打败蚩尤。

《奇门遁甲》共计四千零九十六局，此阵煞气最重，极损阴德，故弃而不用。连同此阵一同弃用的阴阵布局，还有三千零一十五局，仅剩一千零八十局的阳阵。至商末周初，姜子牙依据行军战术需要，改为七十二阵。秦末汉初，张良得黄石公传授《奇门遁甲》，再次改为“阴遁九局、阳遁九局”，共计十八局。

我对阵法、格局、走向这方面的事物极感兴趣，为此在古城图书馆查阅了很多资料。在元代“异徒行者”的手札里，查到《奇门遁甲》从最初的四千零九十六局到现今的十八局，并非史料记载的那么简单，而是隐藏着一个惊人的秘密！

这个秘密与这件事没有什么关联，再者实在太过惊悚，一旦写出会颠覆固有世界观，改变很多历史、事物的认知，就不赘笔了。

闲话休提，书归正传。

我把军刀别在腰带里，从包里摸出香炉灰和糯米粉混掺的“祛阴粉”，又掏出鼻烟壶，吸了些许冰片、麝香、桂花、山精、黄芩磨成的“提神药”，心里稍稍踏实。

月饼已经进了影院，也不知道他是在“蛊族大战丧尸”还是“宁采臣恶斗千年老妖”，小心些总是没坏处。

正当我准备妥当时，身后传来阴恻恻、有气无力的声音：“我死得好惨啊。”

我差点“嗷”一声叫出来，顿感双脚冰凉，脖子僵硬，哪敢回头看！

万一地上爬着个沾满血渍白衣、长发覆面的什么东西，伸出苍白僵硬的手臂，拖着一串血迹向我爬……

“我死得好惨啊。”

声音紧贴着耳朵，我甚至能感到冰冷的呼吸吹过耳垂，脊梁骨顿时炸出一片鸡皮疙瘩。

怕归怕，都这时候了，再没个行动也实在说不过去。

我低头，侧身，扭腰，转身，军刀、祛阴粉一股脑儿扔出，趁势后跃，接着蹬力再次屈膝前冲，准备一膝盖顶过去。

“南少侠，你什么时候反应这么快了？”月饼手指夹着军刀，满头满脸都是白色粉末，吐了几口呛进嘴的祛阴粉，“跟你说过，香炉灰和糯米粉的比例是三七！你这香炉灰起码放了半缸，齁死我了。”

“月……月饼？你……你还活着？”就算眼前站着一个贞子，我的反应也没有看到月饼这么震惊。

“南少侠还没入土为安，我哪能黑发人送白发人？”月饼把军刀丢给我，摸摸鼻子，“你怎么想到是这里？难不成迷蛊还有提高智力的功效？怪了，给你下的分量起码能睡到后半夜……”

我怔怔地盯着他，确定此人确实是月饼，碍于脸面自然不会说是在朋友圈偶然发现线索："你能想出来，凭什么我就想不到？"

"哪是我想出来的。"月饼扬扬眉毛，"喝酒的时候随手翻朋友圈，看到有人发了去看《妖猫传》的动态。"

好吧，月饼比我实诚多了。我也不好意思追究他下药给我麻翻了这件事了。

"那你干吗去了？"

"兵马未动，粮草先行。"月饼摘下背包拉开拉链，黑驴蹄子、糯米粉、牛眼泪、石灰粉、符纸塞了满满一包。还有些瓶瓶罐罐，里面发出"索索"的扰动声，估计是各种蛊虫。

"你回车里拿东西去了？"

"嗯。他在暗处咱们在明处，"月饼把物件分给我，"熊老板这么有恃无恐，不做好准备怎么行？你有什么发现？"

我把这里的格局简单一说，月饼眯着眼睛观察片刻："哪个族会这种格局？"

"灵族。"

月饼似乎想到什么，深深地注视着我。

我被他看得心里发毛："你可别认为这格局和我有关。"

"八族其实只有七族。"月饼走进影厅，"但愿我想错了。"

我没有弄明白月饼这句话的含义。我只明白一件事——该发生的总要发生，该面对的总要面对。

如果，时刻会有如月饼这样的人陪伴，乃人生幸事。

十一

取了票，过了检票口，检票员并无任何异样，反而更让我心里不踏实。

常年生活在这种格局里的人，脸色苍白无血，手足冰冷，双眉之间有隐隐灰气。这几个检票员除了脸色略白，眉宇并无灰气。拿票的时候我还碰了检票员的手，温热丰弹，完全的好人。

通往影厅的走廊铺着厚厚的地毯，墙上挂着各种电影海报，还有几具真人大小的影视人物模型，形态惟妙惟肖，就似活人一般会随时扑向我们……

月饼心是真大，居然像逛景区拍起了照，并不急着进影厅。我也只好耐着性子等他，瞅着一个中国功夫明星参与的好莱坞星战题材的真人模型发呆。

忽然，我似乎看到模型的眼睛动了一下。我心头一凛，这个明星号称“一个打十个”，模型估计也差不到哪儿去。急忙摸出石灰粉包，准备用江湖最下三烂的“石灰迷眼”防身。再仔细看，模型哪里有动？我哑然失笑，可能是神经太紧张，灯光映在模型眼球，看着像是转动。

“你看这个。”月饼没有注意到模型，把手机递给我，“第三张照片。”

照片拍摄的是整个走廊，在我们即将进入的影厅门口，发放3D眼镜的服务员身旁，站着一个白衣长发的女人，朝着我们的方向伸出右手，似乎在召唤我们过去。

我抬头看向现实里的那个位置，除了服务员，并没有什么女子。

“放大了看。”月饼往墙角丢了几个小瓶罐，把桃木钉别在腰间。

我把照片放大，依稀看清那个女子模样，顿时血液仿佛凝固了。

细长略弯的眉毛，直挺的鼻梁如玉笋晶莹剔透，略尖的下巴托起微微上翘的嘴角，衬得脸腮上的小梨涡愈发好看。略带幽怨、企盼的眼睛，似乎总是蕴含着两汪泪水和春风都化不开的柔情……

“酒娘！”我失声喊道，心脏徒然加快，耳朵听到血液急速流淌的声音。

“熊老板的目标，是你。”月饼拿回手机，“或者，是你和酒娘。”

我的心思乱了。虽然，我和酒娘的相识如同黄粱一梦，却真实到刻骨铭心，情愫跨越千年，只为今生一恋。

“熊老板懂得还挺多。”月饼冷笑着，“居然会蛊族的‘影蛊’。”

“如果他真活了上千年，八族所有技能都应该会吧。”我紧了紧背包走向影厅，“进去不就什么都知道了吗？”

月饼的眼神，诧异中略带欣慰：“南瓜，你长大了，懂得克制情感，理性思考问题。没有我，你也可以独立面对任何事情。”

我没有回话急走几步，只是不想让月饼看到眼中的泪水。

其实，我并不是克制情感，也没有理性思考问题。而是，我很想再见到酒娘。

只为千年一恋。

哪怕人鬼殊途。

十二

进了影厅，我们才发现，买的居然是邻座。想想订票的时间，又正好空着两个座位，也就不足为怪。

荧幕正播放着火灾逃生的公益广告，灯光已熄，几乎所有观众都戴上了3D眼镜，或玩手机，或吃爆米花，或喝可乐，绵的私语声、咳嗽声、喷嚏声不绝于耳，影厅众生相与平时没有不同。

搞不好熊老板就在观众里默默观察着我们，我多少有些紧张，警惕地逐个观察。看了还没半排观众，就放弃了这个念想。

且不说乌漆麻黑的，看不出个所以然，单是人人戴着眼镜遮着半边脸，不看衣服光看脑袋，基本一个模样。

可能是光线实在太暗，月饼每上一层台阶都要扶着最边上的座椅寻路，就这么走到最上面一层。我们嘴里小声说着“麻烦借过”“抱歉”，连拥带挤蹭过了几十个膝盖，好不容易进了座位。

最边上两位，果然不出我订票时所料，小情侣正旁若无人地热吻。我们正待坐下，男子颇为不满，嘟嘟囔囔地把放在我座位上的衣服拿起盖在女子身上，一双手不老实地探进去。

我心说这年头的年轻人，是没钱还是寻刺激，连房间都不开了？再加上周边吃爆米花、喝可乐声，还有人没关手机静音，微信以及各种软件提示音“叽里呱啦”不绝于耳，难免烦躁起来。

正胡思乱想，电影屏幕瞬间黯淡，又骤然明亮，影厅响起了浑厚的音乐，像是初升的太阳遮掩了无边的黑暗，影厅再听不到其他声音。

“时刻小心，先看电影，”月饼悄声说着，“熊老板搞这么大阵仗，绝不会偷偷摸摸那么简单。”

我戴了眼镜，正好是特效字幕。制作效果实在逼真，几个大字好像要飞出屏幕砸到脸上。我下意识躲了一下，才看清几个字，随即好似被一盆冰水兜头淋透，冰冷彻骨。

扭头看着月饼，戴着眼镜看不到眼神，但是紧抿的嘴唇显示了他的震惊。

影片名，根本不是什么《妖猫传》，而是《酒娘》！

主演：熊成竹、南晓楼、酒娘。

编剧：熊成竹。

导演：熊成竹。

我心里一股无明业火“噌噌”直冒。这个熊老板的名儿还挺文雅，“胸有成竹”的谐音，这不是明着向我们挑衅吗？更可恨的是，明明我和酒娘是男女主角，熊成竹凭什么当了男一号！潜规则都潜到我身上了！

“稳住，”月饼抬头盯着放映室那扇透出笔直光线的电子屏幕，“我们能赢。”

我心下明了，且不说熊老板到底搞什么名堂，既然能换电影拷贝，那么他在放映室的可能性极大，甚至就是放映员本人。依着我脾气，有了目标那还等什么？我和月饼杀将进去，别说熊老板，就算是个熊窝，眨眨眼算我们输。

“南瓜，你还发现什么不对劲的地方吗？”月饼很用力地摁住我。

“从头到尾哪件事情对劲了？”我烦躁地甩着肩膀，“换作有人把你和阿娜这么折腾捉弄，你怎么做？”

月饼已经摘下眼镜，眼睛眯成细长缝隙，迸射出一丝寒光。我知道这话说得过分了，可是不认为这个对比有什么不恰当的地方。

有几个人能忍受别人把自己心爱的人当做工具加以利用？而且是已经逝去的爱人！

“对不起，我没考虑到你的心情。换作是我和阿娜，我可能早就让他万蛊钻心。”月饼缓缓呼出一口气，也吐出了我说的那句话带来的不快，摸摸鼻子扬着眉毛，“可是南瓜，你想过没有？石林你看到了今生的他和酒娘；杏花村你梦到了前生的他和酒娘。熊成竹到底以什么身份出现在你和酒娘之间？”

“这个给我戴绿帽子的王八蛋！”话刚说完，我突然想起前几年特别流行的一句改编歌词——“爱上一匹野马，可我的家里全是草原”，心里更是愤怒，只觉得自己要是生活在纽约下水道，估计也是全身绿光的忍者神龟。

“要想生活过得去，身上哪能没点儿绿。”月饼瞥了眼旁边那对干柴烈火的忘情男女，皱了皱眉，“南瓜，你再分析一下。其实，你才是第三者。”

“啊？！”我一口气差点没上来。正待反驳，突然醒悟月饼的话很有道理。

石林，熊成竹和今生的酒娘，其实和我一点关系没有，直到我在杏花村“梦见”唐朝酒娘和那段凄美的苦恋。虽然我和酒娘爱恋至深，熊成竹似乎才是酒娘名正言顺的男人。

我只是没有给她安全感、没有给她可见的未来，苦苦怀恋又阴魂不散的前任。

这玩笑开大了！

“熊成竹在报复你。”月饼“啧啧”咂嘴，“我堂堂蛊族最强的男人，居然跑到冰城为南少侠千年风流债埋单。”

“打脸的事，还是少做。”我闷着气很不痛快，“这就是你发现的不对劲的地方？”

“恋爱的男人智商为零，”月饼把食指拇指比成圈，“失恋的男人智商就和冰城的温度一样——零下。《妖猫传》临时换成《酒娘》，为什么观众没有反应？”

我暗骂自己让猪油蒙了心，居然连这个常识都没有发现。再看周遭，除了那对情侣，所有观众鸦雀无声，貌似看得津津有味。

“哇！”邻座女子脸红似血，从男子怀里抬头大口喘着气，“老公你看，杨贵妃居然是个外国人！”

来电影院路上我做过资料收集，杨贵妃是中外混血演员。听女子这么一说，再看电影，分明是原汁原味的正宗《妖猫传》！方才只顾讨论事情，完全没在意电影演了什么。

“戴上眼镜。”月饼早已发现这个问题，把3D眼镜放我眼前。

透过眼镜，屏幕放映的却是酒娘与杨艾酒庄初识的场景。

“灵、幻、卜、医、蛊、武、魇、文，八族哪一族有这本事？”

古城图书馆的资料记载，东汉末年，正值幻族人才辈出。可惜担任“异徒行者”的张姓传人，对于一统天下的热衷远远高于探寻终极秘密，发动了一场大规模农民起义，最终事败身死。而另一位于姓传人隐姓埋名多年，在东吴利用幻术聚集了大批信徒，被当地诸侯处死。

“医族？”

摘下眼镜，《妖猫传》；戴上眼镜，《酒娘》。错乱感让我甚至怀疑还在高速服务区熟睡做梦。

“这是我们这么多年遇到的最强对手。”月饼嘴角扬起无比自信的角度，熟悉的笑容让我意识到这是真正的现实。

“蛊族之王和文族废柴对抗掌握八族异术的千年不死身，能赢吗？”

“知道柴火的作用吗？”我丝毫不介意月饼揶揄，“冰天雪地，篝火是对抗寒冷的唯一信仰。”

“这句话不错，如果活着，写进书里。”月饼摆弄眼镜，扳住镜腿掰断，“嗤”的一声轻响，中空镜腿冒出些许黄烟，“幻族惯用的符纸烧灰。”

“符纸要配上符水、符食才能生效。”我闻到些许辛辣味，鼻子痒得难受。

“可乐、爆米花、薯片。”月饼从包里翻出两粒绿色带着薄荷香气、黄豆大小的药丸，“清心蛊。”

谁料这玩意儿闻着味还不错，入嘴却像塞了坨炸药，辣的程度不亚于在韩国吃的火鸡面，炸得我头皮发麻，脑仁子生疼。

我“呼啦”着嘴，口水、眼泪、鼻涕齐流：“可乐、爆米花、薯片怎么做符水符食？难不成在影厅食饮区就做了手脚？”

“每排只需一个人就够了。”月饼也是辣得不轻，吸哈着气，说话结结巴巴，“像咱们俩，最晚到，路过时，他们放进去就好。观众注意力全放在避让，谁会注意饮食里下了药？有些人没买饮食，也会随着观众讨论，口气带出的符水符食，中了术。”

我瞅着旁边两位几乎要上演真人肉搏秀的情侣，没言语。

月饼察觉到我的心思：“情欲勃发，体内快速分泌大量荷尔蒙、多巴胺，有强烈的致幻作用，反倒与医族的符药以毒攻毒，抵消。”

我恍然中冒出个大悟，突然意识到哪里不对劲，细细一想，琢磨出问题所在，顿时翻肠倒胃，直呕苦水：“月无华，清心蛊里也有荷尔蒙和多巴胺？”

“又不是人的，紧张什么。大腰子、羊宝、羊鞭你也没少吃，这会儿装什么不食人间烟火？”月饼看来是辣劲缓过来了，“嗯，下次配制，迷辣虫少放三钱。”

进入冰城至今，诸多事都没有头绪，如今有了些许线索，我的心情轻松不少。

未知，永远是最可怕的；已知，再可怕也总有办法。

“喵！”一声凄厉的猫叫响彻影院，《妖猫传》正演到一众人在青楼寻欢，一只黑猫隔着窗棂说话。而这声猫叫，我听得真切，却是由荧幕后发出。

“嘶啦”一声巨响，那只初进冰城遇见的黑猫，从巨幕上方正中央抓着幕布滑下。锋利的爪子如快刀一般割裂了幕布，裂帛声愈发刺耳，直至黑猫落地，银幕裂成两块碎布耷拉着。

影片仍在投影，画面扭曲在破布上面，原本繁华的大唐盛世支离破碎。

那只黑猫，额头凝固着血痂，光影虚幻中，油亮的黑毛变幻着光怪陆离的色彩，幽幽地注视着台下的观众。

它的瞳孔扩成充斥眼球的黑晕，宛如一根尖锐的刺，隔着数排观众，直扎我的心口。

心脏一阵剧痛，我捂着胸口喘不过气，忽然听见了跨越千年、无比熟悉的声音：“你，终于来了。还记得我们的约定吗？如果来生寻不到，记得62188，我总会寻到你。”

“酒娘！”我失声喊道！

“天惶惶，地慌慌，家有夜哭郎，愁煞爹和娘啊！呜呜呜……”哀哭声从门口传入，衣衫褴褛的老乞丐跌跌撞撞抱起黑猫，爱怜地抚摸着它的伤口。

“终于找到你了，听为娘的话，回家吧。负心男人天下皆是。你若不在，为娘如何终老人间？”

“喵。”黑猫舔舐乞丐皱纹斑驳的老脸，眼角滚落两滴红色的泪水。

“南晓楼，月无华，等你们很久了。”第一排正中央的观众，肥硕的身躯从座位里缓缓撑起，“孩子们，你们觉得，谁对不起谁？”

“杨艾负了酒娘。”观众们用没有音调，机器人似的嗓音木然应和。

“呵呵……”熊成竹踱着沉重的步子，走到老太太身边，“婶娘，找到酒娘了，真好。”

“是啊，真好……真好……”老太太混浊的眼球间或一轮光彩，“竹儿啊，这么多年，多亏你了。”

“婶娘，别这么说，咱们是一家人。”

“竹儿啊，酒娘要是能和你在一起，多好啊。”

“呜呜……”黑猫低声啜泣，依偎在老太太怀里，眼神哀怨地望着我。

“这是怎么回事？”

身旁情侣早已吓得哆哆嗦嗦，手忙脚乱整理着凌乱的衣服，起身欲逃。

熊成竹挥了挥手，前排两个观众僵直起身，对着情侣的脖颈挥手敲击。

俩人晕了过去。

我和月饼没有阻止，这种时候，清醒的人最荒唐。

“南瓜，越来越有趣了。”月饼摸摸鼻子，嘴角却没有扬起习惯的笑容。

“师父们，多年不见，你们还是老样子啊。”熊成竹双手拇指竖起，无名指和小拇指蜷进掌心，食指中指伸直并叠，向我们深深鞠躬。

这是蛊族晚辈拜见长辈的最高礼节，他怎么会？我们为什么是他的师父？

“戴上眼镜，你们会懂。”

十三

以下是我们看到的画面：

夕阳洒下一片片碎金叶子般璀璨的余晖，赐予田间耕作的人们最后的温暖。

牧童的竹笛声空灵悠扬，老黄牛低头饮水。农夫们打着招呼，相约去今天插秧最少的那家喝几杯。妇人们在溪间说着家常，挥着扁木用力拍打涂满皂角的布衣，水花飞溅着，乱世中乡村农家难得的欢乐宁静。

她虽身着打满补丁的旧衣，却浆洗得干干净净，尖尖下巴勾勒着如画的眉目，葱白如玉的小手持着一把木梳，缓缓梳理着似绸缎般丝滑的柔顺长发。

“小九，该回家了。”老农们扛着锄头开着善意玩笑，“晓楼这个书呆子，今儿怕是不会来了吧。”

“大叔们又取笑人家，”小九微颦黛眉，娇嗔地跺着小脚，“我哪里是……哪里是等他。”

话虽这么说，许是夕阳映在白玉无瑕的脸庞，脸红得像熟透的柿子。漾满秋水的眼角，却偷偷瞄着小道。少女怀春的心，如蹦跳小鹿，“怦怦”跳着：“他怎么还不来呢？”

“原来不是等我啊？”身材壮硕的青年男子笑嘻嘻从树后闪出，吓了她一跳。

“你又欺负人家。”她不依，噘着小嘴背过身，实则掩饰等到情郎后嘴角那抹浅笑。

许久，身后无声。她又窘又奇，扭扭捏捏转身，看到了一束向日葵，捧在他的怀中。

她，最喜欢的花。

“你不知道，李叔看得真严。为了偷摘这些向日葵，我在草里足足猫了两个时辰方才得手。”

“小兔崽子，你以为我没看见你？”李老汉拎着酒壶远远笑骂，“你念书尚可，做贼，差远啦。看在小九常给我沽酒补衣服的面子，老头子只好睁一眼闭一眼咯。”

“谢谢李叔！”俩人牵着手，捧着花，向山中跑去。

欢声笑语，如满山野花，零零星星，铺满山间野径。

他十八，她正值美好年华。

每当谈及青梅竹马，人们总说他俩。

十四

“你看看你，哪有个读书人的样子，土匪还差不多，”小九摸着他眼角伤口嗔怪着，“人家就是在酒肆多看我几眼，你就和他们大打出手。”

“我的女人，怎么能让别人乱看？”晓楼衔着一根青草仰望星空，咂着清香的草汁，“再说那几个人本就不是好人。你这么美，收拾他们一顿，也好叫他们不起歹心。”

“我哪里美？”小九不胜娇羞地嘤咛，“也就你觉得我什么都好。”

如果时间能够定格，或许，这是恋人们最相似、最甜蜜的画面吧？

“你知道吗？我新讨来一个方子，用春天的麦芽酿酒，秋末取饮，色如琥珀，滋味甘甜，回味无穷。”

“别给阿爹酿酒了。”小九虽这么说，语气却是“情郎凡事周到用心”的甜，“阿爹身体虚，饮酒多了，腹痛得厉害。”

“少喝无碍，”晓楼跃身而起，“待我秋末回来，取麦芽秋酿，备上厚礼娶你。”

“啊！”突如其来的幸福伴着颤动心间的诧异，“你……你要去哪儿？”

“那边。”晓楼指着遥远的北方，“恰逢乱世，正是大丈夫博得功名、建功立业之时。待到那时，重礼豪金娶你。”

“一定要去吗？”小九痴痴注视晓楼宽阔的背影，那么近，那么远，“每月替乡里写写红白文章，做做戏本，也有不少钱呢。我……我知足。”

“一介卖文书生，怎能配得上你的好。”晓楼霍然转身，把小九搂入怀中，“我要做更好的男人，才能做最好女人的男人。”

“我等你。”

“嗯，你等我。”

两颗心，炙热，跳动……

那么近，那么远。

爱，若相思无边；候，则一眼万年。

十五

一晃，三年。

初秋正午，炎热的阳光炙烤大地，桂花树下，肥胖男子挥着锄头，汗水浸透了葛布粗衫，顺着裤腿渗进土里，犹如热油遇铁，“嗞嗞”作响。

“成竹，歇口气吧。”脸皱如核桃的老太太心疼地端着一瓢水，另一只手抱着通体漆黑的小猫。

“喵呜”，黑猫伸着舌头舔了几口水。老太太拍着小猫毛茸茸的脑袋：“淘气，改天不要你了。”

黑猫眨着眼睛可怜巴巴望着老太太，“喵呜”“喵呜”叫着。

“成竹，水让猫喝了几口，我给你换一瓢。”

成竹挽着袖子擦汗，憨厚笑道：“婶娘，不打紧。”端瓢一饮而尽。

“你这孩子，也不怕冷水炸着肺得伤寒，”婶娘叹了口气，“哎，小九也该回来了吧。”

成竹掘开泥土，搬出一坛泥封的陈酿：“每年这天，阿九都要取酒等晓楼。”

“三年了，”婶娘淌下两行浊泪，“怕是晓楼已经忘记小九了。可怜这孩子，一片痴心，还在等他。”

村口，小九依偎着老树，不言不语，抱着一捧新摘的向日葵，身旁酒坛已空，酒杯尚有麦香。乡村野径，有人影出现，她的醉眼才会现出昔日神采。待看清人影并非等了多年的他，眼神如同那捧没了水分滋养的向日葵，黯淡无光。

“可怜的娃儿，”村民们叹息私语，“那小子就这么一句话，苦等三年，也不知着了什么魔怔。”

“读书人有什么好？书能当饭吃？我看成竹那孩子就挺不错。小九爹走了之后，孤儿寡母，全亏了成竹帮衬。”

“呵呵……晓楼从小就心高气傲，又有才华，到了长安，说不定早就平步青云、三妻四妾了。哪还记得咱们这个破地方，哪还记得小九？”

村民们越说越大声，故意让小九听到，只盼这孩子能回过心思，和成竹踏实过日子。

小九像个木头人充耳不闻，直勾勾地望着路的尽头。

晓楼，你酿出的酒，真的很好喝呢。

你什么时候回来？

你不会不要我了吧？

说好了，你要娶我。

长安，在哪里？

成竹和老太太没有等到小九，再也没有等到……

向日葵，枯萎在老树下；野径，浅浅足迹，一路向北。

十六

每座城，都有它独特的生命力。即便经过战火毁灭，也会在短短几年恢复元气。

长安，更是如此。

乱世已过，长安以惊人的速度恢复着生命力。熙熙攘攘的百姓安居乐业，东西往来的商贩携着奇珍异宝，腰挎弯刀牵着骆驼的胡人，热闹非凡的酒肆，食客们大快朵颐、划拳猜令。

还有风流才子、达官贵人最向往的——青楼。

听说，长安最奢华的青楼“万芳楼”来了一位花魁。双十年华，只唱乡间俚曲、识字极少、舞技平平，唯独酒量极佳，姿容冷艳，入幕之宾来者不拒，榻间抵死缠绵，甚是动人。

如此妙物，自然轰动长安，一时间，万芳楼前排起长队，个个只为一亲芳泽。

依着常理，越红的花魁，越要对男人百般挑剔，欲拒还迎，方能抬起更高身价，更彰显“出淤泥而不染”的傲气，引得公子哥、富家子、文人骚客趋之若鹜，终于赎身迎娶，成就一段佳话。

此女行事，令人费解。

无人知其原因，唯有万芳楼的老鸨，时常叹气：“十足痴子，当年，真不该诱她入楼……”

“大婶，我想找个人。”女子面黄肌瘦，神色怯怯。

“长安城这么大，找人谈何容易。”老鸨阅人无数，早看出此女天生丽质，非同凡人。

“他叫南晓楼，会写诗，写得很好，个子很高。”女子双手比画着，起初兴奋，继而黯然，“您说得对，我找了他半个多月，无人识的。”

“苦命的孩子，看你瘦的。没钱吧，这些天怎么熬过来的。”老鸨心中有了盘算，做悲天悯人状。

“困了，河边桥洞；渴了，一捧河水；饿了，食贩们都是好人，总会给些吃的。”女子眼神迷离，喃喃自语，“奈何寻他不见。”

“大婶这里，每天都有很多男人，尤其是写诗的男人。只是，要找人，还需等待缘分。你愿等吗？”

老鸨身后，堂皇高楼，鎏金横匾镌刻着龙飞凤舞三个大字“万芳楼”，落款“乐天”。

“只要能找到他，等多久我都愿意，做什么我都愿意。”

红颜，自古，多薄命。

只因、痴情，勘不破。

花，有盛开的那天；人，有重逢的时候吗？

花，会枯萎；人，会老。隔夜的酒，不再香醇；再动人的女人，也会索然无味。

十年，就这么在酒和床榻间，匆匆过隙。当年，轰动长安的花魁，再无入幕之宾。

唯有——晌午，她靠窗望穿秋水的等候；傍晚，她倚窗涂脂抹粉的期盼；深夜，她贴窗孤灯不灭的侧影。

她不失望，也不抱希望。她，只怕他若真的来了，看不到她。

“他说过，要娶我，那就一定会娶我。他说过，要做红色衣袍娶我，那就一定会亲手为我穿戴。”

他，是她唯一活下去的理由。

因为，她不愿相信——他离开的时候，乱世烽烟，人命如蝼蚁。

只要，她在等他，他就不会死。

十年，万花楼的花圃，种满花，娇艳欲滴，亭亭玉立。

如同十年前，村口老树下，青涩娇羞的她！

种花园丁身躯肥硕，终年默默不语，累了，会坐在花丛中，取一把浮土，撒入满瓢冷水，吹着土，喝着水。

婶娘临终时，双眼哭瞎，摸着他的脸：“成竹，天涯海角，你要把小九找回来……让她莫找晓楼了。缘分，命中八尺，难求一丈。以后喝水，记得瓢里撒点土，吹着慢慢喝，莫炸着肺得了风寒。”

爱情是什么？

就是，我把时间，全都给了你。

十七

年末，小寒。她精心描画着三十岁却依然惊艳却无人欣赏的脸，听到楼下传来一个声音：

“老板，好酒好肉，赶紧备上！”

“大爷，您两位来错地儿了吧？这是青楼，不是食肆。”

“青楼就没酒肉了？饿死我了。钱多给，肉要足，酒要好！”

“你就不能省着点儿花？到哪儿都是吃货本色。”

小二听不懂何为“吃货”，只知有钱人家的公子哥，大多数都有“龙阳之好”。

这两位圆脸、黄衫中年男子，说不定也好这一口。

“对了。小二，你这里有春天麦芽酿至秋天才能饮用的秋酿吗？”

秋酿？！

她，小九，描眉的笔，忍不住地颤抖，画过的眼眶，宛如一滴乌黑的泪水。

渐渐地，渐渐地，乌泪，淡了，清泪，落了。

十年，于万千人中，等到你了。

她跌跌撞撞下楼，看见他宽阔的背影，高高的个子，大大咧咧的坐姿，一饮而尽的豪放。

“酒虽好，不及秋酿。”

他的声音，他的人。

黄衫男子饮了口酒：“你怎么这么爱喝秋酿？到哪儿都问。”

“我也不知道为什么，似乎冥冥中，那坛酒，在这等我。”圆脸没有察觉口误，把“在等着我”说成了“在这等我”。

等你的哪里是酒？是我啊！

小九颤着肩，哭得无声。

难道，晓楼，你忘记我了吗？

黄衫夹了块肉端详着，嘴角扬起漫不经心的笑：“也许是某个会酿酒的女人，在等你吧？”

“我哪里有什么女人？别人不知道，你还不知道吗？”

晴天霹雳！万芳楼在颤抖。

这段楼梯，我走了十年，走了62188个台阶，只为了能在长安寻到你。

你，却……

万念俱灰！

毫无征兆，一场暴雨骤然而至。雨滴肆无忌惮地拍打着向日葵，如同她的心，在哭泣。

“那个女人颇有几分颜色，似乎对你很有意思？反正钱也花了，不差这点儿。要不今晚……”黄衫瞥了眼小九，微微颔首，语气虽戏谑，眼神却尊重。

圆脸转身回眸，笑着对她点着头，招手唤来小二，摸出钱袋低声附耳。

小二摆出十年前对她的尊重，只望能得些零碎：“九姑娘，这是客官赏您的。”

“晓楼！你不认得我了吗？我是小九！我等了你十年！”

十年屈辱，十年寻觅，化成撕心裂肺的哭喊。

“你怎么知道我的名字？”圆脸大惊，豁然起身，凝望着小九，“你……你是谁？”

“你说要功成名就娶我过门！你说要用春天的麦芽酿成秋天的酒，与我共饮！你说娶我时，为我穿上红色衣袍！你说……你说……”

她哽咽了，泣不成声。房里，那盏彻夜不灭的孤灯，“忽扑忽扑”，熄了。

“不怕戏子无义，就怕婊子有情。”老鸨闻声赶来，明白了一切。

“你这个畜生！”园丁举着花锄，冲进大厅，双目喷火，对着圆脸劈头砸下。

黄衫抖手扬出一道黄芒，正中园丁手腕，花锄落地，木板上被砸出几道裂纹，“吱嘎嘎”龟裂延伸，如同破碎的心，再也无法愈合。

圆脸恍然不觉，不断重复着小九那几句话，深深思索。忽然，圆脸半张着嘴，颤声喊道：“酒……酒娘！是你！”

“酒”与“九”同音，但她依然听出，他说的不是她。

“呵呵……”她再也站不稳，勉力撑着摇摇欲坠的身体，“你故意不认我、不识我，许是我误入青楼……也罢，也罢。缘浅情薄，终究是我错了。”

灯，熄；花，枯萎；香消，玉殒。

余生，用尽最后一丝力气，纵身一跃。

三丈楼台，三十年一生，三人奋力扑救。

晚了。

一切，都晚了。

圆脸怀抱尚存一丝气息的小九，对黄衫吼道：“快！你一定有办法！她还没死！”

“经历这么多悲欢离合，你该懂得，什么都改变不了。”黄衫扬扬眉毛，仰头苦笑，“我们，都在戏里，改变不了结局。”

“我很爱你，我很想你……”小九摸着熟悉的那张脸，枕在他的怀里，心跳声，如十年前，暖暖，深深……

只是他的眼神，很陌生。他，明明是他，却又不是他。

“我好困，我想睡了。”小九气若游丝，呕出一口鲜血，喷溅在他的衣裳上，似无数个等他的夜晚里夜空的繁星。

“你先别说话！你别睡着！”圆脸带着哭腔，“我认得你，我没嫌弃你，求你不要死！”

小九阖目微笑：“来生，我若寻你，再不要忘记我……如有‘62188’，那人就是我，你一定记得。”

“我记得，我再也不会忘记，我……”圆脸狠狠搂着小九，泪水、血水，模糊成一片。

“成竹，谢你这么多年伴着我，答应我，照顾好我的母亲。”小九从圆脸怀中挣脱，双目精光四射，分明是回光返照，“但我心里有他，你懂吗?欠你的，今生，还不了；来生，还要等他。对不……”

“我不怪你，”园丁嘶哑着哭声，如同孩子丢了最心爱的糖果，“我会保护你。今生、来生；百年、千年！”

“终极……终极的意义就是无数次承受莫名的苦痛吗？”黄衫扶起园丁，帮他舒络手腕经脉，“告诉我来龙去脉吧。”

次日，正午，阳气充盈。

香冢，埋着痴情一生的义烈女子。

圆脸往火盆放着纸钱，纸灰夹着火星缭乱，火焰燎着他的手指。他丝毫不觉疼痛，心却痛得厉害。

黄衫递给熊成竹一本书：“你天资不高，难得用心专一，心地善良，也许会有一番成就。这本书包罗万象，匪夷所思。若精通书中记载，就多帮些小九这样的人吧。”

“走吧。”黄衫拍了拍如同泥雕的圆脸，“生命轮回，不可违。结束即是开始，对她来说，是件好事。”

“你说得对，”圆脸添了最后一张纸，“我总是看不穿生死轮回。”两滴泪落进火盆，“嗞嗞”化作烟，就这么散了。

如同生命，诞生和死亡，只是一瞬间；如同爱恨，相悦和别离，只是一瞬间。

十八

我摘下眼镜，擦了把泪水，万念俱灰。月饼似乎想说什么，张张嘴没有言语，只是很同情地看着我。

我不知道这是熊成竹精心编排的幻术，还是真有这么一段不为人知却极为悲伤的历史。若是真的，小九因我而死。可是那个“我”，为什么不认识小九？

屡次出现的圆脸、黄衫，真的是我们的前生？“异徒行者”延续千年数代，终其一生寻找的终极，到底是什么？

我的心很乱，不顾影院规定，手忙脚乱摸出根烟，点燃深深吸了一口。炙热的烟气顺着气管吸进肺里，心脏也跟着热辣辣地疼。

“你们没有承认我这个不成才的徒弟，我还是要喊你们‘师父’。”熊成竹把婶娘安置坐好。

婶娘浑然不知发生了何事，只是爱怜地抚摸黑猫：“可算找到你了，再也不要离开妈妈了。”

“故事很精彩，可惜是假的。”月饼用力鼓着掌，“你不当导演，真是屈才了。”

“呵呵……”熊成竹模仿月饼摸摸鼻子，“千年了，师父们一点儿没变啊。一个什么都不相信；一个什么都相信。”

“南瓜，我知道，最难过的是你。”月饼嗓音压得极低，“先别管真假，这可能是我们面对的最强大对手。我没有把握，我需要你。”

“月饼，如果我死了，”我又抽了口烟，舌头干燥得像块木头，“这一切都不会发生。酒娘也好，小九也罢，不会因我而死。她们……她们会活得很幸福，对吗？”

“南晓楼，你要这么想，正合了熊成竹的目的。”月饼活动手腕，慢条斯理取出桃木钉，扬扬眉毛，“徒弟，你知道我最讨厌什么？”

熊成竹或许没料到月饼的状态如此淡定，微微一怔：“什么？”

“我最讨厌别人模仿我摸鼻子！”月饼嘴角扬笑摸了摸鼻子，“而且，东施效颦最愚蠢。”

“我更讨厌的事情，是利用别人的善良摧毁他的信仰。更何况这个人是我的兄弟。”月饼脊梁如标枪般笔直，“所以，你死定了。”

“哦？”熊成竹伸了个懒腰，肥胖的肚腩露出白花花一截，脂肪颤动几乎要抖出油，“我活了千年，可不是为了死在你们手里。”

“你说得很对，”我嘴角上扬摸摸鼻子，“你是为了死在我的手里，不是‘我们’。”

月饼“哈哈”一笑，皱着眉头瞪了我一眼：“居然模仿我的专利动作，几个意思？你想通了？”

“我没想通，”我挠了挠后脑勺，强压心头的疼痛，“只不过，就算是废柴，也有不能让兄弟独自涉险的信仰。”

熊成竹脸色阴晴不定，眼神复杂地看着我们，竟然有些许羡慕，随即冷笑：“区区文族废柴，居然说出这样的大话。”

“你这个姓熊的王八蛋，”我摆弄着军刀，边说边观察着影厅布局，寻找“生门”所在地，“早在石林，我就想弄死你。你既然这么主动送死，小爷只好笑纳咯。”世间万物，皆有格局，分“休，生，伤，杜，景，死，惊，开”八门，如做事情的时候恰好对应相应的门，则事半功倍；如果正好对应相克的门，则事倍功半。

“我融会贯通了八族所有秘术，”熊成竹双手高举，像疯子般狂呼，“我才是异徒行者的天选之人！你们这些蝼蚁，只是我寻到终极的必经台阶。待我了解了终极秘密，众生必将臣服在我的脚下！”

“重复台词真没意思，这句话在南瓜的小说里，很多反派都说过。所以我要多说一句——记得写在书里啊，我的兄弟！”月饼用力拍着我的肩膀，“我，是蛊族，最强的男人！我，一生，不败！”

“很遗憾，你败了。”熊成竹身后“砰”地冒出一团黑火，我隔着十几米距离，依然能感觉到那团火焰的阴冷。

火焰中，熊成竹的上衣片片碎裂，肥硕的躯体瞬间膨胀又急速缩小。白如腐尸的皮肤变得赤红，一条条巨大蚯蚓般的筋络在表皮下聚集攒动，凝聚成拳头大小的肌肉疙瘩，坚硬如磐石。

熊成竹发出野兽般嘶吼，不可思议的是，他的锁骨外端刺出肌肉，如同恶魔弯曲双角，延伸至耳畔。

“来吧！南晓楼，月无华!”声音宛如地狱恶魔，嗡嗡作响，熊成竹再站起来，我发现他起码两米高，哪还是个肥腻的胖子？分明是尊充满邪恶力量的魔神。

我，我们，怎么可能是他的对手？这么一个异变的怪物杵那里，我真得害怕了。原本强大的信心，像戳破的气球，迅速流失。

“挺棘手啊。南瓜，给咱家掠阵！待我降妖除魔，必浮一大白！”月饼纵身弹起，踩着中了幻术的众人肩膀，矫健身姿如鹰隼疾飞，冲向那尊看似无法击败的魔神。

那一瞬间，月无华自信的笑容，骄傲的眼神，明知不可为而为之的信念，深深烙印在我的记忆里，终将烙印在我的一生中。

如果有一个人，能在生死之际，独自面对死亡，永远把生的希望留给你……

那么，你该怎么做?

战吧!

我纵身跃起踩着座椅，紧随月饼而至。结果，脚下没踩稳当，结结实实摔进几个小姑娘怀里，爆米花、可乐盖了一脸。

真尴尬!

我灰头土脸，顶着满头零碎，撑着小姑娘们站起身，月饼已经冲到第一排。

“嗤嗤”，破空声响起，三根桃木钉排成“1”字，闪电般飞向熊成竹胸口，准确地命中了膻中、鸠尾、气海三个大穴。

月饼的桃木钉能刺透岩石，就算熊成竹的肌肉再硬，那也是肉做的。三穴齐中，必死无疑。

“越吓人的越好对付。”这句话一点不假。

十九

“噗”，桃木钉齐根没入熊成竹前胸，因为速度太快，血还没涌出，只有三个血窟窿。此时我也跑到了前排，军刀甩出，正中熊成竹额头。“前生仇今世恨”都攒在这一刀上了，刀身起码插进去两寸深浅，刀把余势未消，兀自“嗡嗡”颤动。

按照正常程序，这时候应该是以熊成竹不可置信的眼神、行将死去的生命以及临死前撂狠话完结。我和月饼唏嘘不已，讲几句类似于电影经典台词，收工大吉。

理想有多丰满，现实就有多骨感。

熊成竹浑然不觉中了三钉一刀，双拳对碰“咯咯”作响：“师父们就这么点能耐啊！”

月饼抽出几根桃木钉，略一犹豫又放了回去。

“记得您教过我，”熊成竹踱着步子向我们走来，“绝不把没有用的招数重复使用，这算是以身示范吗？”

月饼耸耸肩：“我居然教了你这么不成才的徒弟这么多东西？”

“我是死不了的。”熊成竹胸前、额头的伤口涌出一堆头发丝粗细、翠绿色的线条，“嘶嘶”作响，把桃木钉、军刀顶了出来。肌肉攒聚摩擦，挤出黏稠的汁液覆盖伤口，胸前、额头四个血窟窿平复如初。

“你居然在身体里种下了‘护体蛊’？”月饼微微皱眉，似乎想起了什么。

我没心思琢磨“护体蛊”是什么玩意儿。在那一瞬间，我很恍惚，心里有种很奇怪的感觉。我说不上来这种感觉到底是什么，隐隐觉得很熟悉，却又不明所以。

熊成竹“呵呵”冷笑，鼻孔喷出淡淡的白气，缓缓向我们走来，表情满是“他是猫我们是老鼠”的戏谑。

“南瓜，他的轻敌就是我们的机会。”月饼的鼻尖冒出细细密密的汗珠。

我“唔”了一声，心思始终静不下来。就这么略一错神儿的时间，熊成竹双腿蹬地，腾空而起。随着几声痛苦嘶吼，他的背脊蓬然隆起，血珠细如雨滴，细细密密地洒落。“刺啦”两声，熊成竹在半空中蜷缩成球，奋力摆成“大”字形挣开身体，背后长出一双两米多长，状似蝙蝠双翼的土黄色翅膀。

“八族也好，异徒行者也罢，真正的秘密，只有我知道。”熊成竹扇动翅膀，腥膻的空气夹裹着血珠扑面而来。

我被血珠溅了满脸，细针扎肉般疼痛。

“他的腿，空隙，一左一右。”月饼蹬着座椅，借助反弹力跃起，鹰隼般的身影疾如闪电，双手解开腰带，圈成绳套，兜向熊成竹左腿。

这时，我本应配合月饼。就算没月饼这么迅速的动作，起码也该跳过去，抱住熊成竹的右腿，借助最近长胖不少的身体把他坠下来，要是不嫌恶心再对着他大腿咬上一口，诸如此类……

“月饼，你能自己撑住不？我想静静。”奇怪的感觉越来越清晰，我也顾不得临阵脱逃是兵家大忌，拼命回忆从见到熊成竹之后的每一个细节。

要是换别人，听我这句话能气得半空中狂喷几口鲜血。除了月饼，这个不问原因、百分之百相信我的人。

“我给你拖延时间！”月饼甩出皮带，兜住熊成竹双脚，用力往回扯。皮带边缘裂开一道缝隙，两排芝麻大小的红点迸射而出，顺着熊成竹双腿而上。

熊成竹吃重，猛力振翅，那些红点遇风更加闪亮，爆出炙热红光。隔着三五米的距离，我都能感受到红点的惊人热度。“嗤嗤”声不绝于耳，红点由两排变成一大片，遍布熊成竹下半身，燎起成片血泡。

“火蛊！”熊成竹痛极怒吼，黄色双翼全部张开，仿佛要遮盖整个影院的灯光。

月饼松开皮带，落回地面，双手食指隔空弹动。指甲里又射出几缕红点，正中熊成竹翅膀。

那对翅膀像是沾满汽油的破布遇到火星，几团烈火熊熊燃烧，刺眼的光亮把影院映成血红色。每个人浴着红光，宛如坐在地狱烈焰河的边缘，等待审判的恶鬼。

“这是蛊族禁用之术！”熊成竹在火焰中烧成浅浅一道奋力挣扎的黑影，“你居然破禁！”

“蛊族只剩我一个人，规矩自然由我定。”月饼瘦削的脸忽明忽暗闪动着红光，“对付你这种人，不需要什么规矩。”

我还没琢磨出那个奇怪的感觉，敢情就没我什么事了？

“扑通！”熊成竹裹着火团坠落到银幕前的地板上，翻滚哀号，眼看着活不成了。

“你的静静想出来是谁了吗？”月饼扬扬眉毛，压根没看快烧成灰的熊成竹，反倒是盯着抱着黑猫喃喃自语的老太太，眼中间或一轮悲伤。

黑猫依偎着老人枯瘦的胳膊，“咕噜咕噜”的打鼾，睡得很香。老太太半张脸流露着慈母爱怜，手掌轻抚黑猫毛茸茸的脑袋，哼唱着含混不清的童谣——

“十八姑娘找情郎，
莫忘家中老亲娘，
情郎不知在何方，
等孩回家是亲娘。”

一人一猫，就这样，浑然不觉影院的剧变；一人一猫，就这样，恬静安详，如母女之爱。

我莫名其妙地想起了自己的身世，鼻子一酸，心脏好像被什么尖锐的东西戳破，某种情绪随着血液缓慢地流淌而出。

那段大唐绝恋是真是假，熊成竹是否真是我们千年前的徒弟，这些都不重要。

猫脸老太太，她怎么办？

毕竟，熊成竹照顾了她多年。否则，单是她的半张猫脸，早被当作怪物，为世人恐惧、猎奇、研究、网上疯传……成为茶余饭后、工作闲暇，人们口沫横飞、肆意揣测的一段新闻。

谁又能想起，她是鲜活的生命，本应得到所有生命都应拥有的尊重，而不是因为她长了一张和他人不同的脸，由此丧失生命的尊严。

我突然觉得，熊成竹不是坏人。

他承受着小九在她所爱之人面前死去的痛苦。隐忍着对我忘记小九这个人的刻骨仇恨，一诺千年，照顾着她的母亲。

仅仅是为了小九临死前的一句嘱托："照顾好我的母亲。"

"久病床前无孝子"，何况千年！

如果，那段幻觉是真实发生在千年前的我们之间。那么，错的人，最不该原谅的人，是我！

相对于熊成竹的为爱痴狂，我根本不懂得什么是爱。

爱情是什么？爱情，或许就是哪怕天涯海角，哪怕今生无缘，我答应你的，就一定说到做到。

一句承诺，牢记于心，此生不忘，摩顶放踵，为其实现！才是最深的爱。

"相比解决最强大敌人拥有的坚强残酷，反而最值得同情的是人们能触动内心的柔软。"

月饼也不顾及"影院禁止吸烟"的规定，摸出两根烟，一人一根。

"多情自古空余恨。"月饼深吸一口烟，吐了个浑圆的烟圈，悠悠上飘，随着空气对流扭曲成稀奇古怪的形状，终于消失不见。

如同人生，如同爱情，终会由圆满直至支离破碎。

火焰熄灭了，熊成竹烧成木炭般的一截，冒着冉冉青烟。

一切，就这么结束了？

"抓紧时间收拾好这里，"月饼指了指仍处在幻觉中的观众们，"我用蛊术恢复他们的神智，消除这段记忆，他们只会记得《妖猫传》真的很精彩。然后……带着老太太，一起走。"

我应了一声，脱掉上衣，忍着恶臭，包裹那截烧焦的尸体。

"噗！"轻微的皮肉刺破声，月饼左肩渗出指甲盖大小的血点，如同一朵瞬间绽开的花，染红了半边衣服。

月饼微晃身体，伸手摸了摸伤口，微微一笑："南瓜，你小心……他……咳咳……没死。"

这一切发生得太突然，我甚至还没来得及反应，就眼睁睁看着月饼踉跄倒地。

一枚桃木钉，浸透鲜血，“咕噜噜”滚动……

“新的身体还需要适应啊，”一个漂亮女孩从观众席起身，很妩媚地冲我抛了个媚眼，“否则，这枚桃木钉就穿过他的心脏咯。”

这个女孩，恰巧是我摔倒在几个小姑娘堆里中一个。我封住月饼伤口处的几个穴道。探鼻端，气息尚存；摸脉搏，缓慢跳动。听到女孩这么说，松了口气。

只要没有穿过心脏，依着月饼的身体素质，死不了！

“剩下的事，交给我。”我拍了拍月饼肩膀。此刻，我的胸口，被前所未有的愤怒灼烧得滚烫。

月饼的食指微微颤动，蘸着鲜血写了个歪歪扭扭的“唐”字。

这个字代表什么意思？月饼想要告诉我什么？唐朝那段往事的某个细节是关键？

我来不及多想，因为，我即将独自面对强大的敌人。

“你是谁？”我努力使声音很平静。

女孩甩了甩披肩长发，笑得很天真：“我是熊成竹啊。”

二十

我摸摸腰间才想起军刀已经抛出去了，心说以后怎么也要整把称手的兵器，痛下决心苦练。

“借尸还魂？”我退了两步，防止“熊成竹”突然丢出桃木钉，顺便说话分散她的注意力，争取更多的思索时间寻找破绽，“话说一个二百多斤的胖子突然变成性感小萝莉，这身体能适应吗？来大姨妈肚子疼怎么办？”

“多喝热水咯。”“熊成竹”眨了眨眼睛，“没有一个人能活千年，但是人类的身体用之不竭。永生，不过是从一具身体换到另一具身体而已。我换过很多身体，有过很多身份，为了彻底消灭异徒行者，做了很多事。元朝末年那次大起义，就是我为了阻止异徒行者暗中策划的。否则，一个泥腿子和尚怎么会当上皇帝，又怎么会在立国之后以各种名义杀了那么多的人。那些人，都是有异徒行者的人啊。”

“我拥有千年的知识，我拥有不灭的肉体。”“熊成竹”挺着高耸的胸部，笑得花枝乱颤，“挨了千年，终于等到了。只有把你们彻底抹杀，异徒行者的终极任务才会中断。那时，我就是真正的神。”

这句话，又激起了那种熟悉的感觉。当下的情况来不及容我多想，我慢慢挪动步子，走到影厅“生”门，先占据地理优势。

“师父，我记得您教过我，”“熊成竹”看透了我的心思，双膝僵直地向我逼近，“生即是死，死即是生。逆境，生门就是死门。”

我算着她的位置，摸出石灰包，兜头盖脸抛了过去：“那我教过你没？你现在站的位置是‘伤’门。”

桃木钉的破空声响起，石灰包被刺破了，白蓬蓬一片，遮挡住我们俩的视线。

“咯咯，师父你就会这么点儿下三烂的手段？”石灰白雾中，“熊成竹”银铃般的笑声分外清脆。

我心说你这个阴阳人有你哭的时候。趁着视线被挡，我移步到“休”门位置，提起右腿对着熊成竹腰间横扫。

“熊成竹”反应倒是挺迅速，扭腰躲过，手指夹着一枚桃木钉，直接攮进我的腿肚子。

“师父的小伎俩，很愚蠢啊。”“熊成竹”手掌猛拍，直接把桃木钉齐根摁进肉里。

钻心疼痛传来，我的右腿麻痛难忍，血流如注。可是我的目的，达到了。

“相对于月无华，你还不及他的十分之一哦。”

“这十分之一就足够干掉你！”我忍着痛从腿上抹了把血，洒了“熊成竹”满脸，“凡借命者，皆为阴人。阳血克阴，中者必伤。”

“熊成竹”化着浓妆俊俏的脸庞，如同被淋了热油，“嗤嗤”烫灼，皮肉溃烂，黄豆大小的脓包密密麻麻，看着分外恐怖。

“熊成竹”痛呼捂脸，我也不管什么“男女授受不亲”“好男不跟女斗”此类“直男癌”患者的人生训条，屈膝撞向“熊成竹”高耸的胸部。

“扑哧”一声漏气了，“熊成竹”胸部凹扁，闹了半天是垫出来的，我就说怎么能这么大。

“熊成竹”仰面摔倒。我趁机骑在她的身上，双手疾点她胸前数个穴道：“从你走路的姿势，桃木钉的力度，再加上你这个胸大无脑的智商，说明还没适应新身体。近身肉搏，你必败。”

腰间又是一阵剧痛，“熊成竹”把一枚桃木钉插进我的腰肋，披头散发，状如恶鬼般厉嚎：“你确实聪明，可惜你根本不懂我的身体。”

我发觉不对的时候已经晚了，手指所触位置，并没有穴道！腰间受创，腿部失血，让我有些轻度晕眩，尤其是腰部那枚桃木钉，插得极深，稍一用力，肠子清晰感受到钉尖扎入的疼痛。

我吼了一声，紧紧搂住“熊成竹”，就地翻滚，尽量使流出的血沾满她全身。

这是我唯一能做的事。但愿我的血足够多，能完全克制她。给月饼争取一丝丝恢复时间。就算我死了，月饼也能活下去。然后解决这件事，救下影厅的观众，照顾好猫脸老太，再也不要接触终极任务。

血流淌着，意识模糊……熊成竹的惨叫如同千万只蝙蝠掠过，急促而尖锐，夹杂着刺破耳膜的惊恐，倒成了我还能维持清醒的唯一原因。

鲜血几乎蹭满了这具性感的身体，渗进裸露在皮靴、羽绒服外的大腿、脖颈，烫起一片片米粒大小的燎泡，冒出特有的灰气，令人作呕的腥膻味让我晕眩。

“你死定了！”我分明感受到她的力量越来越强。用力勒住她猛力挣扎的身体，额头对着她的额头狠命一撞。即便她的身体没有穴道，但是她有思维、有体感，那么蕴神志的印堂穴必然存在。

“砰”！“熊成竹”白眼一翻，嘴角淌出黏稠的白沫，如烂泥般瘫倒。

这一撞，好像撞落了锁着记忆匣子的那把锁，无数个记忆片段蜂拥而出——

片段一：

“少来书本上的那一套！”唐德忠用力拍着肚子，“老子才不在乎什么鬼任务，要不是为了宝藏，老子能扔了有酒有肉有娘们儿的日子，到这鸟不下蛋的地方？啊……”

唐德忠一声惨叫，手忙脚乱地脱掉上衣，拽掉趴在胸口吸血的蜈蚣，狠狠踩了几脚，不解恨地吐了口浓痰，被滚烫的沙砾烤成恶臭的白烟。

“医族会怕蜈蚣？”远远站着的瘦削年轻人冷笑着，“把它吃下去。”

唐德忠似乎很忌惮年轻人，脸腮横肉不自觉地抽动：“明博，医族、蛊族自古不分家，咱们好好处。”

“谁和你是一家？”明博剔弄着指甲里的沙子，“你不吃，中了蛊可怨不得我。”

唐德忠眼中凶光一闪而逝，随即堆着笑脸，捡起稀烂的蜈蚣丢进嘴里：“听人劝吃饱饭，蜈蚣壮阳。”

片段二：

众人顺声望去，一团人影惨叫着向营地跑来。

“齐姨！”唐德忠吼了一声，向齐秀梅跑去。

“嘭！”两人中间的沙砾突然爆起十多个巨型沙丘，喷涌着沙尘，在空中聚成一团，扑向齐秀梅。“咔嚓咔嚓”的摩擦声响起，齐秀梅被扑倒在地，被沙尘笼罩，身上燃烧起绿色火焰，腾腾燃烧，瞬间烧成一具枯骨。

那股沙尘再次飞起，盘旋着向唐德忠冲来。唐德忠正要逃回，一双干枯的手从沙中探出，牢牢抓住他的双脚，根本无法动弹。众人看得真切，这股沙尘分明是一群土褐色形似天牛的怪虫，笼住唐德忠，虫嘴吐出绿色汁液，遇风即燃，唐德忠立刻被火焰包围。

“扑通！”唐德忠双膝跪地，双手狠狠抠进沙子，衣服烧得干净，裸露的身体鼓起无数颗或大或小的燎泡，皮肤紧皱皲裂，怪虫钻进体内，绿火从越烧越旺。怪虫再次飞起时，沙漠里只剩一具冒着白烟的乌骨。

片段三：

“月饼，你说真的有这种事吗？”我心说，再接话月饼又该想起过去那些不痛快的事，这又何必？假装没听见，读着“网易新闻”的帖子：“墨西哥男子进行心脏移植手术，一年后出现极度暴力行为。据悉，心脏捐赠者生前是变态杀人狂……”

“医学界有种解释，这种现象叫做‘细胞记忆’。指的是心脏窦房区域有几束细胞会记忆个体的情绪活动规律加以拷贝，和大脑情绪管理中心形成一种基于心脏自身实际状况下的相互协作、制约关系。据说最早的心脏移植手术由三国时期的神医华佗完成，”月饼一本正经地科普，忽然摸了摸鼻子，“南晓楼，谢谢你。总是能让我很快忘记那些不愉快的事情。”

我终于明白了见到熊成竹之后那种奇怪的感觉是什么！

他，三十多年前，八族罗布泊行动，医族，唐德忠！

他看似掌握了多族的异能，实际是掩饰他的本族能力——医术。

从古城接触“异徒行者”任务开始，我们陆续见到三十年前罗布泊行动的那些人。通过他们的讲述了解了那段诡异往事，也明白了我们的经历是这些人暗中操控的，他们在潜伏观察、伺机而动。

我和月饼讨论过几次，始终有个隐隐的疑问，却讨论不出这个疑问到底是什么，也就作罢。

进入冰城，遇到猫脸老太，想起那段传说。再到影厅，医族的符纸符水。熊成竹也就是唐德忠，把身体异变成怪物，通过某种医学方式在本体消失之后转换身体。

这些，都和医术有关！

我想通了那个隐隐的疑问——当年八族精英，各个心怀鬼胎又身怀绝技，唐德忠怎么可能就这么轻易死了？

月饼昏迷前写下了“唐”字，也是推测出了唐德忠的存在。

想到这些，我背脊一凉，灵台顿时清明。

和唐德忠一起死的，还有灵族的齐秀梅。影院的“五诡聚阴”格局，是灵族布置。

也就是说——我不敢再想，因为，那将是一件恐怖的事情！

“我这个不争气的侄子，哎……贪财好色，狂妄自负，仗着精通医术，这些年没少做坏事。”阴森苍老的声音从猫脸老太的位置传来，“咳……咳……我常劝他做些好事积点德，免遭不测。咳……他用‘植肉换体’解决了月无华。我也是轻敌，没想到你南晓楼，居然以命相搏，而且战术运用相当聪明，倒是出乎我意料。”

“齐姨，救我……”被我压在身下的“熊成竹”吐着血泡呻吟。我的血渗进她的印堂穴，眼看她活不成了。

“咻”，一道翠绿的牙签粗细的光线从我的脸庞擦过，贯入熊成竹咽喉。

熊成竹“咯咯”几声，探手指着我的身后，滚圆的眼睛满是不可置信。

终于，头一歪，死了。

“齐秀梅就是猫脸老太。”我哆嗦着双腿勉力站起，使劲挺直剧痛的身体，想显得更有气势，“真难为你顶着半张猫脸这么多年，也是不容易。”

黑猫安睡于座位，齐秀梅全身的骨骼爆豆般乱响，佝偻的身躯越来越高大，终于恢复成身材瘦削、充盈元气的老妇人。

那张半人半猫的脸，看着更加恐怖。

“灵族的特长，是和动物打交道，汇聚自然灵气为已用，”齐秀梅枯瘦的手指摸着半边猫脸，摩擦产生的静电把猫毛根根炸起，“当年罗布泊那群人，各个心怀鬼胎。我和侄子发现附近有火虫子窝，操控火虫子灭了几个人，用医术诈死逃脱。这些年，我们收集各种线索，终于在冰城找到这只隐藏着终极任务关键线索的猫。我发现灵术对它根本不起作用，从它的记忆里探知，只有你才能解开线索。而我，受到它精神力的反噬，变成了这个怪模样，真是得不偿失。还好，我的灵术类似催眠术，可以时刻控制它。”

一切水落石出，难怪她时刻找那只黑猫，难怪她随时抚摸黑猫脑袋。我们刚到冰城，黑猫感知到我的到来，预警也好，相见也好，寻着我了。

可惜我不懂灵术，无法探知它的深意。

“控制越久，你的猫化现象越严重，会不会变成一只真正的猫？给你丢条鱼，你就能摇尾巴？”

“哈哈，南晓楼，我很欣赏你的幽默，”齐秀梅的笑声像是嘴含了块热炭，沙哑混浊，“可惜幽默不代表实力，保不了你的命。”

“嗤嗤”两声，齐秀梅左右手尾指微弹，迸出两道绿光。我早有防备，扭身堪堪躲过，两道绿光洞穿熊成竹的大腿，凭空给尸体添了两个窟窿。

“你不是对手的。”齐秀梅慢悠悠地舔舐手指，“蛊术以身饲虫，形成蛊体。灵术是操纵自然，和蛊术是完全不同的两条路子。你对月无华再了解，也无法通过蛊术掌握灵术的秘密。来，乖，听话。帮我解开黑猫隐藏的关键，我可以考虑放过你们。你看，月无华还没有死。你能眼睁睁地看着最好的朋友，为了你所谓的信仰、正义、固执死去吗？”

齐秀梅如同引诱亚当夏娃偷食禁果的撒旦，几句话就击溃了我的心理防线。

“你保证月无华能活下去，我就放弃异徒行者任务，帮你解开秘密。”我已经没有别的选择了。

“当然……”齐秀梅话未说完，影厅门口走进四个人。

“南君，男人应有的觉悟你都忘干净了吧？居然会向敌人妥协。”

黑羽涉！

“你们俩总是给我们添麻烦。”

杰克！

“南瓜，别怕，萨满术绝不会败给灵术，交给我了。”

柳泽慧！

“晓楼，你怎么样了？对不起，我们来晚了。”

月野清衣！

“你……你们……”我长舒一口气，一屁股瘫坐在地毯上，“下次能不能早点？哪有主角都要‘挂’了，你们配角才赶到的理儿？”

“我们接到月君的通知就立刻赶来，”月野清衣褪下手腕的发绳，拢起齐腰长发扎成高束马尾，从发丝里抽出两条白纸，轻轻一抖变成两柄细长纸刀，垂在修长浑圆的大腿两侧，“已经是最快时间了。”

“月野，我没有说你。”我连忙点头哈腰。

“谁是主角还不一定。”黑羽涉“哼”了一声，从背后抽出通体漆黑的武士刀。

“滚！黑羽！你不来我也输不了。”我立刻凶神恶煞。

“要不是我的催眠术，这些武器根本带不上飞机。”杰克蓝得近乎纯粹的眼睛闪烁精光。

“还是杰克兄靠谱。”我做啧啧称叹状。

“阿瓜你就不能少贫嘴？”柳泽慧把两串铜钱大小的铃铛戴到手腕，双手火焰状摆动，铃铛的撞击声蕴含着奇异的旋律。

“我这是大战前的思想放松工作。”我嬉皮笑脸。

嗯，没错，我们五个，就这样你一言我一语，很愉快地聊天。

齐秀梅半张人脸忽白忽青，一副“这几个人对我完全没有反派大boss的尊重”的表情，“喵”的一声怪叫：“你们把我当做隐形的吗？”

“你不是隐形的，你已经是死人了。”黑羽涉的武士刀，挟着风声，从右手劈出。他的左手从腰间拔出短刀，横切。

宫本武藏，二天一流刀法！

二十一

“你们来得可够晚的。”月饼含混不清地嘟囔，“小心，她的灵术很强。”

月饼的身体素质果然强悍，这么短的时间就恢复了神志。我这才放下心，摸出几根银针，紧张地观察战局。万一齐秀梅露出个什么破绽，我一针结果了她，也算是拿了一血，夺回主角光环，省得黑羽聒噪！

“日本刀法源自唐朝，”齐秀梅双腿未动，却向后退了两米，躲过黑羽雷霆一击，“班门弄斧的小鬼子。”

看着被称为“小鬼子”的黑羽窘红的瘦脸，要不是同为日本人的月野在场，我真能笑出声。

黑羽一击未中，短刀护在胸前，揉身进袭，长刀竖劈。

齐秀梅十指暴涨出一尺多长的绿芒，如同十柄短剑。右手剑架住头顶长刀，左手剑插向黑羽胸口。

黑羽顿臂，长刀生生停住，短刀横切，削掉胸前五条绿芒。

“呲呲”几声，齐秀梅左手绿芒冒出，鹰爪状继续前抓。

黑羽疾退，依然被绿芒刺破衣服，微微渗出血点。我心里一紧：“小鬼……不，黑羽，你认真点儿。”

“阴阳术·华之光，”月野挥舞两柄纸刀，像高度旋转的螺旋桨，把她带到空中，停顿片刻，纸刀合二为一，随着曼妙的身姿，闪电般疾冲而下。

“当年鉴真东渡，带去了盛唐的文化、佛教，还有一种秘术，也就是日本阴阳术的前身，那就是灵术。”齐秀梅流露出赞许、羡慕的眼神，“我曾经比你漂亮。”

嗯，这就是女人。

月野马尾飘飘，纸刀像是轻轻切进水里，无声无息，却又挟着无与伦比的锋利，距齐秀梅前额还有半尺。

齐秀梅一动不动，任由月野飞来。我意识到她要做什么，奋力全冲，腰腿的伤口剧痛涌血，只得点了穴道封血：“月野，后退。”

“先毁掉你这张狐媚子脸吧！”齐秀梅双手绿芒涨到一尺有余，抓向月野俏生生的脸庞。

“早就想到你会这么做。”月野扭动纤细腰肢，上身后仰，足尖轻点齐秀梅手臂，以不可思议的角度在空中转了一圈，躲过齐秀梅毁脸一抓，趁着她双手举起，纸刀刺向她的胸前。

“不愧是月野，就是比黑羽靠谱。”我心里暗暗喝彩，“这一刀齐秀梅说什么也躲不过去。”

“砰”，纸刀确实戳中齐秀梅腹部，被一层绿色光挡住。月野已经落地，再次猛力前刺，刀身剧颤，不能刺进分毫。

“试一下喜歌乱舞吧。”柳泽慧踏着奇异的脚步，伴随着手腕铃铛异妙的旋律，舞蹈般逼近齐秀梅。

“萨满术而已，幻族分支，何足挂齿。”齐秀梅左脚跺地，地毯漾起一层水纹状绿芒，流向柳泽慧，蔓藤般蜿蜒缠绕住他的双脚，将他牢牢固定。

柳泽慧挪动双腿，像陷入沼泽，越挣扎，坠陷越快。

“你们六个实验品，早就该死了！”齐秀梅全身爆出绿芒，形成圆圈似的保护罩，双臂举起。

“咚！”我还没来得及做出反应，就觉得像被巨锤砸中全身，五脏六腑压成一团，身体不由自主地飞起，撞到影院墙壁，重重落下。

月野、柳泽慧、黑羽纷纷摔落，嘴角、眼角、耳朵淌出血丝，显然都受了内伤。

我刚要看看月饼怎么样了，腰部又被下坠的东西狠狠砸了一下，疼得我差点没把那顿东北杀猪菜吐个干净。

杰克好大一张龇牙咧嘴的脸落在我面前："南瓜，抱歉。"

"你倒是上啊！"我要不是没力气，肯定狠狠捶他一拳。

"我也想上，"杰克苦着脸咳了口血，"催眠术需要出其不意，配合环境才行。"

"废柴！"我哭笑不得，"你来干吗的？送死吗？还不快跑。"

"朋友有困难，送死也要来。"杰克擦擦嘴角的血，"要死也是一起死。"

"别斗嘴了。"月野倚着墙壁，脸色苍白，长发被绿光震散，凌乱垂落额前，倒有种惊心动魄的美，"想想办法。"

"五个人，一起上。"骄傲如黑羽，也终于承认了齐秀梅的强大。

"咱们打不过她。"柳泽慧撇撇嘴，往我身边挪了挪，似乎要帮我挡着齐秀梅的进攻，"阿瓜！这次保护不了你了。"

"你们六个本来是……"齐秀梅周身又弹出圆形绿光，"我从不废话，没有必要让你们死前知道更多秘密，带着遗憾去死，会不会更有乐趣。"

"可惜，我们体会不到这个乐趣。同样的话，一天重复两次，真没意思——

"我，是，蛊族，最强的，男人！"

月无华，那个无论何时，我们最信赖的男人，站起来了！

二十二

齐秀梅冒出的绿光挡住了视线，我无法看到站在她身后的月饼。我只能看到赤红的火焰极度嚣张地燃烧，映得整个影厅像被鲜血泼染，霸道地碾压齐秀梅的绿光。

齐秀梅半张人脸闪过一丝惊恐，急忙闪到银幕中央，和我们摆出三角的形状。

月无华，嘴角扬着笑意，肩膀的伤口“汩汩”冒血，每一滴血珠，悬空飘浮，汇成那片红色火焰，越燃越烈。

“你居然会……”齐秀梅更加惊恐，绿芒黯淡了许多，“蛊族曾发毒誓，绝不触碰血蛊。”

“所以我被蛊族除名了，”月无华很认真地踏着每一步，双目赤红，暴喝一声，“迭、颂、迪、猜、无、所！”

血焰更加狂烈，他的衣服碎成片缕，飘进火焰，烧成灰尘，转瞬即逝。

他赤裸的上身，肌肉块块隆起，胸前突然浮现出一只张牙舞爪的青龙文身。

“青龙现身，蛊王临世，八族逆者，尽皆诛死。”齐秀梅身形矮了半截，绿芒尽数熄灭，喃喃自语着，“我不甘心，可是，我败了。”

此刻，她再也不是那个不可一世的女人，而是白发苍苍、知道自己即将死去、安静等待死亡降临的老妪。

“嗷”，月无华胸前青龙挣脱了皮肤束缚，携着赤红火焰撞向齐秀梅。

那一刹那，我好像看到青龙由无数只奇形怪状的虫子组成。还没看清，青龙、血焰已经击中齐秀梅，四只龙爪扣住她的双肩双腿，龙头张开血盆大口，将她的头颅生吞进去。

血焰瀑布般覆盖齐秀梅全身，熊熊烈火中，她原本枯瘦的身体更加干瘪，如同一株被天雷劈中、暴雨都不能熄灭的着了大火的老树，越来越小，越来越小。

终于，血焰中，只剩细细一缕，直至灰飞烟灭。

齐秀梅，没有发出任何声音，没有任何挣扎。也许，当她看到蛊王那一刻，就已经放弃了生存的想法。

“南瓜，我不行了。”

我们五个，还在极度震撼中，月饼虚弱地、慢慢地对着我们笑了笑，双膝跪地，前扑，倒下！

“月无华！”我失血过多站不起来，双手抠着地毯，就这么往前一点点爬着，“你要是死了，我和谁聊到天亮！”

那年，午后，阳光正好。

我懒懒躺在床上，担心着摇摇欲坠的风扇随时会掉下来。

门“吱呀”开了。他，逆光而来，遮住细细碎碎的阳光，却像太阳，照亮了整个世界。

“你是南晓楼吧？”他嘴角扬起，摸了摸鼻子，背包随便往空床一丢，“我是月无华，以后咱们就是兄弟了。”

那年，路边摊，烧烤，啤酒。

“我不吃猪肉只吃牛肉，”他漫不经心翻着菜单，“如果你看到杀猪的场景，这辈子不会吃猪肉了。”

“那我以后都陪你吃牛肉，”我仰脖灌了一大口啤酒，擦擦嘴角的酒沫，“说到做到。”

那年，电影院，VIP厅。

“这个椅子是电动的，可以躺着。”他舒服地伸开双腿。

“你第一次来？”我帮他调着按钮。

“这是我第一次和男人看电影。”他戴上3D眼镜，答非所问。

然后，电影演到一半，我们，睡着了。

醒了谁都不好意思说这事，都说电影真好看，根据各自看的片段，兴高采烈地讨论。

那年，敌方摧毁了我们的水晶，我喋喋不休他哪里打得不好。

“打个游戏至于吗？”他对输了一局怒火冲天的我憋着气，“游戏而已，这么认真干吗？”

广西，十万大山——

“南瓜，快跑！”

泰国、日本、印度、韩国——

“南瓜，快跑！”

……

“南瓜，快跑！”

不知不觉，我的眼泪顺着脸颊，淌到下巴，合成沉甸甸一滴，带着我们的回忆，坠落。

当我爬到他的身边，月野、黑羽、小慧、杰克早已到了，默然不语。

我抓住月饼脉搏，触手冰凉，没有脉象；探他的鼻孔，没有呼吸；翻开眼皮，白色眼仁；摁他胸口，毫无跳动，肩膀还流出极少的冷血。

他，陪了我这么多年的那个人，死了？

“月饼！月无华！月公公！”我重重地砸着他的心脏位置，“你……你回来啊！求你了！”

“南君，我了解你的心情，”月野轻轻拍着我的肩膀，“请尊重月君。他……他已经……已经……”

低泣声，他们四个；哀号声，我自己。

我多么希望他能突然睁开眼睛，长呼一口气：“南少侠，你打敌人的时候怎么没那么大的劲？没死也要快被你砸死了。”

可是，他就这么静静地，静静地，躺在那里，像一个玩累了、熟睡的孩子。

怎么……也……叫不醒！

“喵”，那只黑猫，不知何时醒了，跑过来探着毛茸茸的小脑袋，蹭着我的下巴。

乌黑的眼睛，眨了眨，映着我的模样，缓缓流出两滴殷红色的血泪。

那一刻，我好像听到她在对我说话。那一刻，黑猫在我的眼中，幻化成一个瘦瘦的姑娘，长发及腰，下巴尖尖，嘴唇肉嘟嘟翘得很可爱，鼻子修长直挺，细长眼睛忽闪着长长睫毛，眉毛如柳叶般好看。

“我等了千年，终于等到你来寻我。”她的声音，清脆中略带娇憨，那么好听。

那一刻，我看到了夕阳、她的家、盛开的花、纤细的背影，似乎察觉我在看她，于是偷偷回眸眼含不舍。

还有，我坚定、假装很豪迈的样子：“我一定做到更好，配得上你，再来娶你。”

她轻山浅水地笑了，眉间那抹哀愁似盘绕山顶的晚霞：“还记得我的名字吗？”

封印前生记忆的枷锁，被这句话敲得粉碎，无数个画面洪水般涌进脑海。

那一刻，我忘记了身在何处，身处何世，紧紧搂着黑猫，再也不愿松开。

“你是酒娘，你是小九，我怎能忘记！对不起，我错了！”

秋叶碎梅成灰焚了几多前尘
往事如老树斑驳恰似你眼神
奈何桥下 曼陀缤纷
黄泉一瓢千转百世凋零无痕
眼眸相遇今生你恰是那个人
执手如残枝连理生死不离分
孟婆的碗 落地成真
不饮不忘只为来生缘浅情深
孤城往事 曲终转身
誓言太狠笑诉离殇有谁认真
枯灯独影 等你推门
情碎落地酒盏空空微醺我们
千年，一恋

二十三

“记得我就好，”小九摸着我的脑袋，手掌温润，传递着她的心跳，“当年我误入青楼，对不起。”

“不！是我错了。”我的心脏像是被狠狠攥了一把又忽地松开，疼痛难耐，“我本以为给你全世界才是幸福，却不懂得我的全世界就是你。”

“你终于懂了。”两滴热泪落在我的额头。千年相思泪，化作两滴，一滴是她，一滴是我，苦涩了前生今世。

“我跳楼自尽，你们将我下葬前，你的朋友，”小九幽幽地拢着头发，“用蛊术把我的残思封于黑猫，又用‘续命蛊’使我拥有千年寿命。”

“他为什么这么做？”我向月无华看去，才发现四周白茫茫一片，仿佛置身于幻境。

“这是咱们的灵思在说话呢。”小九点着我的鼻尖，“还是这么傻。”

“他说，有情人本该终成眷属，如果误会太深，就让时间检验真情。还有一个原因，”小九点了点前额，俏皮地笑着，“那天你我青楼偶遇，你们带着刚寻来的任务线索，商量如何封存，确保今生可寻。咱俩情愫和我的千年之命，可是最好的方式哦。”

我已经没有心思考虑什么终极任务，只想在灵思里与小九就这么聊着、聊着，直到天荒地老。

“晓楼，你还不懂吗？”小九察觉到我的心思，颦眉微怒，“人世间，生老病死不足惜，唯有情字最伤人。终老一生、柴米油盐、争吵无为，远不如你懂我、我懂你这般，彼此放在心里，留作一生品味的美酒，岂不更好？舍得舍得，不舍哪来的得？”

难道爱情不是长相厮守、天长地久？或者，最开始相爱的时候，都如童话般美好，但时间久了，王子也会秃顶，公主也会打呼噜，当初热爱天台外的景色，都没心情再看……

“告诉我，62188，关于你我，是什么？只能回答一次。”小九极其认真，及其平静地说，“如果答对了，你确实爱我；如果答错了，我苦等你千年，也就罢了。”

这是我一生，最重要的一次回答！

那一瞬间，我根本不知道答案，根本毫不思索，根本不在乎对错与否，脱口而出：“我初识你到分别那天，正是62个月188天！”

“情郎，你终是爱我的。”两行长泪，顺着小九玉石般晶莹的脸庞滑落，却是满脸欢喜，轻声哼唱着，“海南之南，黎母哭子，鹦鹉泣歌，苦楝花开。”

“记住了吗？你的记性这么好，不要忘哦。”

我点了点头，攥着小九的手：“咱们不要分开，哪怕你是一只猫，我也要好好陪着你，每天就这么说说话，好吗？”

小九泪痕未干，笑得很甜，轻轻地抽出手：“月无华给了我千年之命，世间红尘百态，早已看破，你我又何必强求有生几十年。彼此放在心里，甚好。”

“可是……可是……”我有许多话要说，却不知从何说起。

“他赐我一命，心愿终了；我还他一命，两皆欢喜。”小九微闭双目，退了几步，悠悠地飘浮而起。长发拂过精致的脸庞，她小心地别到耳后，似收束了漫漫岁月的情丝。洁白裙角，漫飞轻灵，惊艳如飞天仙子。那双千年前，我握过无数次、今生只触碰几次的小手，微微摆动：“晓楼，此生不见了。”

一道耀眼的白光，自空中直射而下，把小九笼罩其中。小九恬然地笑着，哼唱着简单的谣曲。白光越发耀眼，刺得我几乎睁不开眼。隐约中，小九如同被风吹散的蒲公英，一片片飘散，就这样消失了。

我的心，一片片，碎了。

疼着，甜着。

二十四

眼睛像是压了两块石头，沉重得睁不开。身体有种极度劳累后微酸的舒适，喉咙火烧火燎般滚烫。

我使劲睁开眼睛，触目所及，一片雪白，小九正坐在我身旁，垂着头想心事。

“小九，你回来了！”我挣扎着坐起，腰、腿的伤口撕扯剧痛，又躺回床上。

“南君，你醒了？”

我心里一疼，这分明是月野的声音。视觉逐渐恢复，吊瓶坠着一滴滴沉重的药水，顺着胶管流进血液，就像小九临别前的泪，融进了我的心里。

“月野，谢谢你照顾我。”我抽了下鼻子，忍着泪水，“这是哪儿？医院？”

“南少侠恢复能力惊人。我估摸着你怎么也要三天才能恢复神智，没想到这才一天一夜就睁开双眼看世界了。”

我连头都没回：“月公公，您老人家大难不死，没有后福。”

“你们啊……”月野眼角满是笑意，摇摇头起身，扭着浑圆丰满的屁股出了病房。

我忍不住多看了两眼，月饼倚着门似笑非笑地盯着我。

“南君，你又偷看我屁股了，对吗？”月野重重关上了门。

门框的撞击声回荡，我和月饼默然不语，气氛安静得近乎压抑。

月饼点了两根烟，递给我一根：“VIP病房，抽吧。”

我深深吸了一口，辛辣的烟气烫着喉咙，带着病房特有的药水味道，滑进肺里。

“我把小九安葬了，”月饼扬扬眉毛吐了个烟圈，“选了个很好的地方。”

“嗯。”

“小九救了我一命，她和你神思对话，我也都知道了。她是个好女孩。”

“嗯。”

“你昏迷的时候，我一直在思索，为什么咱们会出现在大唐？”

“嗯。”

“我不相信穿越这种事情。”

“嗯。”

“我甚至想，咱们也活了千年。为了寻找终极任务，从婴儿移体换命，所以才不会有那些记忆。”

“嗯。”

“出现在各个朝代的黄衫和圆脸老人，是不是就是咱们呢？”

“嗯。”

“小九说的任务，应该是南海那座岛，黎母山，鹦哥岭，和苦楝树有关。你可以不去，我不坚持。”

“走，出发。”我拔掉针头，收拾东西，“回避一下，小爷换衣服。”

月饼笑了，我也笑了。

是的，如果要结束这场悲剧，那么就要了解终极任务的秘密，从源头解决这些事！

月饼懂，我也懂。

我也想找处港湾停下，在海边买一所房子，抽抽烟，喝喝酒，看看海鸟，在悲伤的情绪里打发时光。可是，我们身后空无一人，又怎能就这么颓废地倒下？

第二章 北海悲

一

“月公公，再这么下去，肠子都吐出……”我抱着马桶吐得稀里哗啦。刚吐完灌了一大口冷水漱口，又是一阵翻肠倒胃地狂呕。

月饼躺在床上，枕着胳膊，有滋有味地喝着二锅头：“没想到区区小风浪就能搞定南少侠啊！”

“这是小风浪吗？”我扶着墙，东倒西歪，好不容易挪到床边，烂泥般瘫着，“大过年的，东北人怎么全往海岛跑，搞得飞机票都订不到。”

“海岛暖和啊。”月饼开了瓶二锅头递给我，“有条件谁愿零下几十度过年？”

正所谓“人生不如意十有八九”，我和月饼壮怀激烈地准备订机票直奔海岛，然而一直到二月二，只有一张空票，还是正月十五的。

我们一合计，开车直奔广西北海，从这里轮渡一晚上也就到了海岛，还能把车运过去。哪曾想，上船还风平浪静，没多会儿就遇到了风浪。照着平时，这种风浪我倒也不当回事，正赶上身体还没复原，吐得起码瘦了五六斤。

“你老实说，月野他们四个干吗去了？”我灌了口酒，胃里暖暖的，多少好受些了。

“他们处理唐德忠尸体时，有了新发现，做别的事去了。”月饼回答得很老实。

“什么发现？”我就讨厌卖关子，继续追问。

“我真不知道，”月饼耸耸肩，“好像和齐秀梅的某句话有关。那个时候我正凝神聚血蛊，没注意是哪句话。”

我想了一会儿，满脑子都是小九，心里酸楚，索性作罢，絮絮叨叨找话题：“话说杰克的催眠术，对付齐秀梅一个人不好使，影院那么多观众倒是很见效。”

“杰克的精神力本来就异于常人，而且……”月饼忽然明白了什么，举着酒瓶遥空和我碰了碰，“心里不痛快就聊出来。”

我没有吭气，闷着头喝酒。

能说出口的，永远不会是最难过的事情。

气氛有些沉闷，我借口出去透透气，走到甲板一个人安静会儿。

北方已经数九寒天，南方依旧温暖如春。古时“少小离家老大还”，如今几千公里开车也就一两天的光景，多少有些时间空间交错产生的不真实感。

潮湿咸腥的海风很暖，海面翻涌着层层海浪，激撞船身，碎成雪白的泡沫。如此反复，乐此不疲。正如人生，每天生活着毫无意义却不得不重复的二十四小时。

极目远眺，海的边缘与天际相连，近乎墨黑色的夜幕，点缀着斑驳繁星，闪烁奇妙的韵律。许多星辰，我们欣赏她璀璨光芒的时候，她已经死亡了几百万年。

或许，虚无缥缈的时间，才是最真实存在的唯一。

我倚着船舷一根接一根地抽烟，脑子空空如也，想起上船的地方叫北海，随口唱起了“你在南方的艳阳里，大雪纷飞；我在北方的寒夜里，四季如春……南风喃，北海北，北海有墓碑。”

“唱得不错哦。”旁边突然冒出一句。

我吓了一跳，扭头一看，一个身材性感、极度夸张的短发、古铜色皮肤的女孩，冲我笑吟吟地扮了个鬼脸。

“很高兴认识你，我叫阿珠，”女孩很大方地伸出手，“听口音，北方人吧？”

我心说：“今儿出门看皇历了，没艳遇这一说啊。”出于礼貌，我伸出手，再说谁会拒绝性感美女的握手。她的手掌光滑，手指粗糙，倒有些出乎意料——照说此等美女，更应该注意保养才是。

“手指有茧子啦，”阿珠笑出标准的八颗洁白牙齿，“护肤品用得少，你有推荐吗？”

敢情在这儿等着我呢！我恍然大悟，脑子里瞬间冒出许多关于此地的报道，闪出两个大字：传销！

“我一个大老爷们儿用什么化妆品啊。”我准备回舱。

“珍珠粉挺不错的，可以去角质，延缓衰老。”阿珠本着传销人员“有话顺杆子聊，没话掘地三尺找话题”的宗旨，喋喋不休，“采珠可是个辛苦活。‘恶水出奇珠’这句话听过没？我就在海边长大，给你讲讲？”

“我不会游泳。”我一句话断了她继续洗脑的想法。再这么聊下去，估计该邀我参观什么珍珠加工厂，实际就是个租来的小别墅，里面一大堆人，每天青菜白饭喊口号，接受所谓的“成功模式教育”了吧！

“南晓楼，你可是会游泳的啊。”阿珠冷着脸走进几步，高耸的胸部几乎要碰到我，气势逼人……

我暗暗把军刀扣在手心：“你对我还挺了解？”

“我不是传销啦，”阿珠“扑哧”又笑了，“别管怎么知道你是谁，愿意听我讲个宋朝的故事吗？”

阿珠还真是不笑不会说话。我也实在没法儿把这么个女孩和妖魔鬼怪联系起来，既来之，则安之，索性又点了根烟：“长夜漫漫，美人畅聊，也是佳话。”

那一刻，我很有些当年白居易任江州司马，浔阳江渡船畅饮，偶遇琵琶女，“千呼万唤始出来，犹抱琵琶半遮面”的情怀。

嗯！文人怀古思今的幻想症又犯了……

二

以下是阿珠的讲述——

“哇！”一声啼哭，在母亲撕心裂肺了半宿的哀号中，响彻整个村庄。

“男孩女孩？”蹲在门外的憨厚汉子一蹦而起。

窗棂，烛光映着稳婆拎起婴儿小脚、拍屁股的影子：“老三，恭喜啊！村里又多了个采珠女。”

老三“扑通”跪地，乱七八糟谢了一大堆神仙，手舞足蹈地就要进屋。

“别进来，母女闪着风，看你怎么担待！”稳婆微愠的语气中透着欢喜。

候在院落外的众人齐声欢呼：“妈祖娘娘保佑，村里添了采珠女。”

在“男丁兴家”的时代，这个叫“珍珠”的村落有着与众不同的风俗。女孩，家家视若珍宝；男孩，倒没那么值得庆祝。

珍珠村，以采珠为生，而最擅长采珠的人，却是女子。没人说得明白这是为什么，只是听村里老人说过，最珍贵的珍珠，只有最纯洁的女子才能采到。偏这珍珠村女子，各个水性如鱼，都是采珠好手。

故此，生在珍珠村的女孩，到了三十二岁，才会嫁人。

许是常年采珠，海水寒气入体，女子多不生育，分娩后也是几年就会死去。故珍珠村以采摘最美的珍珠闻名，人丁却一直不兴旺。

千百年来，村里无论男女，都对“女子采珠难育短命”习以为常。正如谣言，传得多了就成了事实；正如陋习，延续久了就成了规矩。

三

时间很慢，慢到一粒沙砾，在贝壳里孕育百年，方成珍珠；时间很快，快到襁褓里的女婴，在珍珠村咿呀学语，转瞬成姑娘。

“阿珠，还在练闭气呢？”阿灵路过老三叔的院落，看到阿珠整个人沉进盛满海水的瓮缸，“咕嘟嘟”冒着气泡。

“哗啦”，穿着鲨鱼皮甲的阿珠从缸里站起，吐出一串晶莹的水珠，古铜色的皮肤沾着细碎水滴，阳光下晶莹剔透。湿漉漉的长发乌缎般遮盖着高耸的胸部，银铃般笑着：“阿爹说明天就能下海采珠了，我能憋半炷香的时辰了。”

阿灵撇撇嘴：“我也明天下海，可惜只有三分香的时辰，有些害怕呢。”

阿珠从瓮缸里撑起玲珑有致的身子，拉着阿灵的手：“没事啦。第一次下海是浅海，不妨事，别怕。”

“明天你要照顾我、好不好？”阿灵摆着阿珠的手左右荡着，“好姐姐，我真的好担心。”

“阿灵来了啊，进屋喝点乌贼汤，讨个下海前的好彩头。”老三叔用瓢舀了两碗热腾腾的鲜汤，一手一碗端到桌上。

阿珠小跑过去嗔怪着：“阿爹，你也不怕烫着。”

“鲨鱼都斗过，两碗汤还能咋样？”老三话虽这么说，把碗放下，挤眉弄眼对着两只手呼气。

老人家孩童般的举动，逗得两个姑娘“咯咯”直笑。

阿灵吸溜着鲜香浓汤：“老三叔，下海前为什么要喝乌贼汤？”

“海里最狡猾、最敏捷的就是乌贼啊，”老三笑盈盈地说，“希望你们也像乌贼一样机灵，把珍珠从贝壳里偷出来。”

“那我们不成了小偷吗？”阿珠皱着鼻子撒娇，“我不干。”

“你们看啊。”老三指着天空飞过的海鸥，“鸟吃鱼，牛吃草，老鼠偷粮，狗抓兔子。天地万物循环，才能生生不息。采珠女当然要去偷珍珠咯。”

"第一次下海，我……"阿灵小声嘟囔，"我不敢。"

"浅海而已，我们在船上保护着，莫怕。"老三忽然想起什么，欲言又止，目光复杂地看着两个女孩。

小丫头们哪有那么多心机，你一言我一语聊着下海采珠的种种，既紧张又兴奋。

四

海鸥"呀呀"盘旋，波光粼粼的海面时不时跃出成排飞鱼，被铁钉固定的木质老渔船顶风撑满了白帆，迎着正午太阳晒出的水汽航行，像刚出锅热腾腾的馒头。

六个采珠女穿着鲨鱼皮甲，腰间挂着鲨鱼鳔做的珠囊（这种珠囊下海时灌满空气，可供采珠女呼吸所用），手腕系着精铁打制的蚌刀，腰间盘着细细长绳，并排站在船舷，或神色紧张，或兴奋激动。

老人们表情严肃，各持一根采珠女的长绳。尽管是浅海，但变幻莫测的大海里，这根绳子是采珠女生命的保障。

老三眯着眼盯着日头，声若洪钟："正值午时，入海大吉。龙王庇佑，妈祖降福。"

"龙王庇佑，妈祖降福……"老人们跺着脚齐声祈福。

"下海采珠！"老三喊道。

六个采珠女鱼跃入海，激起或大或小的浪花。唯独阿珠，像条飞鱼，没有一点水花，轻盈地滑入海中。

"好水性！"老人们喝彩，"老三有福气！"

老三欣慰地笑了，握着绳索的手却越抓越紧，目不转睛地盯着平静的海面。

毕竟，这是女儿第一次下海啊。

半炷香的光景，有珠囊可供呼吸，采珠女潜水时间要比平时长许多。系住采珠女的绳索没有异样，六个老人没了初时的紧张，相互聊天。

"哗啦"，阿灵最先冒出海面，高举珠囊，里面盛着两三颗米粒大的珍珠。

这类珍珠过小，无法做饰品，磨粉掺进胭脂或食用，对保嫩皮肤有奇效，很得官太太、大家闺秀、青楼女子的青睐。

老人们齐声喝彩！

阿灵踩着水，兴奋欢呼，长长的睫毛挂着水珠，哪还有初入海时的害怕。

四个采珠女接二连三从海里钻出，多多少少都有收获，陆续上了船，喝着姜汤暖身子。

唯独阿珠，尚在海底。

老三叔很有些骄傲，阿珠水性天生超群，还不会跑的时候，就能在河里游得像条鱼，比这五个采珠女潜水时间长，也不是什么稀罕事儿。

哪料，眼瞅着一炷香就要燃尽，阿珠还没动静。

老三叔有些着慌："阿灵，方才海里，阿珠在哪里？"

五个采珠女正聊着海底趣事，听老三叔这么一问，七嘴八舌说着。

"入海相助，采珠无忧。老话我们可不敢违背。入了海我们五个就携手采珠，阿珠却游向一片珊瑚。"

"我招手示意她回来，她冲我们摆摆手，自顾自游走了。"

老三叔把烟锅往甲板狠狠一磕，砸出个小坑："简直胡闹！你们怎么不早说！"

未等几个女子解释，老三叔回收绳索，手上根本不着力，不多时收回了一条断索，茬口锋利，似蚌刀割断。

难道是阿珠自己割的？

船上的人们知情不妙，老人们解着衣服，准备入海探个明白。

就在此时，海面"咕嘟嘟"冒着水泡，雪白的泡沫中夹着些许血水。老三叔面色一沉，傻愣愣地站在甲板上……

"阿爹，我回来啦。"阿珠冒出半截身躯，紧身鲨鱼皮勾勒的完美线条映着正午阳光，亮闪闪好似海中仙子入了凡间。

老三叔气得胡子乱颤："死妮子，仗着水性好，连入海规矩都忘记了！看我回家怎么收拾你！"

“嘿嘿……入了海，就像回到家，”阿珠浑然不在意地吐吐舌头，举起修长的右手，“你看嘛，红色珍珠。”

“什么！红色？”几个老人异口同声惊呼，嘴角不自觉地抽搐。

阿珠沉浸在采到好珠的喜悦，自顾自说道：“入了海，见不远处有珊瑚礁，缝隙间夹着一只大蚌，隐隐冒着红光。”

“快扔掉！”老三叔回过神，一声暴喝。

船上几个采珠女不明所以，吓得抱在一起，怯怯地瞄着老三叔。

“我才不呢。”阿珠喜滋滋地把珠囊别回腰间，往木船游着，“这么好的珍珠，起码够半年赋税呢。”

“阿珠，听你爹的，赶紧扔掉。”年岁最长的茂财叔假借捋胡子，掩饰颤抖的手，“血珠是海难沉船，淹死的人被鱼吃了血肉，骨头落入蚌壳。此物最为不详，必遭大难。”

阿珠皱着眉，满脸嫌弃，解开珠囊倒掉血珠：“茂财叔你怎么不早说，真恶心。”

靠岸归家的路上，几个小姑娘叽叽喳喳方才的虚惊一场，没有察觉老人们跟在她们后面，一直盯着阿珠。

老三叔几次想说话，却欲言又止，眼角淌下两颗混浊的老泪。

“天意啊。”茂财叔摇头叹气，“难道那个诅咒要实现了？”

“老哥，想想办法。”老三叔抓着茂财叔的胳膊。

“按照老法子来，”茂财叔沉吟片刻，又摇了摇头，“但愿……”

五

回到家中，阿珠刚准备盛碗鱼汤，老三叔抓住她的手：“阿珠，从今天开始，你只能吃素。”

“为什么？”阿珠睁大了美丽的眼睛。

“血珠乃不祥之物，寻常人沾了必有晦气，”老三叔踱步到菜园子采着新鲜蔬菜，“吃素祛晦，这是为你好。”

“哦，那要吃几天？”阿珠吐吐舌头，寻思反正也不太爱吃肉，吃素没什么大不了。

转念间，她看到夕阳映着老三叔佝偻的背，花白的头发被染成金黄色，他时不时咳嗽，吐出一口浑黄的浓痰。

阿珠心头一酸：阿妈走得早，阿爹这几年，老得真快。

“今年你十六岁，吃到十八岁。”老三叔双手扶着膝盖费力站起，“委屈你了。”

“只要爹好好的，阿珠吃一辈子素都行的。”阿珠从阿爹手里接过沾着泥土的菜蔬，蹲到井边洗择。

老三叔坐在屋门台阶上，看着阿珠的背影，嘴唇哆嗦着，含混不清地低语：“怎么偏偏是阿珠。孩儿她娘，我对不起你。咱们这是造了什么孽。”

阿珠忽地回头，莞尔一笑：“阿爹，黄瓜炒鸡蛋好不好？”

老三叔堆着满脸皱纹的笑容：“阿爹就好这一口儿，晚上咱爷俩儿喝两盅。”

黄瓜炒鸡蛋，红烧茄子，两碗白饭，一壶老酒。爷俩你一筷子我一盅，聊着家常，聊起死去的娘亲，聊着老三叔出海捕鱼的奇闻逸事。

不知不觉，老三叔喝得酒意上涌，眼皮子直打架。阿珠服侍阿爹洗了脚，盖好被子，不多时呼声响起。

阿珠见爹爹睡熟了，蹑手蹑脚走进院子，双手合十双膝跪地，对着皎洁的满月祈福：“妈祖娘娘，保佑阿爹长命百岁，身体安康。”

虔心祈祷的阿珠没有听到屋内的鼾声停了，没有看到老三叔隔着窗棂，满脸泪水地看着女儿。

时至深夜，村里灯火，盏盏熄灭，除了几声犬吠猫叫，再无动静。

日出而作，日落而息，村落就像沉默千年的老人，陪着他的孩子们，沧桑世事。

倏地，茂财叔家的灯火亮起，四个老人偷偷溜了进去……

六

两年过去了，吃素的阿珠愈发水灵，古铜色皮肤泛着珍珠似的光芒，出落成远近闻名的漂亮姑娘。

要不是有“三十二岁方能嫁人”、“采珠女难育短命”的说法，登门求亲的人早就把老三叔家的门槛踏破了。

这几年，许是上天眷恋，珍珠村采撷的珍珠圆润饱满、荧光剔透，十有五六都是阿珠采得。村民也是赚得盆满钵满，对老三叔家分外尊重。

还有十日就是中秋节，也是珍珠村十年一度的“采珠节”。相传蕴含珍珠的蚌壳，得了珍珠灵性，吸取日月精华，尤其是一年中月亮最满的时候，蚌壳更是张开壳吸食月精，蕴于珍珠。此时采得的珍珠，才是价值倾城的顶级佳品。

“采珠节”由村主任主持，三牲五素祭祀妈祖娘娘、龙王爷，村民共饮“斗海酒”，村主任一声吆喝，各家出船。每船配一采珠女，备好清水干粮，赶至最凶险的珊瑚岛礁海域，进行十日采珠。

航至珊瑚岛礁的海路虽说凶险，珍珠村渔民熟悉海域，都是斗海好手，一路无惊无险，直抵岛礁。

“好好休息，明天采珠。”村主任站在头船一声吆喝，“到时候都把看家本事拿出来！”

“阿珠，两年素饭吃腻了吧？”老三叔拾掇着捕上来的海鱼，“今儿可以开戒了。”

阿珠假装咽着口水：“阿爹，我都馋死了！”

“哈哈，”老三叔虽然苍老许多，笑声依旧洪亮，“今年采珠节，最大的那颗珍珠，肯定是阿珠采得。回家杀个鸡庆祝庆祝。”

“家里哪还有鸡啊！该死的黄狼子，每天晚上都偷鸡，抓都抓不住。”阿珠掩饰不住嘴角翘起的得意，精心检查鲨鱼皮甲有无破漏。

“那可是黄大仙，不敢乱抓。大仙来咱家吃的鸡越多，福报越多。”老三叔叹了口气，“孩儿她娘，你放心吧。”

“阿爹，你说什么呢？”

“没……没什么，就是想你娘了。”

“这些年，苦了阿爹。我一定多采好珠，赚钱在城里买个房子，让阿爹好好养老。”

“城里见不到海，走路都不稳当。”

“阿珠背着阿爹走路。”

“哈哈，阿爹还没老到走不动路。赶紧来喝鱼汤，鲜！”

船泊在珊瑚岛礁周围，半月皎洁，一丝乌云悄悄划过，似乎不忍遮住船上的父女深情。

七

阿珠正睡得香甜，忽觉船身剧震，似有重物撞船，紧接着周遭灯火通明，喧杂声四起。

“把他们捆起来！”村主任的声音。

几个彪形壮汉冲进船舱，不由分说把迷迷糊糊的老三叔父女五花大绑，破布堵嘴，扔上小船划至村主任头船。

阿珠不明所以，满脸惊恐地“呜呜”作声，老三叔却像是明白了什么，面色死灰，怨毒地瞪着站在村长身边的茂财叔。

如果他的目光是把刀，早就捅了茂财叔十七八个窟窿。

“百年了，终于等到鲛人转世，珍珠村有福！”村主任望着月亮，咧嘴狂笑。

村民们分立于各船上，举着火把齐声欢呼。方圆百丈的海域照得通明，火光闪烁中，形形色色的脸都透着野兽吞食猎物的贪婪。

阿珠见到平日和睦的乡邻仿佛变成了野兽，就连感情最好的阿灵，也跟着狂热呐喊，她惊惧得拼命蹬腿，用力挣着绳索。

老三叔眼泪淌个不住，眼神分明告诉阿珠：孩儿，阿爹对不起你。

“把他们嘴里的破布拿下来，”村主任阴狠地笑着，“只有最悲伤的鲛人，才能产出最好的珍珠。”

两个大汉扯掉父女俩嘴里的破布，其中平素贪恋阿珠美色的旺喜，在阿珠高耸的胸部狠狠捏了一把。

阿珠又痛又羞，哀声问道：“阿爹，他们怎么了？咱们为什么……”

“畜生！”老三叔恨不得咬下旺喜手指，撕心裂肺地骂道。

“阿珠，我给你讲个故事吧。”村主任不紧不慢喝了口烧酒，“你听完就懂了。”

八

南海，商贸来往的船只众多，自然也是海盗心中的天堂。

“老大，清水、粮食都不多了……”衣衫褴褛的水手扎着头巾，左眼划至嘴角的刀疤泛着肉紫色的暗光。

“还有几个伤员？”船长喝着酒啃着肉，随手丢了一块肥肉给咽着口水的水手。

“十二个。”水手嚼都没嚼，抻长脖子把肥肉“咕嘟”咽进肚里。

“丢了喂鱼。”船长杯中酒饮尽，舒服地打着酒嗝。

“老大，这些可都是出生入死的兄弟啊。独眼儿可是为您挡了一刀。”水手有些不相信自己的耳朵。

“再病下去，就会有瘟疫。水、粮食都不够了，你说该怎么办？老大的位置，很难。”船长生生挤出几滴眼泪，“我也不忍心。”

水手再没应腔，唯唯诺诺退出船舱，暗忖再遇到官兵海战，能躲就躲，绝不能给老大卖命。

不多时，“扑通”的落水声、受伤海盗绝望的呼喊声、咒骂声此起彼伏。

船长闭目养神，盘算着上了岸到哪里再骗一些穷人上船当海盗。

“老大……老大……”水手上气不接下气跑进来。

“有官船？”船长打了个激灵，受伤的额头“突突”直跳。

“不……不……”水手擦着脑门上黄豆大小汗珠，满脸色欲的喜色，“捞……捞上来一个女人。”

“哦？”船长眼睛一亮，急步走出船舱。

扒拉开拥簇一团的海盗，船长倒吸一口凉气。

潮湿的长发紧贴光滑如玉的后背，修长的脖子勾勒出高高隆起的胸部，盈盈一握的腰肢扭动着，任何男人看到都会有冲动的欲望，洁白无瑕的面庞透着天真无邪的茫然，笼了一层水雾般的大眼睛好奇地盯着海盗们，指着落水海盗的位置“吱吱呀呀”发出类似于海豚的叫声。

这个女人如果不是腰肢以下长了条金黄色的鱼尾巴，真是无可挑剔的绝世美女。

“老大，刚才我们把伤员扔了，这个……”独耳水手琢磨着用什么称呼合适，“这条女人救伤员，让我们用钩索捞上来了。”

“哈哈！”船长仰天长笑，兴奋地拍着身边船员们的脑袋，“咱们有福气了！这是鲛人！凡是海难者，若鲛人在附近，必拼死相救。据说鲛人一生微笑，不会哭泣。但是，鲛人泪，会迎风化成最昂贵的珍珠！”

久未沾女人的海盗们，本对这个全裸人鱼想入非非，如今一听鲛人能产稀世珍珠，换成钱要什么女人就有什么女人，色欲顿时被贪欲替代。

“那还等什么，让她哭！”独耳海盗抽出钢刀。

船长一拳把独耳放翻在地：“脑子灌海水了？一刀捅死了我找谁要珍珠去？”

“老大教训的是。”独耳擦着鼻血，点头哈腰退下了。

船长绕着鲛人转了几圈，鲛人以询问的眼光看着船长，很奇怪为什么他们不救同类。船长拿定主意，绕到鲛人背后，抽出剑在光滑的背上浅浅划了道口子。

鲛人痛得“咿呀”一声，美丽的大眼睛汪出两滴泪水，坠落甲板，化成两颗晶莹剔透的小珍珠。

“传说是真的！”海盗们欢呼雀跃，“发财啦！有好日子过啦！”

船长拾起珍珠掂量着，指着海岸线隐约的一处村庄：“泪珠越大，珍珠越大。前方靠岸，屠村，咱们住进去，再也不用当海盗了。”

那个村，就是珍珠村。

于是，一场人性贪婪、欲望、残忍、兽性的丑剧，编写在善良的鲛人身上。

直到六年后，海盗们用尽各种无耻、丑陋的方法，鲛人再也没有眼泪流出了。

而挥霍无度的海盗们，把鲛人当做摇钱树，珍珠早就换成钱财吃喝嫖赌了，根本没剩下一分钱。日子久了，海盗们自知没有奔头，纷纷离散，只剩下六个海盗。

船长带着最后一颗珍珠，寻访了一位异士，知晓了鲛人真正的秘密。

牢房里，鲛人早已被折磨得没有人形，全身上下没有一块完整的好肉，唯独那双美丽的眼睛，因为要生产珍珠，才得以完好地保存下来。

“不要怪我。”船长捏着一把拇指长短的银刀划着鲛人破破烂烂的脸庞，“要怪只能怪你是个鲛人。”

鲛人的喉咙早被割裂，发不出任何声音。但是她的眼睛，没有一丝仇恨。也许，能为落海人类舍命相救的鲛人，从来没有仇恨这种情绪。

那双眼睛，似乎穿透了船长黑暗的内心，刺破了一丝光明的怜悯。

船长拿刀的手微颤，眼前这堆烂肉哪还是美若仙子的鲛人？这些年，做的这些事，真的对吗？

不管对不对，该做，还是要做！

那一丝光明瞬间被黑暗吞噬！

船长手腕一抖，剜下了鲛人，最后的、最完美的、最珍贵的眼睛！

两颗核桃大小的血球滚落在地，其中一颗的瞳孔，仍然天真的、善良地看着船长。

船长那双杀人无数从未颤抖的手，捡起眼球那一刻，抖得厉害。

“一颗随便丢进海里，一颗放进活蚌，养在珊瑚岛礁。”眼球在船长手心残留的黏液，像两团烈火，滚烫地灼烧。

六个海盗分成两队，按照船长吩咐，放置了鲛人眼睛。

回到村中，船长炖了一锅肉，摆了几坛老酒：“当年出生入死的兄弟们，就剩你们六个了。”

众人沉默，各怀心事的吃肉喝酒。

“本以为得了鲛人，获取珍珠，可以一生共享荣华富贵。”船长夹起一块肉，就着酒细心咀嚼，“海盗就是海盗，除了花钱什么也不会。咱们最富的时候，随便置换几块好地，招来佃户耕种，也是子子孙孙几辈子的事。”

“老大，以后该怎么办？”刀疤脸虽然怕死，对船长却是忠心耿耿。

独耳几口咽下一块大肉，长吁了口气：“操家伙回海上吧！继续做咱的海盗去！反正女人、金钱、好吃好喝这么多年，死了也不亏。”

“一把老骨头了，还想着打打杀杀。”船长摸着花白胡子，拍了独耳脑袋一巴掌，“看看还有几根头发。咱们都老喽。”

独耳搔着稀疏头发，“嘿嘿”傻笑。

七个垂垂老矣的海盗们，沉默了。

时间并不可怕，可怕的是时间与生命的交集。随着时间的逝去，生命也会毫不犹豫地随时间而去，绝不做任何停留。

“前段时间我遍寻异人，得知了鲛人最大的秘密。”船长摆了个噤声的手势，“吃了鲛人肉可长生。这一锅肉就是你们出海安置眼球时，我把鲛人剁成肉块，挑出好肉熬炖的。咱们不会死了，而且其中会有一个人，能生下鲛人。剩下的事，就是娶妻生子，开枝散叶，等到下一个鲛人出生。那时，鲛人肉的长生作用会消失，吃了她，我们将能延续生命。只要有无尽的生命，财富又算什么？”

大字不识几个的海盗们理解能力有限，面面相觑半晌，才懂了船长说的意思。顿时齐声欢呼，争先恐后地食鲛人肉，生怕吃得不够分量不能长生。当海盗时，船上如果没粮，会有个抽签仪式。抽中死签的海盗，骨肉内脏会成为海盗们的口粮，就连鲜血都会保存下来当做饮用水。

吃完一个人，倘若没有找到陆地或者可以掠夺的船只，那就是下一轮抽签。

最凶残的野兽，最饥饿的时候也不会捕食同类。然而人，为了欲望和生存，人都可以吃，鲛人又算什么？

那么，最凶残的野兽，不就是你我吗？

吃了鲛人肉的海盗们，本以为不会死了。可是，他们发现，生命依然逃不脱时间的审判，身体越来越老，疾病越来越多……

终于，独耳死了。

所有人都相信，异人随便编了传说骗取那颗珍珠。没有人责怪船长，毕竟他没有独享鲛人肉，而是想和老兄弟们一起长生。

独耳头七那天，六个老人祭祀时，突然听到了坟墓里传来婴儿“呱呱”啼哭声。

几人大惊，挖坟掘棺，独耳的尸体不见了，只有一个婴儿躺在褶皱的碎皮里面。

他们方悟，异人没有骗他们！异人说的是“长生”，不是“长生不老”！

他们精心照料小独耳，更令人没想到的是，小独耳拥有之前的所有记忆。

这，才是长生的真谛！

生命就在诞生、成长、衰老、疾病、死亡中无限循环。每当其中一人死去，会由另外六个人抚养婴儿长大。

他们娶妻生子，兴旺人丁，不知过了几辈子，渐渐形成了现在的“珍珠村”。

这个秘密，只有他们七个知道。

他们发现，珍珠村的女子，水性绝佳，大多不长命，定下了“三十二岁方能出嫁”的习俗。

如此一来，可以避免下一个拥有纯种鲛人血的女子，生在别处。

每年，他们都会举行采珠女的初入海仪式，带到当年随便丢入鲛人眼球的海域，只有拥有鲛人血的女子，才会感悟到先祖的召唤，取出血珍珠。

那个女子，触碰到血珍珠，异族血统会苏醒，变得只吃肉不吃素。也只有这样，才会判断这个女子是否碰巧采到血珍珠。

阿珠之前，有几个女子也采到过那颗血珍珠，也接受了“吃素两年”的测试，证明并无鲛人血脉……

九

老村长讲到这里，阿珠明白了，村主任和他身边站的五个人，就是吃了鲛人肉的海盗。另一个是谁？

阿珠想到了，但是，她不敢相信。

“村主任爷爷，我吃了两年素，从没有吃肉，我不是鲛人！”阿珠的泪花“啪嗒啪嗒”落下，浸透了前衫，“你看，我的眼泪，没有变成珍珠。”

“老大，阿珠真不是啊！”老三叔老泪纵横，“咚咚”磕头，“她吃了两年素，没有吃一口肉！”

“她晚上都偷着吃活鸡！”阿灵打了个激灵，小眼睛瞪得滚圆，“那天我找阿珠姐，不，我找这个怪物做女红，看到她蹲在鸡圈角落，眼睛放着红光，咬断鸡脖子，喝鸡血，生吃鸡肉，还扭头看了我一眼，满嘴鸡毛，根本不认识我！”

“我……我没有！”阿珠急忙摇头，“我怎么会吃活鸡……那些鸡……都是黄大仙吃的。”

“独耳，你活了这么几辈子，听到了吗？你啊，几辈子前就爱喝酒，喝醉了就睡，呵呵……”村主任站在船头，巡视高举火把的子孙们，恢复了当年海盗船长的风采，“鲛人转生，不就是咱们一直在等的事情吗？我们为了今天，准备了两年啊！”

“她是我女儿啊！”老三叔的额头已经磕得稀烂，“老大，咱们处了几辈子了，我对你忠心耿耿，没有功劳也有苦劳，放过阿珠吧。疤脸，你帮我求求老大。”

茂财叔冷哼一声，摸着阿灵的脑袋：“如果阿灵是鲛人，你会怎么做？别忘记了，鲛人转世，咱们的长生也就解除了。虽然每一辈子都会经历老死的痛苦，可是活着总比死了好。”

“我……我会……”老三叔被问住了，只能用哀求的目光，看着村民们。

平素亲切的村民，面孔依然熟悉，眼神却陌生无比。他们的眼中迸射着最残忍、最贪婪的欲望——为了长生！

“阿爹，救救我。”阿珠的眼泪就像断了线的珍珠——不！就是珍珠！晶莹剔透的珍珠！

“村主任，她果然是鲛人！你看，好多珍珠！”

“就让她哭个够吧。咱们带着珍珠一起长生！”

“好！”

“阿爹对不起你。阿珠，你好好地哭，多哭，这样可以少受折磨。”老三叔悔恨地垂着头，“那个鲛人，我为了让她哭，我……我……报应啊！为什么让我的女儿承受这个报应！”

“村主任，反正阿珠都要死了，不如先让我们快活快活。”旺喜“咕咚”咽了口唾沫，色欲高涨。

“别急，还有件事情要做。”村主任清清嗓子，指着珊瑚岛礁，“那里，有放置了几百年鲛人眼球的蚌壳，谁能采到，换成阿珠的眼球，我就满足他的一个要求。你们懂了吗？”

“嗖嗖嗖”，木船好似燃着热油的火箭，纷纷冲向珊瑚岛礁。

无风无浪的夜晚，海面泛起沸腾热水般的气泡。海面随着细细密密的气泡跳跃，漾起层层波纹，雪白的泡沫拥簇着、碰撞着……

乌云遮月，天空瞬间阴沉，海和天的交际处，酝酿着暗红色的火光，几道闪电蛛网般布满天际。瞬间的光亮中，依稀可见珊瑚岛礁的惊涛骇浪，卷起千堆雪！

眼中只有财富和长生的渔民们，丝毫没有注意到，雪浪堆卷的波涛里，冒出了无数手拿巨型鱼骨制成的长矛，骑着鲨鱼、海豚、海龟、乌贼的“人”。

“啪！”几丈高、数十丈宽的海浪呼啸而起，迅雷不及掩耳之势砸向木船群。

海，怒了！

鲛人，怒了！

老天，努了！

巨浪拍下，木船群沉入海中，再浮上来时，已是残破烂船。海面，破碎的木条，哀号的渔民，随着海浪起伏挣扎。

“嗷！”珊瑚岛礁，骑着鲨鱼位于队列最前方的巨型鲛人，仰天长吼！手中长矛掷出，划过漆黑夜空，穿破百年仇恨，呼啸着飞向村长。

“噗……”村主任双手抓住贯穿前胸的长矛，想用力拔出，狂喷一口鲜血，跌落海中。

一条巨大的鱼形黑影，怒号着游至尚未死的村主任身旁，巨口开合，“咔嚓”一声，血雾弥漫。也许是大海嫌这捧满是罪恶的血太过肮脏，立刻冲散不见，只剩两条挂着残肉的小腿，悠悠坠往海底，任由小鱼啄食。

鲛人们骑着形形色色的海物，猎杀着落水的渔民。

瓢泼大雨伴着冰雹砸下，狂风肆虐怒吼，毫不留情地为这场异族的屠戮欢歌呐喊。

究竟，谁对，谁错?

“阿珠，爹对不起你。”老三叔凄然一笑，仰头闭上双眼，“我也活够了。这几辈子，娶来的女子一一死去，唯独你娘，让我念念不忘，却又无能为力。我好想她!”

“阿爹……阿爹……”阿珠话还没说完，再从嘴里发出的声音，却变成了类似海豚的叫声。

“回到你真正的家吧。”老三叔滚到船边，最后看了一眼，酷似亡妻的女儿，笑了，“你娘说，等我也死了，两个人的名字，要刻在同一座墓碑上……”

怒海，惊涛，最后一个人类，带着几生几世的忏悔、带着对女儿的爱、带着想与妻子同墓共碑的遗憾……

落海!

十

“你可以把鲛人的故事写进书里，”阿珠讲完故事，从我手中的烟盒抽出一根烟点上，深深吸了一口，“我保证不追究版权啦。”

这个故事，听得我心情很复杂。人类，似乎是最不能与其他种族共存的生物，就连人类种族本身的历史，也是沾满了战火血泪，仅仅、仅仅是为了满足各种欲望。

“后来呢？”我吸了口海风，凉意透进肺里，心脏才感到不那么沉重。

“没有后来啦，”阿珠背身走着，忽然转身笑得很可爱，“结局我还没想好。不过呢？我想阿珠应该过上很幸福的生活了吧。”

“对。”我点了点头，还了她一个微笑，“肯定很幸福。”

“哦，对了，我这脑子，金牛座就是健忘。”阿珠敲敲脑壳，不好意思地吐吐舌头，“船长找到的异人，其实是两个人。”

“一个圆脸，一个黄衫对吧？”我已经想到阿珠要说什么了。

“很聪明嘛。”阿珠背着手装作老师提问的模样，“南瓜同学，你来讲讲我要说什么？”

“船长找到那两个老人，他不认为真有人会拒绝价值连城的诱惑，也不认为有人会同情异族怪物，自然把事情全盘说出。两个老人知道事情已经无法挽回，只好用了下下策，告诉船长长生以及辨别鲛人血脉的秘密……”我略略思索继续说着，“至于珊瑚岛礁的血珍珠，应该类似于鲛人的信号接收器吧？有鲛人血脉的阿珠靠近血珍珠，会引来同族相救。或许阿珠，就是被七个海盗吃掉的鲛人。通过这个方法，可以让鲛人，也就是阿珠血脉复苏，重新降生。这可能是能够救那个受尽屈辱、痛苦的鲛人的唯一方法了。”

“南晓楼，了不起啊。”阿珠拍掌赞许着，“确实是这样的。你好厉害。”

俗话说“好汉经不住三句夸”，更何况是阿珠这样的性感美女呢。

我假装严肃，其实内心无比嘚瑟：“我写的小说可是很严谨，按照小学老师教作文的说法，叫做‘前后呼应’。”

“海，占了地球面积的70%，很美，不是吗？”阿珠没有接我的话，精致的脸庞映着星光，深情地远眺海洋，“人的欲望和良知，正巧也是30%和70%。如果人们能够压住30%的欲望，也许会像海洋一样美丽吧？”

我顺着她的目光眺望，不知不觉，天快亮了。海的边缘抹出一丝红线，海面漂染着深红、浅红、微红、碧蓝、湛蓝、深蓝、墨蓝的色彩，层次如此分明，伴随着波浪颤巍巍融合，真的很美。

“咚”，耳畔响起轻微的入水声，我没有诧异，因为我知道，阿珠回到了本该属于她的乐园。

那里，没有欲望，没有战争，没有罪恶，只有快乐的，善良的鲛人们。

但愿，人类的科技，就此停滞，永远不要发现他们。

海风传来极其细微、类似于海豚的声音。虽然我的耳朵听不懂，但是我的心，听懂了。

“异徒行者，谢谢你们。你们来到南海，我就知道啦。送你一件礼物，算是报恩啦。这可是所有人都梦寐以求的东西哦。”

船舷护栏的缝里，端端正正夹着一颗血红色的珍珠。

我捻起珍珠，细细观察，似乎有无数血丝在珍珠里漂浮。

难道，这就是可以长生的血珍珠?

我扬起胳膊，用力把珍珠丢进大海。

“哈哈！我怕活得太久，会控制不住内心深处30%的欲望。”

人生，一世精彩，足矣！

十一

回到船舱，月饼熟睡未醒。我一夜未曾合眼，却根本没有一丝睡意，躺在床上翻来覆去想着方才发生的事情。

“阿珠的身材真不错，我见犹怜啊！”月饼冷不丁一句话，把我吓了一跳，“佳人艳遇，一夜未归，累坏了吧?进屋时双腿都不虚浮，南少侠身体可以啊。”

“月公公，你把那颗血珍珠怎么处理的？”我立刻想到，阿珠见我之前，先来找了月饼。

“蛊族呢，对这些稀罕玩意儿从来都是来者不拒，”月饼扬扬眉毛侧着身很是一本正经，“确定真的没有毒，杂家顺口就吃了。”

“啊！”我脑袋都大了，瞬间居然脑补出“我七八十岁，抱着嗷嗷待哺的月饼，举着奶瓶，哼着‘门前大桥下，游过一群鸭’的童谣喂奶”的画面。

“月公公……你……你这……”我张口结舌，太可怕了！我暗下决定，一定要死在月饼前面。要不然一个七八十岁的老大爷抱着个婴儿，那还不让人笑话死，成何体统!

万一将来有个老伴儿，解释都解释不清楚。

“南少侠如此淡泊生死，我连这点儿觉悟都没有吗？”月饼伸了个懒腰起床收拾背包，“扔掉了。海里来的，回海里去吧。准备准备，海岛就要到了。”

客船的广播，随着播音员亲切的“早安”问候，播放着那首民谣——

你在南方的艳阳里
大雪纷飞
我在北方的寒夜里
四季如春
如果天黑之前来得及
我要忘了你的眼睛
穷极一生
做不完一场梦
他不再和谁谈论相逢的孤岛
因为心里早已荒无人烟
他的心里再装不下一个家
做一个只对自己说谎的哑巴
他说你任何为人称道的美丽
不及他第一次遇见你
时光苟延残喘
无可奈何
如果所有土地连在一起
走上一生
只为拥抱你
喝醉了他的梦
晚安
你在南方的艳阳里大雪纷飞
我在北方的寒夜里四季如春
如果天黑之前来得及
我要忘了你的眼睛
穷极一生做不完一场梦
大梦初醒
荒唐了一生
南山南

北秋悲

南山有谷堆

南风喃

北海北

北海有墓碑

南山南

北秋悲

南山有谷堆

南风喃

北海北

北海有墓碑

北海有墓碑

第三章 那年花开

一

抵达海岛已是清晨六点，我直接下了船在码头等月饼把房车开出来。

海岛位于中国南海，亚热带气候，虽然是腊月清晨，气温也有个二十多度。遍地的棕榈树、椰子树以及说不上名的亚热带植物绿意盎然，空气里都透着椰子的香味。扑面而来的海风更是柔软温润，像是柔软的毛刷子轻轻拂过，惬意十足，截然不同于北方冷风割脸的苦寒天气。

难怪这几年，北方人到海岛过节的越来越多。

早起的商贩们嚼着槟榔，满嘴红沫地叫卖着热带水果、各式早餐，出租车司机满脸堆笑地挨个搭讪拉客，旅馆服务员忙不迭地介绍自家旅馆多么好，个体导游询问着是否需要旅游陪同，还有光明正大往船客手里塞保健服务小卡片的……

熙熙攘攘红尘众生相使得原本寂静的码头一时间好不热闹。

我溜达到早餐摊想买点吃的给月饼带过去，俩人垫垫肚子也好出发。转悠了小半圈，早餐分量还不够塞个牙缝，也就作罢。跑到小卖部买了几罐椰风、红牛，面包、方便面，又买了条据说是海岛特产的椰王香烟（后来才知道，这种烟是云南产的，和海岛压根儿没有什么关系）。

上了车，我困得实在睁不开眼，买的东西放到副驾驶座上，跑到后舱倒头就睡。

“小爷和阿珠折腾了一宿，身乏体累，月公公开车稳当点儿。”

月饼一口面包、一口红牛、一口椰风、一口烟，含混不清地说着：“南少侠您安心睡，色是刮骨刀，年轻人还是要多注意身体啊。”

“滚！嘴里塞这么多东西还没句好话，真难为你这条五味杂陈的舌头！”

二

这一觉睡得天昏地暗，口干舌燥，浑浑噩噩连个梦都没做。醒来时，阳光刺得眼睛生疼，模模糊糊听到海浪的声音，还有女孩子嬉戏的笑声。

我爬起来扒着窗户往外看，惊得下巴差点没掉下来！

蓝天碧海，海鸥白云，金色的沙滩好似碎金满地，椰树迎风摇曳，沉甸甸的椰子似乎随时会掉下来。月饼穿着沙滩裤、人字拖，赤裸着精壮的上身，手拿啤酒，一边喝着一边往海鲜烧烤上刷油撒调料，四个比基尼姑娘围着月饼有说有笑。

我一定是在梦里！这一定是在做梦！我怔了好一会儿，才确定这是现实世界！

“醒来就快来帮忙。”月饼头也没回，专心弄着烧烤。比基尼们口水都快流出来了，也不知道是馋烧烤还是馋月饼……

我刚想下车，转身去了洗漱间刷牙洗脸，几天用不上一次的洗面奶用了满满一把，蘸着水整理好发型，练习了几遍嘴角上扬，笑出八颗牙齿的标准阳光笑容，故意目不斜视地下了车。

“月公公，你这是唱哪出？”我作浪子状灌了口啤酒，“怎么跑到沙滩来了。”

“累了好几天，不差这一会儿。”月饼指着装海鲜的箱子，“鱿鱼，递过来。”

姑娘们把我当隐形的，目不转睛地盯着月饼。我忙活半天的形象工程立马成了豆腐渣工程。

手机铃声响起，月饼接了电话，“嗯……嗯……谢谢”几声，没多会儿跑过来个送外卖的小伙儿，满头大汗地道歉“沙滩，车子不好走，耽误时间，对不起”云云……

月饼谦让几句，接过小伙儿手里的几个食品盒子，摆到餐桌：“文昌鸡，到了海岛哪能不尝尝这一口。”

我啧啧赞叹外卖的强大，寻思着有机会我登珠峰，到了峰顶定个外卖，会不会飞机空投？至于珠峰有没有手机信号，就不在考虑范围内了。

“手艺真好，”一个姑娘满脸花痴状，“闻着好香啊。”

我心说你闻得是烧烤吗？

“就是就是，长得帅又会做饭，极品好男人呢。”长发姑娘不甘示弱。

我心说小爷做饭手艺发在微博、朋友圈，粉丝们透着屏幕都能淌哈喇子。

“常锻炼的男人就是有魅力，我第一次见到八块腹肌哎……以前最多见过六块呢。”大眼姑娘独辟蹊径。

我心说丫头啊，话说漏了啊。见到那六块腹肌是谁的？看过几个人的啊？

和月饼生活多年，这种场景早就习惯了。我忙活着摆餐盘、勺筷、酒杯、啤酒，继续做隐形人。

最后一个看着挺斯文的姑娘倒是挺懂事儿，见我忙活估计不好意思，帮着一块拾掇桌子。

人间有真情。我这颗古井不波的心，差点荡漾了。

更让我澎湃的是——小丫头时不时打量我，平静的眼神瞬间经历了疑惑、否定、猜测、不可置信、欣喜的过程。

我越发不动声色，努力板着脸显得棱角分明。内心却狂喜异常——到底是有素质的女孩，不同于那几个凡物，看出我放荡不羁的外表下藏着一颗文艺的心。

女孩哪晓得我这么多心思，小步跑回放着包的太阳伞下，拿出手机，手指刷刷滑动。

唉！有素质的女孩也是要给追求者回微信啊——我心失落。

“你……你……”女孩拿着手机怼到我面前，“你是羊叔？”

这一惊非同小可！我定睛一看，前几天微博发的健身照！顿时，我觉得海岛的阳光更明媚了，椰树更绿了，世界更美好了。

我，南晓楼，粉丝口中的“羊叔”，写了七年经历，出版了九本书！终于！终于！遇到粉丝了！

谁说“百无一用是书生”？谁说“秀才遇见兵，有理说不清”？谁说“读万卷书不如赚万卷钱”？

自古才子配佳人才是王道！像月饼这种浪子形象，也就能吸引吸引见过好多人腹肌的女子！看看小爷我！

“哦？”我强忍着过于激动吸了一鼻子辣椒面打喷嚏的冲动，斟字酌句，“没想到会在海岛偶遇我的读者朋友，幸会幸会。”

“你真是羊叔？”女孩又点开微信，“我还有你微信呢！过年你还给我拜年发红包呢。”

“啊？这么巧？您是哪位？”我特地用了“您”彰显女孩说的“你”，表示尊重。

“你的照片美图了？”女孩仔细端详我，“扑哧扑哧”笑了，“我就说看着有点像，不敢确定！天啊！他就是月无华啊？哎呀！我好喜欢他啊！没想到你们是活的！哈哈哈哈哈，居然真是活的！月无华，我是你粉丝！咱们合个影可以吗？求求你了。”

怎么说话的？什么叫“活的”？我们是死人吗？这是诈尸吗？

五雷轰顶、晴天霹雳、乌云密布、欲哭无泪。

我突然很怀念小九。果然爱过一个人，爱了千年，心中再也容不得别的女孩了。

还是小九好，岂是这些庸脂俗粉所能比较！

还是小九好，岂是这些庸脂俗粉所能比较！

三

夜晚稍有凉意，美女相伴，啤酒、烧烤、文昌鸡，虽说心里有些不快，可是“既然伤了心就不怕伤了胃”。我甩开腮帮子胡吃海塞，对披着浴巾的姑娘们围着月饼搔首弄姿视而不见。

月饼还是那副老样子，嘴角扬笑客客气气，对姑娘们既不反感也不近乎。

海岛的海鲜与北方的海鲜味道截然不同。亚热带气候使得海鲜不需要储备油脂抵御低温，故没有北方海鲜特有的油膏香味，肉质也不如北方韧弹紧实，相对比较绵柔，好在个头倒是足够大，鲜味儿比北方略胜一筹，品种也更多。

倒是文昌鸡，不得不多说几句。

海岛有“无鸡不成宴”的说法。“鸡”就是指海岛文昌市特产的文昌鸡，已有四百多年的历史，关于它的描述最早见于清代的《岭南杂事诗抄》：“文昌县[1]属有一种鸡牝，而肉若牧肉，味最美，盖割取雄鸡之贤，纳于雌鸡之腹，遂不生卵，亦不司晨，毛羽渐疏，异常肥嫩。以其法于他处试之则不可，故曰文昌鸡。”

这种鸡是经过阉割的公鸡，海岛俗语叫“鸡阉”。

作为海岛“名菜之首”，文昌鸡的养殖也很讲究。最早是用榕树籽喂养，如今需在山场树林之中放养，有充足的野果以及螺、虫、蜢等动物蛋白，一早一晚喂小量大米、糠和番薯。放养六个月后，还需置于安静避光处笼养六十天。

文昌鸡采用最传统的白切做法，据说这样才能体现其鲜美嫩滑的原汁原味。做法是把文昌鸡“烫熟”，达到七八分熟是口感最佳的时候。

---

① 今为文昌市。

文昌鸡表面金黄，肉质雪白，骨髓里略带一丝鲜红，俗称“踏雪寻梅”。且不说吃，光是这么看着就食指大动。更不用说清鲜不腻、略带淡淡果味的香气，更是把鼻子塞得满满，浸到全身每个毛孔，还未食用，“色香”已让人陶醉不已。

入口前，蘸点生姜、蒜泥、酱油、精盐、橘子汁调制的酱料，轻轻一咬，独特香气就这么从唇齿间突然绽放，舌头都香得酥酥麻麻，不忍下咽。

文昌鸡汁重肉香，最地道的精华就在于汤里。用上等籼米和着鸡汤和鸡油，略撒点盐煮成的鸡饭，再配以几片篓叶，端的是幼滑圆润、颗颗溢香、别具一格。天然清香绝不是味精能调制出来的佳作。

鸡爪子、鸡骨头就着酒，着实是好酒老饕的席间圣品。

我吃得好不快活，没多会儿面前摆了一堆骨头渣，好几个空瓶二锅头。

不知不觉，已经夜晚十点多，凉意略深，四个姑娘披着浴巾也有些哆嗦。

这顿“醉翁之意不在酒”的邂逅晚宴，也算是圆满落幕。

吃饭的时候，我们多少打听了一些事情。几个女孩是海岛本地人，黎族的分支，祖祖辈辈住在山里，好像是她们对花粉过敏，放寒假来三亚的海边玩，过了花开季节再回去。

月饼问了几句关于“黎母山”“鹦哥岭”，她们也没说出什么。只知道那里人迹罕至，还属于尚未开发的原始森林。

各位看官是不是有些失望啊？是不是觉得应该有段关于黎母山、鹦哥岭的传说？

我也想写出来，可是真没听到什么传说，总不能编吧？

姑娘们没有要到月饼的微信，合影这事儿月饼干脆没答应……

佳人失望而归，我和月饼喝着酒抽着烟，有一搭没一搭聊着。

“晓楼……”月饼仰着头看星星，眼神有些飘忽。

每次月饼这么叫我的名字，肯定是要说些动感情的事。

“你说，无华。”话刚出口，我都觉得反胃。

“活着的意义是什么？”

这个问题把我问住了。大多数人活着的意义，其实就是为了活着。就算人生不同，生命轨迹却不会更改，顺着诞生、成长、学习、工作、结婚、生子、老去、死亡这条线从起点走到终点。

月饼问的是关于我们活着的意义。我们似乎走在一条没有轨迹、没有参照的路上，只知道昨天、今天，永远不会知道明天。

那么，我们活着的意义是什么？

我懂了：高冷、乐观、坚强、执着的月饼，也会累。

“我不知道活着的意义是什么，”我喝光最后一口二锅头，深吸着香烟，被酒精和烟草混杂的辛辣味呛得咳嗽几声，“独自一人的时候，我会想起你。咱们在一起的时候，我会想起小九。或许，总会有一个思念的人，让我很真切地体会到，我还活着。”

“晓楼，你知道吗？”月饼快一天一夜没睡了，半靠着椅子打盹，“虽然你大多数时候说话不靠谱，偶尔几句还是很有道理。对于没有未来的咱们，思念就是活着的意义。”

我望着夜空，正前方的金牛座执拗地挑战着无边黑暗。一道流星划过，虽然短暂，却照亮了夜幕笼罩的苍穹。

四

“你就不能快点儿？”月饼挥着开山刀，砍着乱树杂草，“天都快黑了，这才走到哪儿。”

我吐着舌头气喘如犬：“你掰着指头算算，咱们多久没爬山了，更何况是个野山，好歹有个适应过程。”

清晨，我们驱车到达黎母山，郁郁葱葱的热带树木绿着延绵不绝的山脉，接连起伏的群山一望无际。要说是欣赏风景、摄影写生确实是个好地方，可是真要在这片尚未开发的山林里跋山涉水，那就苦不堪言了。好在海岛盛产各种热带水果，满山的野荔枝、芒果、菠萝蜜，甜鲜爽口，总算是个安慰。

傍晚时分，我们已经走进山林腹地，还有三四个小时就能到鹦哥岭。一路无惊无险，不多赘笔。

月饼有些累了，靠着棵树抽烟休息："南少侠，安营扎寨。水壶在你那儿对不，喝口水。"

"自己有口水还要喝口水，"我挪着灌了铅的小腿递过水壶，"月公公的爱好果然与众不同。"

正说着话，我脚底下突然一空，半条左腿陷了地里，脚踝一阵钻心疼痛，汗珠子"唰"就冒出来了。

月饼几步跑过来，我疼得话都说不利索："赶……赶紧的，疼死我了。"

月饼居然没有拽我，反而跑回去了。

"月公公，你几个意思？你……"我挣了一下左腿，肌肉撕扯的剧痛牵引得心脏直哆嗦。

月饼从背包里拽出工兵铲，围着我的左腿四周挖出个大坑："五行八卦、奇门遁甲、气格运数你懂得不少，就不能改改自己命犯天煞的命格。这么宽敞的地儿，偏偏踩了捕兽坑。"

"卦不算己，命不判亲。"我搬着腿放到地上，脚踝卡着一个捕兽夹子，锯齿围着腿咬了一圈，"出师未捷身先死啊……"

月饼扳着捕兽夹子："你就知足吧！幸亏是猎捕小兽的夹子，要是捕猛兽，你这脚算是和腿说再见了。"

"那以后买一只鞋就可以了，省钱。"我抽出腿，从背包里取了止血药粉涂抹，缠了几圈绷带。好在伤口并不深，没有触到筋骨，虽然疼痛却无大碍。

"要不你下山，我自己去得了。"月饼摸摸鼻子，"免得拖我后腿。"

我故意蹬了蹬地："小爷这身子骨，不敢说是铁打的，区区……"

话又没说完，突觉手腕奇沉无比，地面又让我踩塌，陷了进去。

我心说有完没完啊！两三步一个坑，哪家的猎户这么纠结，天秤座啊？

闭眼准备再被夹子来一下子，奇怪的是，这个坑不深，脚底踩到某种撬杠似的硬物，让我踩了下去。

"咯吱咯吱"，地底传来锈涩的齿轮咬合声，周边树木筛糠般抖动，树叶"哗哗"落下，片刻再无动静。

我抽腿一看，脚下是个方方正正，一尺见方的青石坑。石壁光滑如冰，显然是经过细细打磨，一根黑色坚硬棍子，类似于古代的某种机关，从石壁凸出，已经被我踩成斜下四十五度角。

月饼举起工兵铲对着坑旁插了几下，金属撞击石头的“铿锵”声震得耳朵发麻。月饼几铲把浮土连带草皮铲干净，掘出三尺方正的石板：“南瓜，你真该减肥了？这么厚实的石板也能踩碎。”

我老脸一红，强词夺理：“谁知道哪年的石板，自然风化也不是没可能。”

天色将黑，透过树叶的夕阳碎成片儿，斑驳地落在石板上。石板透出幽幽绿光，隐约浮现出奇怪的花纹。

我心中一动，拿出手机打开手电功能，高举着，确保光线覆盖石板。果然，石板渐渐转绿，花纹愈发清晰。

月饼对着石板拍了照，微信传给我一张原图。我们俩也顾不得生火烧水，肩并肩靠着树研究图片。

花纹非常奇怪，看似杂乱无章，细看仿佛像某种很熟悉的事物，再认真看，又变成了乱七八糟的纹理。

天色已黑，山风穿过杂草树枝，“呜呜”作响，似婴儿夜哭，又似怨妇低泣。应着热带雨林的景儿，倒有几分恐怖的意思。

这种场面我们经历得多了，自然不会害怕。

“月饼，我觉得不应该研究花纹，”我敲着石板，顺手扳着棍子，“机关落下的时候，分明开启了某个地方。按照墨家机关术记载，棍长二十厘米，那么延续的机关作用力，应该是二十米范围内。”

月饼真是行动派，钻进林子“窸窸窣窣”寻找。我趁这空当折了些干枯树枝，浇上二锅头生了篝火。

也就是两三根烟的工夫，月饼满头树叶的回来，坐在篝火旁伸手取暖，没吭气顺手指了指天。

我心说月饼你跟我打什么哑谜？不懂就说啊。估计和石林的经历相似，这个机关对照天上某种星宿？顿时有种“小爷我也大显身手一把”的得意。立马抬头望天，参照各个星座，金牛座的左牛角如果画一道虚线，正对着石板。

右牛角所指的方向，大约在石板左边六七米的位置。

我数着步子走过去，这片草地并无异样，小心踩几脚，泥土湿弹，并没有石板的坚硬感。

判断错了？我略略沮丧，又按照组成金牛座的星星，推演着落到地面的位置。

月饼拾起柴火点了根烟：“南少侠什么时候开始中西结合，研究星座了？”

“你不是暗示这个机关和天上星座有关吗？”我推算半天也没个结果，索性也烤火抽烟。

“我找了半天没有什么暗门，”月饼懒洋洋摊开腿，又指了指天，“天知道这机关是怎么回事。”

我差点被这口烟呛死！顿感“我本将心向明月，奈何明月照沟渠”的真实含义。

“海岛的历史从什么时候开始？”月饼学渣本色暴露无遗。

我清了清嗓子，背过身做老学究授课状：“秦始皇三十三年，也就是公元前214年，统一岭南，设置了桂林郡、南海郡、象郡，海岛为象郡边缘。秦汉之交，秦朝龙川令赵佗自立为南越王，海岛归了南越。直到汉武帝元鼎六年，也就是公元前111年，伏波将军路博德、楼船将军杨仆平定南越，收复海岛。”

“百度资料念得不错啊。”我不用回头都能想到月饼眉毛扬了扬，“下次冒充学霸距离我远些，手机屏幕的光都照脸上了。”

我“哈哈”一笑掩饰尴尬：“今夜月色不错。”

“按照历史记载，墨家机关术盛行在战国，海岛不会有墨家传人。”月饼添了几根柴火，篝火暗了些许，“会不会是现代人布置的？看石板的颜色，应该有很多年头了。”

“机关术这玩意儿……”我忽然想起一人，不由捶了捶脑壳，“怎么把他给忘了。”

“这就叫做‘当局者迷’。”月饼也想到了那个人，微信把图片发过去了，又打了几行字。

几秒钟，手机铃声响起。

月饼点开免提，陈木利心急火燎的声音从话筒传出：“月爷，你和南爷在海岛？黎母山？要去鹦哥岭？”

我和月饼愣住了。陈木利精通厌胜术、机关术，可是能掐会算这事儿轮不着他啊。

“月爷，你听我说，千万别去。”陈木利激动得有些语无伦次，“陈氏家族在宋朝有一分支去了南方，两三代后寄了一封信，说家族为了保守某个秘密，受了诅咒，隐居在黎母山鹦哥岭。路上布了机关，防止外人进入。”

“秘密？诅咒？”我插口问道。

“南爷，具体的我也不知道啊。小时候听我父亲偶尔一说。那天老爷子喝醉了，蘸着菜汤在桌上画了一堆花纹，说是机关石板的纹路。要是去海岛旅游，千万别去黎母山，一旦去了遇到刻着这种花纹的石板，立刻下山。那个诅咒和秘密，不是常人能解决的。”

“触动了机关会出现什么情况？”月饼嘴角扬起面临危险才有的挑战性笑容。

“我不知道啊。”陈木利近乎央求，“南爷，月爷，我知道你们俩本事大。可是老爷子当年说得很严肃，我能看出他的恐惧。你们……”

月饼“啪”地挂断电话：“陈氏家族藏着异徒行者的秘密？”

我背起包铲土扑灭篝火：“往前走不就知道了吗。谈论一晚上还不如多走几里路。”

“南少侠什么时候这么有斗志了？”月饼正准备背包，忽然一愣，侧头听了片刻，一把推开我，“小心！”

五

我脸贴着草地，塞了满嘴泥巴。还没等抬起头，只听见树林里“扑棱扑棱”响个不停，树叶树枝的碰撞声，刺耳的“吱吱”声，空气激荡的回旋声，由远及近。

我抬头一看，从上山的方向乌压压涌出一大片黑影，遮住了月光，铺天盖地飞了过来。

月饼疾步退到我身旁：“靠着树，一左一右！”

我的心脏“咚咚”跳得厉害，大气都不敢出，心里后悔干吗这么勤快把篝火灭了，好歹也能看清楚飞来的是什么啊。

正胡思乱想着，那群黑影压了过来，我看清楚了它们的模样，汗毛根根竖起，狠狠地打了个冷战！

这是一群足有一尺大小，长着猴子脸，嘴里刺出两根长獠牙，双爪泛着绿光的巨型蝙蝠！

月饼手速如电，抽出十几枚桃木钉，挡在我前面。我狠劲儿上来了，抽出腰带绕在军刀柄上打了个死扣当流星锤：“你这次不准再说‘南瓜，快跑’。”

蝙蝠群乌云蔽日般飞了过来，特有的“吱吱”叫声回荡在树林间，一道道声波震荡耳膜。我太阳穴“突突”直跳，视觉有些模糊，使劲咬了下舌尖，用剧痛保持清醒。

“我先用桃木钉打正面，你用军刀左右掩护我。”月饼左右手交替甩出桃木钉，又从包里抽出十几枚继续甩出。

我抡圆了腰带左右转着。腰带“呜呜”作响，军刀锋刃闪着寒光，但凡蝙蝠飞来，起码能削掉半个翅子。而且，蝙蝠天生视力极差，用嘴部发出的声波回荡判断是否有障碍物。这么抡着腰带，无形中形成一面反弹声波的墙，并且声音能干扰蝙蝠接收声波，能让蝙蝠误以为是障碍物或者失去方向感。

几十道灰影破空刺向蝙蝠群，眼看着就要刺中，蝙蝠们却以极为诡异的姿势躲开了。飞在最前的两尺多长的猴脸蝙蝠，看样子像是蝠王，几声怪叫，率领蝙蝠群凭空上飞十多米，直至我们头顶，落石般扑了下来。

我心说这智商也太高了吧？连兵法里的“避实就虚”都会？

“扑通扑通”，蝙蝠群纷纷落到地上，收起巨大的蝠翼，数十双绿豆大小的眼睛里冒着黄色的光，獠牙淌着黏稠的液体，一只只挠脸、打哈欠、梳理翅膀，根本没把我们当回事儿。

很有些“猫玩老鼠，反正都是口中肉”的架势。

“有什么蛊术能用？”这种气氛实在太压抑，我吓得腿都软了。

“蛊术取自于动植物，只能对人有用，对动物不好使。”月饼鼻尖铺了一层细细密密的小汗珠，显然没什么办法，“这是一群吸血蝙蝠。”

我瞬间脑补着“蝠王飞到头顶，对着脑壳就是俩獠牙，有滋有味吮着脑浆。我挣扎都来不及，四肢不规则的抽搐，脸色由红转白，眼球上翻，终于倒地。蝠子蝠孙们蜂拥而上，几十根獠牙插进我的尸体，吮吸鲜血，直到我变成干瘪的人皮骷髅”的场景。

“蝙蝠怕光，照明棒。”我想翻包又不敢乱动，生怕卖个破绽被蝠王偷袭了。

“没用，”月饼深吸口气，语调略带僵硬，“它们的眼睛不怕光。”

蝠王往前挪了几步，歪着头观察我们，喉间“咕噜咕噜”响着，肚子忽起忽伏，那架势像是等了唐僧多年的小妖们，就差把我们洗干净蒸着吃了。

“你倒是想想办法啊！”我生怕惊了蝠王，细着嗓子哼唧，“不是蛊族最强的男人吗？不是一生不败吗？”

“我又不是蝠族！”月饼耸耸肩倒似轻松了，“既来之则安之，我觉得它们没恶意。”

“不把咱们当粮食，飞过来干吗？参拜吗？”我真是害怕了，语无伦次着。

“嗷……”蝠王居然对着月亮发出狼嚎般的叫声，群蝠也跟着嚎叫。山间回荡着凄厉的狼嚎，更显得阴森恐怖。

我心说完了完了！这玩意儿变异了还是混血了？这哪还是蝙蝠？

蝠王嚎了几嗓子，很有君王驾临的气势，左脚微瘸，迈着步子走向我们。我心一横，咬着牙：“拼了！擒贼先擒王，我冲上去摁住蝠王，你攮它几桃木钉，就算死了也不亏！”

“我做什么事情，你都不要动。”月饼接下来做的事情，让我呆若木鸡。

月饼蹲身把桃木钉并排放到地上，摊开双手表示没有武器，面带微笑一步步，走向蝠王。

更让我目瞪口呆的是，蝠王居然展开双翼，模仿月饼动作，丑陋的猴脸也挤出一丝满嘴獠牙的笑容，走向月饼。

人兽情未了？

我的世界观，彻底崩塌了……

六

我想喊声“月饼小心”，可又怕惊着蝠王再整出什么幺蛾子，只能憋着气准备随时出手。

月饼蹲身和蝠王面对面笑着，试探性伸出右手放到蝠王的鼻端。蝠王像只对人类没戒心的狗，探着鼻子从手指嗅到手掌。光秃秃支棱着几根硬毛的脑袋靠前蹭着。

月饼的左手挠着蝠王肚子，蝠王舒服地躺在地上，摊开双脚打哼哼。这时我才发现，蝠王左脚围着一圈绳子紧紧勒住的竹子，也许是幼年时就绑上了，身体长大腿却无法生长，腿骨早已挤压变形。

月饼小心地解开绳子取下竹子，蝠王双翼撑地起身，一瘸一拐走了几步，转身对着月饼半俯身类似于鞠躬，一声透着欢快的长啸，振翅飞起，围着我们盘旋几圈，带着蝠群飞走了。

我遇到过那么多诡异的事情，无数次惊心动魄的经历，唯独这件事，莫名充满喜感。

“蛊族会驯兽术？”我的嘴巴张得能塞进俩苹果，谁都不挨着谁。

月饼扒拉着把竹子展开，居然是金属丝穿成的竹简：“我要有那个本事就好了。蛊族自小就接触各种动植物，比常人多了些感知。”

“了不起啊，”我凑过去看着竹简上密密麻麻篆刻的蝇头小字，“退休了还可以当驯兽师。”

然而，我看了竹简第一眼，就被里面记载的内容深深吸引了。

十多分钟过后，月饼合上竹简揣进包里，用力攥着拳头，指关节绷成青白色。

我遥望着鹦哥岭的方向，心里又痛又怒。

竹简记录了北宋年间一段极为诡异凄惨的往事。

七

以下是竹简内容，因用文言文所写，较为晦涩难懂，我以白话文的形式讲述——

北宋年间，正直辽宋争霸，天下战火纷飞，生灵涂炭。尤其是两军兵戈相见之地，更是百里荒无人烟，尸骨遍野。

然而，有一个人，却在战争年代大捞横财。

这个人叫武统，八族中的武族传人，也就是通常所说的“盗墓贼”。

“盛世厚葬，乱世盗墓”是武族代代相传的训条。那些带着金银珠宝、名瓷珍玉入葬的达官贵人们，本想在阴世也享尽荣华富贵，却造福了阳世盗墓贼，还落得尸骨出棺，散乱满地的下场。

“陈七，我在秦岭转悠了大半个月，发现一处好墓。”武统喝了碗酒，“那地儿前山后水，左松右柏，土黄石青，正对天上南斗六星。这可是‘潜龙入渊，寿如松柏，金玉满堂，生者富贵’的好穴。”

陈七喝得满脸通红，眯着醉眼打了个酒嗝：“武哥，我不想干了。上次那个辽墓，实在太吓人了，差点出不来，我想好好活几年。”

武统摆了个噤声的手势：“‘入墓为鬼，出墓为人’，里面的事，绝不能再说一字，否则必受天谴。”

“受的天谴还少吗？”陈七撩起袖子，左手腕溃烂着铜钱大小的伤口，淌着黄脓，“沾了尸水，怎么也好不了。再有钱有什么用，窑姐儿都嫌弃我，更别说娶个媳妇了。”

“干最后一票就洗手，哥哥带你遍访名医。”武统眨着老鼠眼般的小眼睛，透着一丝阴狠，“只要有钱，没有治不好的病。再到南边购几块地，买个水灵女子，生几个大胖小子。”

陈七红透的醉脸忽青忽白，咬咬牙一拍桌子：“武哥，我听你的。”

八

“无月启凶墓，满月走吉穴。”为盗良墓，武统带着陈七斋戒三天，沐浴焚香，择了满月当晚，潜至墓前。

“墓门应该在那里。”武统点着满月照着山廓的阴影，正好遮住松柏之间向后十二丈的山壁，“十二为一轮回，墓主想周而复始，生生不息。哈哈，该咱们好好享福几个轮回了。”

两棵松柏，隔着六丈，粗大的树身足有三人合抱，如同两名将军守护墓前，气势逼人。

陈七左眼“突突”跳了几下，总觉得两棵老树渐渐挪动，枝干随时都会突然探出。

“武哥，我总觉得不对劲，心慌得很，”陈七不安地踱着步子，没膝的杂草擦得裤子“刷刷”响动，“这里透着邪门儿。”

武统冲着北方点了三炷香，虔诚地三叩九拜，闻言微怒：“哪有说这等不吉利的话，规矩都忘了？赶紧查看机关所在。”

陈七不敢多言，收起怂胆，仔细查看周遭有可能藏匿机关的地方。

寻常盗墓，都以“掘土挖洞”为主，故盗墓贼又称为“土夫子”。先用洛阳铲探寻主墓所在，确定位置打出容一人出入的盗洞。掘洞者身系粗绳，背着盛土篮子，装满土系在绳上，由洞外守候的两人拽出余土，再将篮子放入盗洞，直至挖到墓穴。

盗墓有个讲究——无三人，不出行。无亲戚，不入洞。原因是入洞者会将墓内值钱玩意儿放入篮子，由洞外两人拽出。

如果只有两人，洞外人起了贪念，把洞口一封，带着财宝远走高飞也不得而知。或者三人没有血脉关系，入洞者也难保能活着出洞。

然而，凡是大墓都暗藏机关，可进可出，这里面又有个说法了。大墓主人非富即贵，自然有无数金银财宝陪葬。为了防范盗墓贼，设置重重机关，不会让任何人知道。墓主入葬之后，必由忠心死士家奴将工匠们处死墓中陪葬，再自杀殉主。既能保证墓穴位置绝密，又能让墓主在阴世有工匠、家仆可用。

故此，凡是请到的工匠，临行前必和家人饮诀别酒，抱着必死之心修墓。

只要是人，谁不想好好活着？

精通机关术的工匠哪甘心坐以待毙？在修墓时暗中设置内外机关，待墓落成，躲在早就造好的贮备有清水干粮的暗洞。等到墓门闭合，活人皆死，会从主墓盗取几样财宝，开启机关逃出，再启动机关闭合。确保天衣无缝，墓主后人祭拜时也不会发现端倪。

这是机关术代代相传的法门，绝无他人知道。

陈七贪酒好色，一日喝多，向武统全盘托出。自此俩人倒也配合默契，盗了几个墓，攒了些明器硬货。

九

陈七举着榔头敲击岩壁，附耳听着回声，向右走了三丈三，又敲击倾听，根据回声判断机关暗门。如此反复许久，陈七满脸讶异，灌了几口酒，停在一边。

“找到了吗？”武统头回见到陈七这么没把握，眼看过了子时最佳入墓时分，不免着急起来。

“武哥，这墓，入不得。”陈七揣好酒葫芦，转身就走。

“自古土夫子没有空手而回的规矩，”武统急了，亮出解腕尖刀架到陈七脖子上，“这就想走？”

“武哥，不是我不想赚钱，”陈七倒是不害怕，任由刀尖入肉，指着岩壁，“这个墓没有机关。”

“你别不是想骗我，单独回来开墓独享财宝吧？”武统眯着眼狞笑着，“老子待你不薄，别不识抬举。”

“机关术传人提过这种事儿，”陈七苦笑着摇了摇头，“两汉至今，凡是大墓必有机关暗门。如果没有，只有一种可能，那就是墓还未成，就发生了极为凶险之事，仓促闭墓。”

“哦？”武统将信将疑地撤了刀。

“咱们合作多年，你还信不过我吗？”

武统琢磨陈七虽然贪酒好色，为人还算老实，脑子也不太灵光，短时间肯定编不出这么个说法。

“武哥，这种凶墓，还是别冒风险了。”陈七长长吁了口气，“再说吉时已过，咱俩有些别扭，墓穴没有机关，天时地利人和都不占……”

陈七所言诚恳，武统心里算计利害得失，虽说不舍倒也拿得起放得下：“回！等我再找处好穴，干最后一票。”

陈七如得赦令，扭头就走，看样子是真被这座怪墓吓着了。武统折了根松树枝子，应了“土夫子不空手而回”的规矩，瞪着墓穴狠狠跺脚，呸了口吐沫，转身下山。

十

回到村里已是三日后，两人无话，各自回家。又过了几日，陈七拎着牛肉提着鸡，带了坛老酒来到武统家。

“武哥，那日兄弟实在害怕，来给你赔个不是。”

武统性子虽然阴沉，却也不是个小心眼的人，“哈哈”一乐：“土夫子有规矩，机关术也有规矩。以后咱兄弟还要多帮衬才是。”

几句话冰释前嫌，俩人边吃边喝，不知不觉已日落黄昏，都喝得满脸通红，醉眼迷离。

“我去解个手，咱把最后这点儿酒喝出来。”武统解着腰带要去茅厕。

陈七趴在桌上迷糊着：“武哥，我实在喝不动了，今晚回不去了。”

“那就别走了。我再沽坛酒，弄几个小菜，喝到天亮。”

陈七醉着眼抬头瞄着武统进了茅厕，狠毒的神色在眼睛里一闪而过，哪还有半分喝醉的模样？他探手从束腰布带里摸出一粒豌豆大小的黄色药丸，丢进酒坛晃了晃，继续趴在桌上装醉。

武统晃晃悠悠回来，笑骂着：“这点儿酒量还请我喝酒！”举起坛子把残酒一饮而尽。

“武哥，我给你讲个机关术的事儿吧。”陈七起身靠着椅子，撕了条牛肉慢慢嚼着。

“好，听听机关术的玄妙。”武统酒意有了七八分，压根没想陈七为什么忽然清醒了。

“三十年前，一个叫老三的男子寻到我爹，给了他两颗极品珍珠，请他去秦岭给建好的墓设置机关。只有一个要求，不得将墓中所见外传。

我爹好赌，那两颗珍珠能换不少银子，二话不说就答应了，跟着老三进了秦岭墓穴，设置了可进可出的暗门机关。老三见我爹手艺好，又给了他一颗珍珠。

回来没半年，我爹就把珍珠换的银子输了个干净，还因为出老千让赌家打了个半死，抬回来躺了大半年，就这么死了。”

陈七就像是在讲别人的故事，语调平静的有些冷漠，没有丝毫悲伤。

“知道在什么地方吗？咱们把它盗了，赚他一笔！”武统眼睛发花，使劲揉着眼皮，“看来是个富贵墓。”

陈七舔舔嘴唇：“我爹临死前，把这事儿告诉我了。墓里只有一块可保尸身不腐的海底玄冰，还有一具裸体女尸。那个叫老三的男人为了追忆亡妻，从南方运至秦岭，选了风水宝地安葬。除了这两样儿，墓里再无他物，没有值钱玩意儿。”

“嗝……真是可惜。”武统对女色不感兴趣，打着酒嗝略有失望，“还真有这么痴情的人。”

“我爹这人，一辈子没什么实话，这事儿我也是听听就算了。直到前几天，你找到那个墓，与我爹描述的分毫不差。我去了墓前，机关暗门正是我爹的手艺，心里有了计较。”

“什么？！”武统顿觉受骗，正想起身，突然腹痛如刀绞，跌倒在地，酒气全化作冷汗出了，人清醒了几分，“你居然给我下了毒？”

“呵呵……”陈七眼中色欲高涨，“那个墓叫‘美人墓’。我爹说躺在玄冰上的女子皮肉温润，国色天香，根本不像死人，倒像是熟睡了随时都会醒。”

“武统，别以为我不知道，你绝不会死心。”陈七指着墙角的洛阳铲、土篮筐、毛棕绳，“你是准备回去挖盗洞吧？”

武统疼得满地打滚，早已说不出话，“哇”的吐出口黑血。

“我岁数大了，又沾了尸水，花再多钱也没有女人愿意让我碰。”陈七捋起衣袖，之前铜钱大小的伤口烂成小孩拳头那般，青筋白骨在烂肉脓汤里隐约可见，“这样的美人，就算是个死人……我要能睡她一次，死而无憾。”

“你……你这个畜生……你要……你要……”武统狂喷数口黑血，双腿踢蹬抽搐片刻，再无动静。

陈七踹了武统尸体几脚：“要不是你，我也不会沾上尸水！”

夜，愈发黑暗，一道黑影，裹着最肮脏的欲望，鬼鬼祟祟出了村庄。

十一

陈七站在岩壁前细细端详，顺着岩壁右侧一处极为隐秘的缝隙摸索，在距离地面三尺三的位置发现一片拳头大小的青苔。他抠干净青苔，露出黑黝黝的石洞。

陈七探手伸入，摸到一个铁环，左转三圈，右转七圈。只听见石壁里“咯吱”作响，厚实的岩壁左右裂开一道容一人出入的缝隙。

一道幽白的柔光从缝隙里透出，寒气更是如针刺骨。陈七打了个冷战，牙一咬，闪身进入。

墓穴极为巨大，原本就是山腹岩洞稍加修凿，洞顶石笋林立，“嗒嗒”地滴着水，顺着地面开凿的石道，围着海底玄冰形成流淌的小河。

柔光正是玄冰散出，一个赤裸女子，安安静静地躺在上面。

陈七使劲吞了口吐沫，再走近几步，看清女子的容貌身躯，顿时呆若木鸡。

世间竟有如此完美的女子！

女子瀑布般的长发散在身下，两条黛眉下微闭的双眸，长长的睫毛弯出最美丽的弧线，直挺的鼻梁恰到好处地映衬着嫩红的樱桃小嘴。朱唇微启，露出一点点贝壳般洁白的牙齿……

陈七顺着女子修长的脖子向下看去，眼中几乎喷出火，疯了般撕掉衣服，吼叫着扑了上去。

最圣洁的肉体，最痴情的爱恋，最刻骨的思念……

那一刻，灰飞烟灭！

那年，我已经活了几百年。

那年，我初识你，决定娶你。

那年，你为我生了个美丽的女儿。

那年，你离开了我。

那年，我入海取了玄冰。

那年，我让你容颜不老。

那年，女儿长大了，我给她取了和你一样的名字——阿珠。

那年，你会睡醒吗？

那年，我种下了你最喜爱的苦楝花。

那年，花开了。

十二

自此，陈七隔三岔五入山，而更让他惊喜的是，被尸水腐蚀的烂口，居然不治自愈了。

想来玄冰既能保得尸体不腐，也有治疗外疮的奇效，或许还能延年益寿。陈七索性在墓前结庐而居，日采野果、夜入墓穴，再不下山了。

半年过去了，陈七的好日子也算是到了头。也许是遭了天谴，他的身体产生了异变。原本粗糙的皮肤越来越硬，从脚踝开始向身体生长出大片树皮状的黑藓。不但奇痒难耐，稍微一挠，藓生生脱落，脓血直淌，见了光又迅速长出新的藓，并逐渐蔓延到膝盖。

再这么下去，用不了多久，陈七就会被皮藓覆盖，在痛痒中慢慢死去。

陈七自知罪孽深重，也不打算活了。可是人总有求生欲望，他想起父亲临终前曾说：“老三感激父亲建造墓穴机关，将来有事去海岛珍珠村找他，必定帮忙。”

陈七寻思着如果去海岛寻到葬妻的老三，既然他能找到保得尸身不腐的玄冰，也是有点儿门道。见到老三编个谎言，他既然已经承诺，或许会有办法医治。

打定主意，陈七一路南下，皮藓面积越来越大，已经长到了脖子。想乞点干粮，可是人们把他当作怪物，避之不及，哪还愿意施舍？陈七只得与野狗争食，喝沟里脏水，沿途打听着找到了珍珠村。

希望越大，失望越大。当他进了珍珠村，才发现村子断墙残垣，蛛网密布，野狐、土狗出没，早已破败多年。他不甘心，四处询问，才得知珍珠村民早在十几年“采珠节”那夜，遭遇大风暴，全村无人幸存。

眼看命不长久，陈七心灰意冷地回到珍珠村，布了几十个捕兽坑，靠猎兽充饥，慢慢等死。

这日，他进了一间破屋寻些废铁制作捕兽工具，却意外地发现这间屋子布有暗室机关。凭着祖传的机关术手艺，他在灶房的风箱拉手找到机关，打开了暗室。

室里有台小桌，供奉着药王菩萨，香炉底下有个暗柜，藏着一本竹简制成的医书。

书里记载了各种各样稀奇医术，不但有“海底玄冰保得尸身不腐”，还有一个方子更让他欣喜若狂：“阴气入体生成树藓，需苦楝花研磨成粉，辅以夜明砂（蝙蝠粪便），三年的陈蜂蜜、文昌鸡骨。此方只能治标，不能治本，只能常年服用。”

他遍寻海岛，终于在黎母山鹦哥岭寻到一片苦楝树，就此定居。药方确有奇效，三年时间医好了树藓症。陈七追悔前半生荒唐罪恶，又鬼门关经历了一遭，转了心性，凭着医书记载，定时下山，免费给百姓们解决疑难杂症，深受当地人爱戴，称作“活菩萨”。

更有一女子阿黎，感恩陈七救活了重病父亲，愿随他入山结为连理，以身报德。

陈七坚决不答应，奈何阿黎心意坚决，长跪哭泣，直至双目哭出血泪，陈七才无奈应了这门亲事。

隔年，阿黎给陈七添了个男娃。民众慕名而来寻医求治，在陈七住所附近定居，形成了自然村落，村民均以医术见长，时常入世不收报酬救助百姓。

这本是个挺圆满的结局。好景不长，儿子陈然十八岁那年，治愈了千百人的陈七，在睡梦中面带微笑安然死去，结束了罪恶与良善并存的一生。

可怕的事情发生了！

陈七去世三个月，医术高明的村民们先后死去。据活下来的村民讲述，阿黎不但心性大变，还拥有某种异能。只要她碰到的人，不出一刻钟，都会全身长出树藓，溃烂流脓，发疯而死。

自此，原本以救人治病著称的鹦哥岭，成了人们谈及色变的死亡禁地。

陈然秉性善良，见不得母亲为祸人间，最终和残存的十几个村民暗中商议，杀死了母亲阿黎，葬在鹦哥岭。

村民们陆续下山，陈然独居村中，为父母守孝，也为母亲害死的人祈祷忏悔，终生没有下山。

余生，陈然在黎母山布置了一百零八道机关，阻止外人误入村中，并写了书信托付村民带至祖籍陈氏一族，嘱托精通机关术的陈家万不可擅自入山。

十三

读完竹简记录，我满腹疑惑又有种很奇妙的“世界太小了”的轮回感。

“阿珠的父亲老三，把妻子葬在了秦岭，”月饼摸了摸鼻子望着鹦哥岭的方向，“船上遇到的阿珠并不知道这件事。”

“阴气入体，阿黎的体内自然也有阴气，”我把竹简放进背包，“陈七不会把做过的种种不堪事儿告诉他人。睡梦中猝死没有留下任何警示。阿黎并不是有什么异能，只是病发引起了灾难。”

“竹简里为什么没有记述蝠王？”月饼接连问了几个问题，“这么多道机关，这么多年过去了，从未听过黎母山有过异闻，说明没有人能触发，为什么只有你能？”

我的头都大了，心说难道这就是传说中的喝凉水都塞牙？我这是有多倒霉。

我来回走了几步排解心中郁结，忽然想到一件事，怔住了，直勾勾地盯着月饼。

“你想到了？”我们俩异口同声。

“竹简记载的事情，”我们俩同时问出了最易忽略的问题，“是谁写的？”

从文字的记录方式，分明是第三人称，这显然与陈然的身份不符。并且竹简详细记录了如何治疗树藓，可是阿黎得了树藓，村人束手无策，由此推断，竹简内容绝不是陈然所写。

那么，写竹简的人，会是谁？

他把竹简绑在蝠王脚上，很明显是等待能取到竹简的人到来。或者说，那个人早就知道，我会触发机关引出蝙蝠群，月饼能获得蝠王信任取下竹简。

“太可怕了。”我有种自己是提线木偶的感觉，暗处有人提着绳子，操纵我的行动。

而我，浑然不知自己是个木偶，兴高采烈地表演着供人欣赏的人生。

美国有部经典电影——《楚门的世界》，讲述的是娱乐节目导演策划了一场大型真人秀，楚门从婴儿时代就生活在人为制造的生活中，他的父母、朋友、爱人都是真人秀的演员，成长、学习、恋爱都是编写好的剧本。无数人通过电视，欣赏楚门在那个虚拟世界，每一秒钟的一举一动，喜怒哀乐。只有楚门不知道，自认为活着和这个世界无数人同样的平凡人生。

很多人认为这部电影是悲剧，也有人觉得楚门打破了隔离真实世界的墙，是喜剧结尾。

我却从这部电影里，感受到了深深的恐惧。

为什么我们的人生会有那么多意外和巧合？为什么素昧平生的两个人，偶然微信搜索附近的人，会演绎一段撕心裂肺的爱情？为什么有些人如果早一秒或者晚一秒出门，就不会遭遇车祸、凶杀、抢劫？为什么我们在做某些事即将成功的时候，总会出现各种各样的阻挠和挫折？为什么明明深爱的两个人，因为几句争吵自此离别，天涯海角，再不相逢？

我们的人生，或许就是虚拟世界里早被安排好、供人欣赏的真人秀……

“如果我们的人生是一部剧本，那就尽力做一个好演员。”月饼懂了我的恐惧，对着黑夜比了个剪刀手，“观众们，该我们上场表演了！”

“你啊……”我忍不住笑了，心里顿时轻松了，“居然会剪刀手这种大众拍照必杀技。”

“我又不是没有幽默感，”月饼耸耸肩、摸了摸鼻子，“竹简没有记录阿黎葬在什么地方。我想这就是完成任务的目的地。”

“海南之南，黎母哭子，鹦鹉泣歌，苦楝花开。”我念着小九临别前唱的歌谣，想起她那张晶莹剔透的脸庞，心里又是一阵暗痛。

苦楝花开，苦恋真的能花开么？

“既然触发机关，那就不远了。”月饼从包里翻着瓶瓶罐罐，眯着眼找了一会儿，取了个小拇指长短的翠绿竹筒，“没想到能派上用场。”

塞子拔开，一只花绿相间，长得像天牛的虫子爬出，振翅飞起，在月饼面前盘旋。

“你到底还有多少虫子？”我虽然早已见怪不怪，还是起了一身鸡皮疙瘩，“万一哪天打翻了这些瓶罐，蜈蚣、蝎子、癞蛤蟆啥的全跑出来，吓不死人也恶心死人。”

“蛊族不养虫难道还养活人啊？”月饼屈指弹了一下怪虫尾巴，怪虫“嗡”的前飞，停在月饼身前一米左右的距离，还时不时回头看两眼，像是在等我们动身。

“它专门用来探寻花粉。”月饼从兜里摸出一片花瓣，放到怪虫嘴部长出的触须，“苦楝花瓣，上山顺手采的。找到苦楝花盛开的地方，估计也就差不多了。”

怪虫的两根长须上下左右探动，停在正南方，飞了过去。

“这哪里是虫子，分明是警犬。”我急忙跟上，生怕没了怪虫踪影，“这玩意儿叫什么名字？

月饼诡异地“嘿嘿”一笑：“这种蛊叫‘寻花问柳’。男子通过身上残留的胭脂水粉味道，找寻宿醉春宵、忘记模样的青楼女子。最早起源于男女关系混乱的唐朝，是很多流连风尘女子的诗人居家旅行必备的良蛊。”

“敢情蛊族还做过拉皮条的生意？”我心说，写下“今宵酒醒何处，杨柳岸，晓风残月”的宋朝柳永，风流一生，生前穷困潦倒，死后数千青楼女子送葬，说不定就是“寻花问柳”的忠实用户。

“你当蛊族天天就猫在山里研究虫子啊？”月饼背起包跟着怪虫往前走，“蛊族也要衣食住行啊。根据市场需求研究蛊术卖钱有什么不对？咱们的房车天上掉下来的？我卡里的钱是凭空冒出来的？”

“月公公淘宝有店铺不？要不要我给你刷几个好评啊！”

“保密！”

十四

虽说忙活了大半夜，既然有了目标也就不觉得多累。我们跟着“寻花问柳”一路向南，深一脚浅一脚的，黎明将临的时候，已经走到黎母山深处，一处形状极像鹦鹉仰脖唱歌的山岭横在前方。

终于快到了！

倏地，“寻花问柳”急促飞了几圈，“啪嗒”落地，爪子踢蹬几下，就这么死了！

我心说这玩意儿使用寿命也太短了，转念一想，要是能活个十年八年，蛊族还靠什么赚钱？真是“无商不奸”！

月饼挖了个小坑把“寻花问柳”埋了，双手合十念了一段晦涩难懂的话，递给我一根烟：“寻花问柳到达目标十丈范围，会因吸入过多脂粉死亡。这样一来，被寻到的女子不会察觉有异，会以为是‘茫茫人海，缘分自然’，接下来就是芳心春动咯。”

“还挺为客户着想，”我暗笑蛊族这么有商业头脑，“那片苦楝花就在附近？”

“对！”月饼环顾四周，凑着鼻子闻了闻，有些疑惑，“按照记载推断，苦楝花应该是很大一片，常年盛开。而且苦楝花香味很浓，十丈范围怎么可能闻不到？我的鼻子不好使，也不能一点味儿闻不到吧？我去前边看看，你在这儿等着。”

我也觉得有些奇怪，使劲闻着，哪里有什么花香味？再细细观察，别说方圆十丈了，起码二里地范围，除了遮天蔽日的热带植物，连块儿空地都没有，更不用说什么苦楝花群了。

“别不是‘寻花问柳’飞得太久累死了？”我扒拉着矮树丛往前看着，正好有根蔓藤连着树枝。我用力稍大，蔓藤绷得笔直，只听头顶的树枝“噼里啪啦”作响，有什么东西掉了下来。

我还没来得及做出反应，一个圆乎乎的东西倒垂下来。待看清了那个东西，我“嗷”的一声惊叫，双腿像钉进土里，吓得根本挪不动分毫。

耷拉在我面前的，是一个皱巴巴、蜷缩成饭碗大小、渗着暗黄色浓汁的腐败人头！

那根蔓藤像条蛇缠绕着腐尸，从脖子一圈圈紧勒到双脚，以至于人头就在面前钟摆似地晃动。

我一阵翻肠倒胃，急忙松开蔓藤后退几步。哪曾想蔓藤带着腐尸弹起又重重坠下，“嘶啦”一声扯布般碎响，腐尸受力断裂，乌云遮日般砸在我身上。

我“嗷”都来不及喊，仰天摔倒。那一刻，我闭着眼，连推开腐尸的想法都没了，只觉得脸上沾满了黏稠的尸液，顺着脸颊缓慢地爬进耳朵。尽管憋着气，腥臭无比的尸气顶着鼻腔往肺管里面灌，我熏得脑袋轰轰作响，差点晕过去。

耳朵里灌满了东西听不太清楚，隐约听到急促脚步声，月饼说着“你这到底什么命格”，踹开腐尸。我想起身实在没力气，月饼一手捂着鼻子一手拉我起身。

坐在地上，我瞥了眼摔得乱七八糟的腐尸，大口喘着气，忘记脸上还有尸液，顺着嘴角淌进嘴里。口腔如同决了口的臭水池子，腥、苦、臭、咸、酸，百味交杂。

就是神仙也受不了这个！我实在忍不住了，跪在地上“哇哇”地吐个不停。直到吐得胆汁都出来了，捂着肚子摊在地上。

月饼递过水壶：“赶紧把防尸毒的蛊药吃了。”

十五

我用草叶树叶把全身搓得通红，皮都擦得快秃噜了，才换上新的衣裤鞋子。心疼地瞅着丢掉的Versace牛仔裤，这可是托人从意大利代购的限量版啊！

“月饼，你说到底是我命太霉还是你命太硬？”我吃了药，穿上鞋，另一只没受伤的脚踝处有一块指甲盖大小的擦伤，破了层油皮，结成褐色的痂，估计是被树根绊倒弄的，“怎么啥糟心事都让我赶上了？”

“你那是警惕性太差，凡事不知道小心。”月饼闷着声回了句。

我穿戴利索钻出草丛，月饼一手拿块白布捂着口鼻，一手拿着桃木钉扒拉着腐尸。

刚走两步，我脚踝的伤口蹭着鞋帮火辣辣地疼。我龇牙咧嘴的，一边弯腰松了松鞋带，一边问月饼：“有什么发现？”

“起码好几百年，”月饼扔了白布，取出二锅头洗手，“蔓藤和尸体融连，藤液渗入，难怪没有变成骷髅。”

我不愿多看腐尸一眼，别过身瞅着鹦哥岭：“会不会是中了机关的游人？或者是某一代异徒行者？”

“如果是机关，按照南少侠的勇猛作风，现在也挂在树上了吧？”月饼这时候还不忘开我玩笑，“我倒觉得他是自己用蔓藤捆住，心甘情愿等死。”

“下手也太狠了吧？”我脑补着画面，总是有些不相信。

“吧嗒”，一滴黏液从空中滴落，又从鼻尖落到地上。前车之鉴，我几步躲开，抬头往上看。

此时太阳升起，阳光透过树叶，极为刺眼。我眯着眼睛看得模糊，这棵粗大的榕树，影影绰绰，依稀有个人形物体悬挂在树冠。

月饼攀着树干枝丫爬了上去，没入树冠几乎看不到人影。

“闪开。”随着月饼的提醒，又一具身缠蔓藤的腐尸被枝干撞得七零八落，一块块掉下。

“那棵树上也有。”月饼爬下树，指着东南方的榕树。

腐尸碎块乱七八糟堆在草里，摆出不规则的图案。我心里一动，算计着方位，方才那具悬挂腐尸的榕树在东北方，这具挂在西方，东南方也有……

“月饼，我有个想法，等我证实。”我爬上榕树，没有在意脚踝的又痛又痒，急于证实我的判断。

爬至树顶，眼前豁然开朗，郁郁葱葱的榕树林覆盖着整座山脉。我按照方向和距离依此寻找，东西南北，东南、东北、西南、西北八棵榕树，各悬挂着一具腐尸，构成了八卦图案！

十六

“机关术的八门金锁阵？”月饼折根树枝在地上画了个简单的八卦图，“难怪找不到那片苦楝花群。”

我在图上标注了“生、死、杜、休、开、惊、伤、景”八个字：“八门金锁阵由三国时期机关大师诸葛亮改良。入阵者心神糊涂，感官迟钝，气虚者更是惊怖恐惧，心生幻象。腐尸悬挂，更是给这个阵增了数百年阴气，封闭五感六知。要想破阵，就要从东南方的榕树，也就是‘开’门寻找开阵机关。”

月饼深思片刻，深深地盯着我：“南瓜，你有什么不对劲的地方吗？”

“胃里还是恶心。”我牙根发酸，干呕了两口。

月饼指着八卦图的东北方位：“你被腐尸砸中的地方，是死门。”

我愣了一下“哈哈”笑了：“月公公，您老人家放一百颗心。我这身子骨，腰不酸腿不痛，吃嘛嘛香，好着呢！”

“你老实说，”月饼手指搭到我的脉搏，“这种凶阵绝不会这么简单。”

“你这是强迫症，还是咒我死？”我甩开他的手指，背着包直奔东南方“开”门位置的榕树，脚底一个踉跄，“满地树根，差点又摔倒。”

“关心则乱啊。”月饼慢悠悠应了句，“看来是我多想了。”

其实，我知道身体出了问题，而且是最可怕的问题。

我的脚踝，已经不痛了，却奇痒难耐。每走一步，我都能清晰地感受到，类似于树皮的角质层从伤口长出，往小腿蔓延。

我被那具腐尸感染了，导致这个村发生惨剧的、陈七携带的不治之症——树藓！

如果真是这样，我绝不会让月饼碰一下，也绝不会告诉月饼。

竹简记载长出树藓的人活不过一刻钟，按照古代时间计算，也就是半小时。

在这时间内，找不到治疗的方法，会是我最后的生命倒计时了。

我掏出手机看了看时间，七点零七分！

十七

“南瓜，我总觉得你不对劲。”月饼蹲在东南方榕树下摸索着树身，寻找机关。

脚踝痒得像是伤口涂了蜂蜜引来一群蚂蚁噬咬，我点了根烟忍着心里那种哆嗦，看着手机的数字显示：七点十一分。

说来奇怪，我从未像现在这么平静。或许每一个知道死亡时间、死亡方式的人，经历了最初的惊恐、焦虑后，都会坦然面对吧？

“吐得太厉害，胃里不舒服。”我尽量保持平稳，靠近树身，手指各处敲击树皮，并没有中空的回响。

机关在哪儿呢？

月饼从树上跳下来：“除了腐尸，没有异样。这事儿我不在行，就靠南少侠了，可别让我失望啊。”

我扳着倒垂入土生成辅根的榕树枝，又按照机关阵法的几种术数推演着数目，仍然没有头绪。

奇痒的感觉蔓延到小腿肚子，皮肤越来越紧，我甚至能听到细微的开裂声。

“几点了？”我强压着极难忍受的麻痒。

“七点十三分。”

还有二十四分钟！

“一分钟报一次时间。”

我看着不远处的山崖，打定主意如果再找不到机关，找个借口支开月饼，眼一闭跳崖得了，免得月饼为了救我也感染树藓。

我使劲吸了口烟，尼古丁稍稍麻木了神经，鼻腔喷出两道烟柱，顺着眼帘向上飘去。

眼皮感到少许烟雾热气，我觉得哪里不对劲，但是麻痒让我无法集中精力，始终想不出到底是怎么回事。

心理医生有种“行为模式重复”的治疗方式。大概意思是让患者不断重复产生心理问题的行为动作，从而找到症结所在。

放到现实应用中，如果对某件事情有模糊概念，不断重复产生概念的行动，会使概念越来越清晰。

我保持刚才的姿势，又抽了口烟，从鼻腔喷出，烟雾冉冉上浮，略微遮住了视线，飘进了枝叶茂盛的榕树。

“七点十四分。”

我的额头冒出了黄豆大小的汗珠。月饼要是不在，我会立刻惨叫着抓挠树藓感染的部位，直到挠得血肉模糊，露出青筋白骨……

无论如何，我要找到机关！按照月饼的智商，他很快就能发现我真出了问题。我要自救，这样才能保证月饼没事！

第三次重复这个动作——烟柱、浮起、飘进、榕树。

这四个关键点，提示着正确答案。

“七点十五分。”

我正准备第四次重复，忽然想到了什么！急忙把燃了半根的香烟凑近榕树枝叶，烟雾不再上浮，而是笔直地钻了进去。

找到答案了！

鼻腔喷出烟柱，烟雾受到空气动力，应该先向下一段距离喷到胸前，直到动力消失，才会上浮。可是烟雾是直接上浮，飘进榕树。

山洞探险，当照明、定位设备损坏，最简单的方法是点火把或者燃烧衣物，冒出的烟飘向的方向，就是洞口位置。

“七点十六分。”

“我找到入口了。”一时兴奋竟然忘记了麻痒，“八门金锁阵有点儿意思，居然能使入阵者产生虚像。”

“没有机关只有暗门？”月饼确实聪明，从我这句话里面听出了隐藏含义。

“对！这棵树，是一道门！”我下意识地挠了挠脖子，“不要相信眼前看到的虚像，直接往前走，就能穿过去！生门，原来是这个意思。真的是道门。哈哈，我太聪明了。”

“可是，南晓楼，你只有二十一分钟了。不对，现在是七点十七分，你只有二十分钟了。”月饼站到我面前，没有嘴角上扬、没有摸摸鼻子、没有扬扬眉毛，只有眼中深深的哀伤，“怎么不早告诉我，感染了树藓？”

“你怎么知道的？”

“你的脖子。”

我摸了把挠脖子的位置，指缝里夹着类似树皮的黄褐色角质。

一个人承受秘密的时候，会故作坚强。当这个秘密被最好的朋友当面说出来，最强大的内心也会瞬间崩溃。

我再也支撑不住了，麻痒的左腿没有丝毫力气，“扑通”单膝跪地：“月饼，你，不许救我。我在这里等，赶紧完成任务，或许有治树藓的办法。”

“嗯。”月饼没有犹豫，点了点头，向着榕树走去。

常人无法理解的事情发生了——月饼撞进树枝，撞到树干，就这么毫无障碍地穿过去，像个隐身人消失了。

我很欣慰地笑着，南晓楼果然是个聪明的人啊！摸出烟盒，还有大半盒烟，这或许是我人生最后几根烟了。我扳着Zippo的转轮，群蚁噬肉般的麻痒牵扯得手指哆嗦失去力气，火机“噼啪”冒着极小的火星，引不燃油线。

我咬着过滤嘴，双手握着火机用力扳动，火苗终于腾起。点着烟使劲嘬了一口，我舒服地躺进草地，阳光下眯着眼，又有些失落。

月无华，我也就是跟你客气客气，你就这么头也不回地走了？

“真不仗义。”我笑了，慢慢闭上眼睛……

突然，有个人冲了过来，把我扛到背上，爬山绳拦腰系牢，冲进了榕树门。

“月饼！不能碰我，你会被感染！”不用看我也知道是谁。月饼肯定先进去探明了有没有危险……

“七点二十分，你还有十七分钟，我还有半小时。”月饼背着我奋力跑着，“就算你比我先死，临死前也要找到治我的办法！”

生平第一次，眼泪很烫，很热。

眼泪的名字，叫做——

兄弟！

十八

郁郁葱葱的榕树林消失了，眼前豁然开朗，一条曲曲弯弯的小径，穿过大片的苦楝花海，路尽头隐约有处小村。在村落的正后方矗立着一座青色矮山，玉帘般的瀑布顺着山顶激流而下，水石溅撞，“轰轰”声为村庄平添了几分大自然的生机。此时阳光正好，花香扑鼻，蜜蜂蝴蝶嬉戏，飞鸟啾啾鸣着晨曲儿。野兔从草丛里探出脑袋，好奇地打量着我们这两个不速之客，一点儿也不害怕，啃把青草，小嘴飞快蠕动，津津有味地享受着造物主的馈赠。

若不是发生过树藓的惨剧，真的是一处传说中的世外桃源。

回头再看，那片榕树布成的八门金锁阵，如同障眼法将此处掩蔽，常人根本无法寻到。

我心生感慨，古代阵法精妙如斯，暗下决心要是能全须全羽回去，一定好好研究研究。

“刚进来时，我也很震撼。”

我从陶醉中回归现实——还趴在月饼背上！

“赶紧把我放下来！”我气急败坏地喊着，“俩大老爷们儿这样成何体统？”

月饼真是耿直，直接解开爬山绳。于是，我仰面摔进盛开着苦楝花的树丛里。紫色的花蕊从洁白的花瓣里悄悄冒出头，偷瞄着我们两个人面对面气喘如牛。

月饼扬扬眉毛刚要张嘴，我立刻制止：“不许说我要减肥了。”

“赶紧找线索。”月饼指着远处的村庄，“时间不多了。”

浓郁的苦楝花香熏得鼻子痒痒，我正要打个喷嚏，想起一件事，生生憋回去了。

左腿不痒了！

我撩起裤腿一看，差点没把自己恶心死。从脚踝到膝盖，皮肤已经硬化成树皮一般，皮肤裂缝里渗着黄褐色的脓水。一片片指甲盖大小的鱼鳞状角质布满小腿。

月饼伸手举在我面前，很无奈地撇撇嘴：“手已经感染了，南少侠快想办法。”

“你痒吗？”

月饼撕下块龟裂的皮肤：“很干很紧，不痒。”

我回忆着竹简记载的每一个细节，有个很冒险的推测：“月饼，咱俩说不定能多活一会儿。”

“求名医指点一条生路。”月饼扬扬眉毛。

我知道月饼此时还有心思开玩笑，完全是为了放松我的心情，低咳一声做个配合：“杨过当年在绝情谷重逢小龙女，中了情花毒，俩人分别十六年。再重逢时，剧毒早已痊愈。原因是什么？洪七公曾经说过，凡是毒虫出没之地，七步之内必有解药。情花附近总有断肠草，杨过服了断肠草，以毒攻毒……”

“苦楝花有毒，就算我们不知道治疗的方法，单纯吃花瓣也能缓解毒性。”月饼摘了几片苦楝花瓣扔进嘴里，“这也解释了为什么闻到花香，感染树藓部位不痒的原因。”

这只是一个推测，如果判断错误，月饼这个“蛊族最强男人”估计也扛不住两种毒性的折腾。

他抢在我前面吃花瓣的原因，我不想多说。

有这样一个兄弟，一生足矣。

“味道不错，”月饼抬起手掌看着，“树藓没有扩散，不愧是名医南晓楼。”

我摘了几瓣胡乱嚼着，初入口微苦略热，顺着食道蠕动进胃，却好像大热天喝扎啤，清凉得毛孔都冒冷气。我感受到凉意随着血液流到左腿，好似烫伤的皮肤敷了冰块，无比惬意。

当下二话不说，我们俩把身上能盛东西的地儿全塞满了苦楝花。

“完成任务就指望它了。”月饼嚼着花瓣穿过花树丛。

我腿脚利索了，几步跟上：“这个任务绝对是强迫症患者设置的。完不成就只能在这里吃一辈子苦楝花。”

“也就你这种发朋友圈不凑够九张坚决不发的强迫症患者才能想到这一层。”

“强迫症也有良恶之分。”暂时压住了病情，我心情大好，“我那是为了赏心悦目。设置这个机关的分明是为了把人往死路上推。”

月饼突然顿足，我没留神差点撞到他的后脑勺，立刻警觉，有危险！

“再重复一遍你说的那句话。”月饼慢慢地转身，眼光如同一把钢刷，从上到下扫着我。

我从未见过月饼如此严肃，顿时大为紧张，张口结舌磕巴着：“我……我说……强……强迫症……”

吭哧到这里，我懂了！

这是一个纠缠我们许久的问题：圆脸，黄衫到底是谁？！

十九

这两个在每个朝代都出现的老者，种种迹象表明，很有可能就是我们。

尤其是在冰城的影院，更是证明了这种推测。但是这里面有个时间悖论，我和小九青梅竹马，由此推断我那时还很年轻，小九为爱殉情时，我是个中年人。

我们如果真的经历过玄之又玄的穿越，按照我现在的年龄，根本不可能和小九产生交集。

所以，我和月饼来海岛的路上讨论过，“千年之恋”是真实发生过，只不过那个人不是我，而是我的前生，估计奈何桥上忘不了小九，少喝了几口孟婆汤，今生和小九的生离死别时刻，唤醒了前世的记忆。

由此，我们推翻了圆脸、黄衫、穿越的种种推测。这也是我们为什么要执着完成终极任务的根本原因。

好奇、探索，尤其是和自己有关，换谁忍得住？

“进了这里，你想的第一件事是什么？”

“如果能活着出去，好好研究八门金锁阵。”我忽然觉得彻骨冰冷，一丝恐怖从心脏随着血液蔓延，遍布全身，忍不住哆嗦起来。

“正常人的体重根本不可能踩破石板触动机关，为什么你能？我走在你前面，为什么没有踩破？”

“设置机关的人知道我和蝠王有某种关联，不出现意外会发现竹简。”

“竹简内容并非陈七所写，另有他人，文笔非常好。”

“上山后的机关、阵法，你难道没有察觉？可以阻止外人进入，也可以阻止这里面的人逃出。”

“为什么每次遇到任务瓶颈，你总是能很巧合地解开？”

“白发石林的第三个问题，任何人都想不到答案是那样，为什么你能想到？只有一种可能，问题本就是你设定的。”

月饼连番发问让我彻底懵了。这些问题，我根本没曾想过！我承认月饼分析得很有逻辑，可是为什么“我”要给“我”设置这些事情？并且处处留下很有“我”个人风格的线索？

“我十八岁认识你，”月饼脸色越来越冷，“我没有父母，但是我出生在蛊族。而你，十八岁之前，完全是一片空白。南晓楼，请你告诉我，你到底是谁？你认识我之前，你在哪里？做了些什么？”

月饼这几个问题，如同巨雷击中我的脑壳，生生切开颅骨，劈出了记忆中我最不愿回忆的那段时光。

我知道那十八年做了些什么，可是绝对不会告诉任何人，包括月饼。

脑子越来越乱，太阳穴“突突”直跳，耳膜清晰地听到血液急速涌进大脑的奔流声。几乎能把耳朵震聋的声音在脑子里循环回响：“我是谁？我是谁？我是谁？”

我的头，要炸了！

“我是谁？”我狂吼着，双手插进头发狠命抓扯，似乎只有这样，才能把这个无法回答的问题连根拔起。

“你是我的兄弟，南晓楼，南瓜，南少侠。”

“兄弟？”我茫然抬头，眼前那个人模糊一团，许久才清晰起来，是月饼扬着嘴角的笑容。

“兄弟，原谅我！只有这种极端刺激，才能唤醒你的记忆。”月饼递给我一根刚点着的烟，“你的反应很真实，完全没有某种被封印的状态。”

我抽了口烟，很苦很涩，嘴里干燥的没有一点儿唾液，舌头像着了火的木炭，烫得生疼。

“每个人都有秘密。”月饼摸摸鼻子，“你十八岁之前，我不想知道，不用勉强。”

“月饼，如果真把我当兄弟，”我的嗓音沙哑的自己都听不出来，“请不要再问这个问题。”

“嗯。”

“还有，你问的另外那些问题，我回答不了。请相信我！我只是现在的参与者，绝不是曾经的策划者。”

“嗯。”

“最后一件事，你和阿娜到底有没有那个啥？”

月饼初听一愣，笑意变为惊讶，细长的眼睛睁得滚圆：“南瓜，你这脑子到底是怎么长得？这么深层的刺激瞬间就恢复了？”

我冲着月饼胸口就是一记老拳：“月无华，你要是再敢这么试探我，南少侠的医术也不是吃素的，信不信我随便给你扎几针，保证你后半生以为自己是个女人！”

月饼假装被我打得生疼捂着胸口：“石林任务失败，我又不是没当过女人。”

我装作没什么事儿的样子，大踏步前行，当然没忘记吃几瓣苦楝花：“月公公，随朕进军苦楝村，探个究竟。”

我的心里，始终萦绕着月饼那些问题，以及“我是谁”。刹那间，我想起阿珠讲述的六个海盗吃了鲛人肉，无限循环于诞生、成长、衰老、死亡的长生。

难道?

我不敢想下去了。

二十

“南瓜，村庄格局有异常吗？”月饼估计有些不好意思，问得特别客气。

我也没什么心思观察仔细，随便扫了几眼。村庄沿袭着北方建筑的传统布局：屋门统一朝南，有“朝采阳气暮纳月华”之意；村间小路笔直无斜，意为“路正人端”；院落分为四排八行，左右隔墙相连，前后距离为三丈三，取个“邻里和睦，四平八稳”的彩头。至于为什么隔着三丈三，倒有些讲究。

民间有句老话：“家吵儿哭，亲病夜鼾，三三为限。”大概意思就是“夫妻争吵，小儿哭泣，亲人重病呻吟，熟睡打的鼾声，隔着三丈三的距离，旁人就听不到了。”

也许是环境使然，房屋历经数百年，依然完好如初。如果不是门框结满蛛网说明许久没人居住，似乎随时都会有人推门而出，双手作揖面带淳朴微笑：“两位公子风尘仆仆，想来是累了，快进屋歇息歇息再上路。”

“没有按照星宿、生肖、四方神相布置，”我走得有些累，靠着石磨盘子，拧开水壶喝水，“很标准的古代村庄格局。”

月饼摸了摸鼻子有些疑惑：“我总觉得村子里好像少了些什么。”

“少人。”我把水壶递给月饼。

月饼仰脖喝了两口，忽然停顿住了，把水壶慢慢拿到面前，端详了几分钟，几步走到一处院落，推开了门。

门框抖落些许灰尘，蛛网破裂，沾着灰悠悠飘荡。月饼站在门前左右观察，跨过门槛走了进去。

“男左女右，”我打起精神跟了过去，“老爷们儿先迈左腿跨门，女子才用右腿跨门。否则家里不是红杏出墙就是汉子爬灰。”

月饼推门进屋，查看有无线索。我在院里寻找格局、机关、暗门什么的。

这么多年的默契不是闹着玩的。冒险的事交给月饼，后勤工作交给我。

院落的布置也很正常，茅厕正东（紫气东来，以此除秽），放杂物的简陋仓库与其相连，正北是猪圈，紧靠着东厢主屋。

北方村庄吃饭均在东厢火炕，长辈盘腿而坐，炕上放一小桌，晚辈炕下站立（俗称“打横”），端饭送菜。酒壶靠着灶台位置，可喝热酒解乏，吃剩的饭食，由窗户倒进猪圈。房屋资源利用率很是合理。

院落西边，零散堆放着药锄、篮篓、药磨、石槽、棕麻搓成的爬山绳之类的采药、制药工具，倒也符合整村都是医生的记载。

说也奇怪，我也觉得院子里好像少点什么东西。

月饼从屋里出来耸耸肩，显然一无所获：“饭桌摆着碗盘，盛着风化的米粒剩菜。酒壶里有小半瓶酒，灶台的炭灰烧完没做清理。唯一有点儿意思的是正东神台供奉着药王菩萨，没有暗室暗格。”

根据竹简记载，陈七在珍珠村供奉药王菩萨的暗室里寻到医书。有了这个提示，月饼虽然不擅长机关格局，也会倍加留意。

“院子里确实缺一样很熟悉的东西。”我硬是想不出来，心里急抓抓的，没着没落。

月饼摸了摸鼻子，逐条回忆分析：“陈七死后，阿黎体内阴气催生树藓，感染村民，使村庄成了死亡禁地。儿子陈然和残存村民杀死了母亲阿黎，葬在鹦哥岭。陈然为父母守孝忏悔，终生没有下山。”

我想出那个东西是什么了，接口插话：“少了陈七和阿黎的坟！陈然没有下山，那么他的尸体还在村里。找到坟和尸体，就会找到任务线索。”

“南少侠，你写灵异小说我不反对。有事儿没事儿就用坟包、尸体这些烂大街的恐怖元素做素材，就是你的不对了。”月饼点了点自己的脑袋示意我展开推测，“换个思路看世界。你不觉得屋子里多了很多东西吗？”

能多什么东西？锅碗瓢盆、酒壶炭灰，很正常啊！都是家人一起吃饭应该……

我明白了！

按照竹简记载，村民受到感染，要么死亡要么逃离，哪还有心思全家坐在火炕、两腿一盘、喝酒吃饭？

树藓症发作的滋味，我已切身感受，能把人逼疯，恨不得满地打滚，有什么摔什么。如果把树藓症联想成科幻电影里的丧尸病毒，那么村庄、院落、工具、餐具怎么可能完好无损？

月饼所说的多了很多东西，就是指这个。

竹简的记录，并不完全真实。按照当前环境推断，全村人不像是感染了病毒痛苦死去，反而像是凭空突然消失。

可是，少了的那样东西，又是什么？

我隐隐察觉到关键点还在这里。

月饼举起水壶晃了晃："人渴了要喝水，村子里，院落里，没有井。"

最熟悉的往往是最忽略的。现代生活常年用水龙头，我压根没有想到，古代村庄最关键的生存保障——井。

这可能是最奇怪的事情——村里没有一口井，村民怎么喝水？这些精通医术的人们总不会是取得了医学突破，辟谷成仙了？不过转念一想，虽说扯淡，或许是"村民凭空消失"的唯一解释。

总不会是外星人光临地球采集物种，把全村带到外星球做研究吧？

"还记得小九告诉你的线索隐喻吗？"月饼遥望村后郁郁葱葱的矮山。

进入苦楝花群距离尚远，站在村庄再看那座山，才发现瀑布由山腰两处左右平行的山洞涌出，洞口上方凸出两条长满青苔的巨型岩石。瀑布长年累月冲刷，使得两洞之间的岩石竖着隆起。两条瀑布流至竖石下方，汇聚成一条激流而下。

正面看，这座山极像流泪的人脸；侧面看，又像是歌唱的鹦鹉。颇有"横看成岭侧成峰"的意境。

海南之南，黎母哭子，鹦鹉泣歌，苦楝花开。

"黎母，可以是黎母山，也可以是陈然的母亲阿黎。"月饼扎紧背包跨绳，"线索不在村里，在村民取水的山上。"

我估摸着距离，起码五六公里。为什么村民不就地掘井，要舍近求远去瀑布取水呢？

这座村庄处处透着古怪，我都快成了“十万个为什么”。

二十一

顺着村后小路沿山而上，山势低缓，我们走得极快。谁知道苦楝花抑制树藓能有多长时间，万一还没走到，病情突发，那可不是闹着玩儿的。

矮山越来越近，“轰隆隆”的瀑布激撞岩石声愈发清晰，如同暴雨前奔雷滚过天际。时至中午，海岛的太阳极为毒辣，晒得我汗流浃背、皮肤赤红。我和月饼折了些野草编成两顶绿帽子，好歹能遮挡阳光。

“真是要想生活过得去，身上哪能没点绿啊。”我摆手忽扇着风感慨。

月饼也是热得不轻快，擦汗哈气没闲着：“南瓜你可算是恢复正常了。”

“我这人没什么优点，就是心大。我算是想明白了，人生的乐趣在于探寻而不是纠结。”

我们边说边聊，互相打趣着上大学时的种种糗事，月饼还顺手拍了几张景色极好的照片发了朋友圈。

每每面临危境，我和月饼总是心照不宣的用这种方式放松心情，把精神和体能调整到最佳状态。

眼看着有一百多米就到达瀑布了，一片低矮树林遮挡在前。

“战前热身，跑过去怎么样？”月饼话音未落，撒腿就跑，“谁输了发200块红包。”

“你这不是耍赖吗？”我急了眼拔腿就追，“‘各就位，预备跑’都不喊，有这么玩的吗？”

“我那是给你面子，同时起跑你更没机会。”月饼身影一晃没入树林。

我气急败坏地喊道：“我是过气作家，稿费不多，200块啊！”

二十二

“勇敢点儿。”月饼蹲在我旁边做思想工作，“南少侠什么大风大浪没见过？这就把你吓住了？”

穿过林子，我们才看到一汪三十多米宽，二十多米长的石潭横隔在林子和瀑布之间。瀑布沿着岩壁飞流直下，拍打着嶙峋乱石，溅起雪白的水沫，随着水波滑进石潭。

石潭以整块石头为底，靠近岸边的石头犬牙差互，交错相连。石缝中蒸腾着阳光灼烤的水汽，说明水温极低。

我靠近瞅了眼潭水，深黑色望不见底，寒气扑面而来，内心一番天人交战，还是放弃了：“月饼，咱就不能想个别的办法？保不齐潭子里有什么东西？就这么游过去太冒失。”

“况且石潭没有相连的水道，瀑布注入这么多水，都流哪儿去了？我听说海岛很多山上的小湖石潭底部都有海眼和大海相连。就算没奇怪玩意儿，万一鲨鱼顺着海眼游进来，咱俩还不够塞牙缝的。”

“怂人借口多。”月饼向石潭里扔了块石头，“勇闯西山大佛的勇气哪去了？”

我看那石头连水花都没怎么溅起（水花越小水越深），脑袋更是摇得像拨浪鼓：“那时候是‘无知者无畏’，现在是‘小心驶得万年船’。”

“二十多米，也就几秒钟。”月饼晃着潭边矮树，“这种木头做不了筏子，也没有蔓藤荡过去。不游，飞啊？”

“不不不，一秒钟我都不下去。”我任月饼说破大天也不答应，“从五行来说，‘白山黑水为祥瑞，青山黑水有妖孽’。你瞅这水黑得都快赶上锅底了。我不干！再想想办法。”

“有办法还用游吗？”月饼怎么也说不通我，皱着眉有些着急，径自走到潭边，踩着石头，探出手指试水温，“没有想象中那么凉，咦？”

我正脑补着“入了水潭，突然冒出一张巨大的鱼嘴”“正游着眼看到了对面，忽然脚底被黏糊糊非常有力的触须缠住，拖进水里”等画面，听月饼这么一声，打了个激灵：“怎么了？”

月饼难得浮现出不可置信的神色，举着手凑到我面前：“树藓，好了。”

苦楝花虽能控制树藓的麻痒，可是治不了长成树皮的皮肤。月饼那只沾了潭水湿淋淋的手掌，皮是皮肉是肉，哪还有半分树藓。

我第一个反应居然不是把左腿泡进潭水治病，而是想到村民们会不会早就感染了树藓，并非慕陈七医术之名定居此地，他们不得不靠潭水治病，索性连井都不挖了。东北的五大连池富含各种矿物质，对各类皮肤病有奇效。如此说来，大有可能。

细想又觉得时间、事件的几个交叉点有逻辑错误，也就暂时压下这个念头，脱鞋卷裤腿泡进潭水。

“你还说潭水不凉？”寒气透骨，差点把骨髓冻结冰，我龇牙咧嘴倒吸凉气。

说也奇怪，冰冻的痛麻很快消失，感染树藓的部位明显有一缕热气由创口渗入，血液如同沸腾的热水滚烫流淌，结成树藓的角质层片片脱落，露出完好如初、细嫩如婴儿的皮肉，甚至连以前磕碰留下的疤痕都消失了。

就是腿毛没了，略尴尬……

这潭水还有美容效果？我打定主意说什么也要装几壶，在朋友圈卖给小丫头、大姑娘、孩儿她妈，这是只赚不赔、无本万利的好营生。

“月饼，我觉得啊……只有登上最险峻的山峰才能欣赏最美丽的景色；只有探寻最危险的地方才能得到最真实的答案。”我做神情坚毅状凝视瀑布，嘴里斩钉截铁迸出一个字，“游！”

月饼憋着笑一副“原来你是这样的南晓楼”的神情，指着瀑布两侧嶙峋凸起的岩石：“攀岩爬到洞口，十来米高度，有难度吗？”

我已经开始脱另一只鞋：“赶紧的，别磨叽，看小爷的梯云纵。”

“二十大几的人了，怎么还这么单纯。”月饼叹口气解着鞋带。

收拾利索，踏着乱石入水，硌得脚底板生疼。走进潭边浅水区，石头经年累月冲刷成光滑的鹅卵石，踩上去舒服得像足底按摩。

潭里十有八九没有异物，我们还是很小心地走了三五米，直到潭水没过腰，浮力明显增强，各自深吸口气，准备游过剩余的十多米。

“注意瀑布冲击力，尽量避开主流区。”月饼双手合十分水，轻巧地游着。

我双脚蹬着潭底借力，谁料脚下好像踩着块圆柱形松动的石头，立足不稳直接栽进潭里。

这一惊非同小可，我下意识憋气闭眼，两手摁着潭底乱抓。还好水不深，虚惊一场，折腾没几秒钟，湿淋淋从水里站了起来。

“落水者哪怕是一根稻草也会紧抓不放！”我的手里死死握着一块“石头”。

“月饼，快回来！”我的声音都变了，踩着水，手忙脚乱爬回潭边，把“石头”丢到一边

那是一块乌黑的、人类的半截腿骨。

二十三

“南瓜，我冒失了，”月饼折了根树枝子，挑出许多根乌黑人骨堆在岸边，“还好你发现得早……”

石潭其实并不深，只是潭底覆盖了一层乌骨，才使得潭水呈深黑色。

我疑惑于“剧毒入体，随着血液循环腐蚀骨骼，呈现黑色，证明在我们之前有很多人游过石潭，中毒身亡，尸沉潭底。而且毒性异常猛烈，短短二十几米就能把人毒死。可是潭水偏偏能治愈树藓绝症，我们也没有中毒迹象”这个问题。

“有没有可能是另一种以毒攻毒，”月饼看我没应腔，立刻想到了我的困惑，“只有感染了树藓的人才能游到对岸，入洞完成任务？上山以来，似乎异徒行者才能触发机关，感染树藓。石潭剧毒是为了阻止外人进入？”

“这只是一种可能性，太主观了。”我承认月饼分析得有道理。可是，没有确切的论证，谁愿意送命？

月饼从包里翻出军用望远镜，拉近距离观察着对面的瀑布。

我捡起一块石头轻敲人骨，人骨“吧嗒”断裂了，骨腔缓缓淌出黏稠的骨髓，用树枝轻轻戳几下，颤巍巍像坨果冻。

这很不符合常理。这么久远的人骨，骨髓早就干涸流失，骨腔本应中空才是。

我又敲碎几块骨头，依然如此。我怔怔地盯着这堆骨头，忽然想起图书

馆读过的一本记录天下异事的书里某个片段：

“南海之南，某岭有异潭。岭生两洞，一洞产生水，一洞产死水。两水经洞口瀑布入潭，名曰‘生死潭’。盖因天下阴阳调和，生死双水汇入谭中，常人饮之无恙。若身患绝症者误饮，绝症立愈。然死水之毒入体，似寒冬裸身，冰透刺骨。初时，人无异样，但觉水冰寒冷，乃寒毒已入。复遍体升温，如沐烈日。此乃毒性初发，由肤至血浸骨入髓。此毒为天下第一奇毒，中者无存。然天下之事皆有少许，传宋朝圆脸黄衫两异士，皆以书画情才异术闻名天下，常携手相伴于异闻奇事发生之地，不知其所因。据闻此二人经至此岭，中潭毒，一死一生。生者不语死者其因，许是堪破人间，皈依佛门，孤灯佛经，终老一生。”

“南瓜，瀑布后面有字，”月饼把望远镜递给我，“大字刻着‘生死潭’，小字看不清楚。既然有人能刻字，说明能过去。”

我没来由地打了个冷战，对死亡的恐怖携着骨髓的寒冷，从血液透至皮肤，汗毛根根冻得竖起。

“月……月饼，咱们中毒了。”

二十四

“这些人不是为了游过去，而是跳进潭里宁可毒死也不愿承受树藓带来的痛苦，”月饼脸色隐隐泛出淡淡的乌黑，“成语怎么说来着？哦，对！饮鸩止渴。”

“这时候你还有心思琢磨这个。”我苦笑着撩起裤腿，小腿中的毒已经透过皮肤，生成大片乌黑色的瘢，“咱们要不先挖个坟躺进去，也算是入土为安了？再留个遗言，告诫瞎猫虎眼的后辈千万别沾水？”

“我不这么想，”月饼扬扬眉毛，乌黑的脸庞依然流露出无数次绝境始终激励我不放弃的自信，“圆脸、黄衫怎么过去的？他们如何自救，哪怕只是活了一个。陈七精通机关术，既然不能游过去，那必然设置了机关。只要找到，咱们就能到对岸，还有希望。”

其实，相对于中了绝毒，更让我遭受打击的是——圆脸、黄衫，这两个贯穿于各种传说、无所不能的人，居然在这里死了一个。

死的是谁？

我虽然不认可穿越这种事，可是内心深处，早已把他们当做我们。我相信，月饼也会有同样的感受。

“先别想着挖坟了，”月饼扳着我的脖子，眼睛正对着岸边，“南少侠，赶紧找救命机关。”

“没想到月公公这么怕死。”

“哪怕活一个也是好，你的书还没写完。咱们的光辉事迹还没广为流传呢。”

我鼻子酸得差点熏出眼泪：“我的运气比你差远了，肯定是你活下去。”

嘴里这么说着，心里收起了乱七八糟的想法，观察着树木、瀑布、岩壁、潭水的格局。

连抽两根烟，我也没看出什么端倪，刚鼓起的信心烟消云散：“月饼，五行、八卦、星宿、四相、梅花……但凡相关的我都演算了，根本没什么机关。”

“横看成岭侧成峰，只缘身在此山中。”月饼莫名其妙冒出这么一句，“你再想想？是不是推断的方向错了？”

我一下子愣住了，随即醒悟这句话的含义——陈七擅长机关术，并不懂我推演的格局。

机关术的关键点在于开关，就像屋子里的灯，找不到开关，永远不会亮。

石潭，暗藏机关概率最大的地方，就是岸边乱石。

明确了目标，我围着潭边转着，终于在一丛乌黑的乱石中，发现了一根石笋状、向右倾斜四十五度角的竖石。

这块石头不同于其他石头的粗糙，顶端略显平滑，分明是常年摩擦磨出的痕迹。

机关术有“左七右八、前三后四、三转两绕”的开合方法，如果错了一道程序，机关内部尽毁，再无开启可能。

我握着石笋微一用力，笋根活动，清晰感受到底部有某种牵扯，当下心一横，双手扳着石笋恢复到九十度角。

“确定吗？”月饼在这段时间没有打扰我，“感觉有点简单了。”

我在扳动机关的时候，已经做过很多推测，类似于犯罪学的犯罪心理模拟。犯罪专家根据案发现场的各种痕迹，模拟罪犯心理，从而推断出犯罪动机、罪犯的大概特征。

既然竹简记载并非百分之百真实，上山种种迹象表明陈七良心发现，成了一代“济世名医”这件事疑点重重。他前半生又是阴狠变态的性格，设置机关是否也会受到性格影响？

能发现机关的人必然对机关有所涉猎，也就是说，会有破解机关的机会。

所以，很有可能是，他设置了最简单的“复位机关”，反而成了最难破解的机关。

“等吧，”就这么几分钟的工夫，我的思维已经和陈七交战了无数次，身心俱疲，“尽人事，听天命。”

“咯噔咯噔”，震耳欲聋的瀑布撞击岩石声掩不住潭底传出清脆的金属咬合声。

潭水至对岸岩壁刻着字的位置，“咕嘟嘟”地隆起一条半米多宽的气泡波痕。随着气泡向两侧翻涌，潭水哗哗作响，岸两边分别鼓起两根竖直石条，由棕油浸泡的麻绳相连，一条浮桥“吱吱嘎嘎”露出水面。

仔细看浮桥，我更确定陈七绝非记载那般由恶向善。

这座浮桥，由十多个完整人骨串成！细长的铁丝从每块骨头中穿过，甚至连接骨骼的筋脉，都用铁丝紧紧捆束，得以保持埋在水下千年不坏。

骨骼是正常的磷白色，说明这些人生前没有中毒，是被机关设计者陈七在他们活着的时候，就用烧红的铁丝穿过皮肉，钻过骨头，制成这座人骨浮桥。

也有可能是活人眼睁睁看着自己被一刀一刀剐掉血肉，然后……我不敢想下去了。

“南瓜，你确实聪明。”月饼踩了踩浮桥试试结实程度，大跨步走了上去。

他的语气，虽在赞扬我，却透着极度愤怒。这么残忍的制桥方式，已经超过了人类最暗黑的邪恶。

走上浮桥，我的衣服早已被冷汗浸透，冰腻贴体。

这是一场隔了近千年，用生命进行的智力博弈，我赢了！

二十五

过了浮桥，隐藏在瀑布后面刻在岩壁上长满青苔的字，赫然写着“生死潭”。冲过水帘，瀑布后方有条一米见宽的石道，密密麻麻的小字满是青苔，看不清晰。模糊几个字可辨，根据内容推测，字由上向下书成。

当我们看到最上方并列两排各三个字，同时摇了摇头，不可思议地看向对方！这是一封写给我们的信！

内容如下（我以白话文的书信方式记录）——

南晓楼、月无华：

见字如面！

请不要猜测我们是谁，认真读完每一个字，这关系到你们的性命。

其实，我们更希望你们找不到这里，那样就不会经历我们曾经的抉择和痛苦。

是的，我们和你们一样，都是“异徒行者”，为了探寻终极任务的秘密，一路寻到黎母山。

原谅我有不得已的苦衷，无法告诉你们到底发生了什么。如果你们知道了真相，产生的后果不可预料，会造成毁灭性的灾难。

回到正题。潭水有毒，你们看到这封信时，很有可能像我们一样已经中毒，除非你们在下水前就寻找到机关。

这种可能性，微乎其微。

山腰有两个洞，分别是生洞和死洞，“入生者死，入死者生”。我也无法告诉你们，哪个洞是生洞。因为我发现，两个洞，每隔一段时间，会颠倒生死，完全无法预测。

我们，只好选择一人进入一个洞。

这种选择虽然痛苦，却是能保住其中一人性命的唯一方式。

进洞之后，会发生各种不可预料的事情，看你们怎么做出判断了。

不要犯傻，不要相信直觉，两个人选择同一个洞。你们都是聪明人，懂得这个道理。

我，真的希望，你们，都能活着。

切记，中毒到毒发身亡，只有半个小时，不要犹豫！

信的结尾，没有落款……

瀑布迸溅的水花，淋湿了我的头发，贴着额头。我从未如此分明地感受到，水珠顺着额头，流到眼角，顺着脸盘，滑到下巴，凝聚成一滴，坠落。

嘴角咸咸的，或许，这不是水珠，而是，泪水。

“信里，有‘我们’也有‘我’，应该是活下来的异徒或者行者，留下来的警示。”月饼很用力地、很用力地拍着我的肩膀，“不要想他们到底是谁，完成终极任务，一切都会水落石出。兄弟！记住我这句话！不要想谁生谁死，只要有一个人活着，无论你我，都是‘我们’活着！”

“一个人，怎么可能完成终极任务？”我控制不住了，任由眼泪肆无忌惮地宣泄生离死别的悲伤。

这么多年，我和月饼，喝大酒喝多的时候，偶尔也会聊到生死。那时的我们，“哈哈”笑着，开着无所顾忌的玩笑——

“南少侠，你一定要死在我前面。要不然，什么事都靠我，杂家怎么安享晚年？还不够为你操心的！”

“月公公，您老人家闭上乌鸦嘴。我死你后面，保证遍寻九州，给你找处万中无一的格局宝地安葬。子孙后代无穷匮也。”

如今，面临着眼睁睁看着彼此或许会死、或许会活的选择。

太难了！

不是我们害怕生死，只是我们害怕，我们的兄弟，会死！

更无能为力的是，这一次，我们无法像从前那些经历一般，总是把生的机会让给彼此，自己选择独对死亡！

“要活一起活，要死一起死。”我做出了决定。

“你这人就是太感性，性价比不高啊。万一咱俩选择了死洞，百分之百团灭。”月饼笑得很轻松、很轻松，眼睛却很湿很湿，“还是一人一个吧。这样，无论谁活着，都是百分之五十里的百分之百。”

“我数学不好，听不懂你说了什么。”我使劲抽着鼻子，水珠塞进鼻腔，酸涩到了心里，“我只知道，百分之百里面少了百分之五十。”

“半个小时，给我们的时间不多了。”月饼的脸已经乌黑，不用想，我也是这般模样。

“我选左边的洞！”月饼穿过瀑布水帘，双手攀着岩壁凸石，不见了踪影。

“咱们要不要像你和小九，留个什么密码暗号，也好彼此相认。”轰隆隆的水声，月饼的笑声断断续续，“还是算了吧。两个男人这么约定太别扭了。一根烟，一杯酒，就知道，我们是兄弟！”

“南晓楼，来世，英雄相见啊！”

我也笑了，月无华，你的运气那么好，选择死洞的人，肯定是我。

不，按照信里线索，“入生者死，入死者生”，选择生洞，最后死的人，肯定是我！

二十六

潮湿的苔藓附满岩壁，凸起的石头滑溜得像冰块。就这么一眨眼工夫，月饼已不见踪影，左边洞口有几处踩塌的碎石。

我心里笑骂一句：“月饼你不当个运动员为国争光真是可惜了这身体素质。”

既然已经看开生死，我也没什么好在乎的事情，攀着石头手脚并用，没多会儿就到了洞口右侧。

瀑布的水流在洞口并不湍急，目测也就没过膝盖。我运了口气，单手抓着凸石，双腿用力，身体荡到洞口，抓着洞沿跳了进去。

水洞三米多高，直立行走无碍。水流不深且和缓，小腿肚子受到轻微阻力。入洞前我还盘算着用照明棒还是手机的手电功能，进来了才发现，洞壁每隔两三米，镶嵌着一颗鸡蛋大小的珍珠，散发着幽幽的光芒，照亮了整个石洞。

目力所及的范围，除了不停流淌的洞水，并无异样。只是看不到洞底，多少有些忐忑。我蹚水前行，脚下石道早被水流打磨光滑，走起来倒是要小心滑倒。

如此深一脚浅一脚，走了没多久，水声忽然响亮起来，眼前三四米处光芒大盛，刺得眼睛几乎睁不开，隐隐听到奇异的歌声。我眯着眼细看，光亮中是一片巨大的空间，仿佛穿过地下隧道进入了巨型地下防空洞。

再仔细听，哪里有什么歌声？看来是神经太紧张了。

我紧走几步进入巨洞，瞬间忘记了生死，忘记了月饼在另一个洞的遭遇，完全被眼前的景象震撼到。

这个洞足有半个足球场那么大，洞中央是大约五米见方的水池，水就是从池子里不停奔涌。脚下整片地面，晶莹剔透，几可映人，似乎是一整块巨型玉石而成。洞壁镶满了玲珑剔透的各色宝石，幻出各种目眩神移的色彩。更让我透不过气的是，洞的最里边横放着一栏纯金架子，堆满珍珠、钻石，十多个或金或石或木的大小水杯，整齐地排放在珠宝里面。

木杯可能是沉香所造，浓郁的香气让人心旷神怡，无法自拔。

这哪里是个石洞！分明就是人间天堂！随便带出一样东西，都能在北京二环内买个四合院！

我并不是一个贪财的人，可是此情此景完全激发了人内心深处最贪婪的欲望。我干咽了口吐沫，双目烧得滚烫，身体完全不受控制，掏出军刀抠着岩壁宝石，疯狂地往背包里塞。

抠了几块我突然醒悟，跑到金架，捧着钻石珍珠，狂喊着“都是我的”，终于把背包塞满，才心满意足地瘫坐在地，大口喘气。

出去后，想要什么就有什么了！

“晓楼，你还记得我吗？”

如此熟悉的声音，一生不忘。

我哆嗦着，使劲掐了一把大腿，疼痛告诉我，这绝不是梦。

回头一看——从水池里，慢慢地站起来一个赤裸的女人。

“小九，是你吗？”我用力闭上眼睛，泪水粘住了眼皮。

“晓楼，是我，我回来了……余生，再也不分开，我陪伴你好吗？”

是小九的声音！真的是她，这不是幻觉！

我睁开眼睛，小九笑了，孩子般天真，天使般纯洁，恋人般妩媚。

一笑，倾人城；再笑，倾人国！

“我们只能在这洞里厮守一生，池里有水，水里有鱼，吃喝无忧。只是……”小九咬着嘴唇，眼中汪出两行泪，“日子久了，你会不会觉得没有乐趣？你会陪我乌发变华发、容颜苍老？你会抛却回到世间可以享受的荣华富贵，万千佳丽，只我一人吗？”

“我愿意！”

“真的吗？”

“千金名城万户侯，佳人百千，都是过眼云烟！只有你，才是我最珍贵的宝藏！我会用一生，疼惜你，呵护如珍宝，再不容他人哪怕多看一眼！”

我的心，醉了！

此刻，我懂了：小九，才是我的终极任务！无可替代！

脸颊两抹红晕，似朝霞灿烂，如晚霞瑰丽，悄悄地，笼着小九如诗如画的容颜。

“小九，记得那年花开，我们初识，漫山遍野的苦楝花，你站在夕阳下面，容颜娇艳，衣裙漫飞。你在山上看风景，我在山下看着你。”

“是呢，我记得，”小九眼神迷离回忆，间或一轮神采，“好美的苦楝花，还有你痴痴望我……”

“是啊，那年，花开了。”我跪着，膝盖挪着，越来越近了。

千年啊，我终于等到了！

“晓楼，来，让小九抱抱你。我很想你，我很爱你。”小九张开洁白如玉的双臂。

我弹身而起，军刀顶住小九脖子：“你是谁！为什么用我心中最痛的人，伤我！”

“我是晓楼的小九啊。”小九委屈地皱着鼻子，“你不识我？你不要我了？”

“信不信我弄死你！”我狂吼着把军刀顶进眼前女子的脖颈皮肉，一抹鲜血渗出，“如果小九真是我的前生记忆，那年花开，是她最喜欢的花儿！”

“嘭！”眼前忽然一片黑暗。我两手空空，胡乱抓着，什么也抓不到。

“南瓜，你对女人能不能温柔点儿？”熟悉的女孩声音透着嗔怒。

“轰”，眼前骤然一亮，石洞，哪里有什么金银珠宝？哪里有什么小九？只有湿漉漉的苔藓，滴答着水滴的洞顶石笋，那方涌水的池子里，怒气冲冲的阿珠举着夜明珠。

大喜大悲大惊，我差点没晕过去，这都哪儿跟哪儿啊！

二十七

“很多年前，有个僧人，在珊瑚礁救了你，让你在某年某月某时，在石洞里等我？接受任务前的最后考验？”我逐字消化着阿珠的讲述，“幻觉是怎么回事？”

“鲛人的歌声可以产生幻觉啊。”阿珠摸着脖子上的刀痕，“僧人有恩于我，嘱托我必须这么做。你只有克服了隐藏最深的欲望，才有资格完成终极任务。”

“你是怎么从池子里冒出来的？难不成早就等着我了？”

“海岛有许多山底都通着大海，对我来说又不是难事。”阿珠交叠双腿笑眯眯地眨眨眼。

“我说阿珠啊，”我面红耳赤，抬头假装看着石笋，“你能不能穿件衣服？”

“鲛人从不穿衣服，”阿珠丝毫不以为意，“只有人类才会为了遮挡欲望去遮挡身体。”

我心说您这么个性感美女赤条条坐着，我还能和你正常聊天已经可以了。

“月饼怎么样了？”我推断阿珠就像在船上时，先找了月饼后找我。

如此一来，岩壁记录，也是为了考验我们，故弄玄虚。

“不知道啊。”阿珠歪着脑袋一副事不关己的神态，“你运气好，入了死洞，有生的机会。月饼入了生洞，只能……”

“你说什么？”我的心都要炸了！如果阿珠穿着衣服，我会立刻冲过去拎着她的衣领大声质问。

“生死，真的那么重要吗？看开了，每个人会很快乐，”阿珠眼圈红了，似乎想起了千年前发生在她身上的事情，“你还没有经过最终考验，体内的剧毒未解，却还担心月饼。”

我根本听不进阿珠说了什么，脑子里循环着：

“月饼入了生洞，只能……”

“月饼入了生洞，只能……”

“月饼入了生洞，只能……”

这个声音，每循环一次，就多摧毁一分我对月饼生还的信心。岩壁那封信历历在目，更给这份信心毁灭性的炸裂。

“告诉我，最终考验是什么？”我明白现在要做什么了！

解毒，完成任务，出洞，入洞，找月饼！

“两个杯子，一金一木，选择一个，盛满池水，饮入。或解毒，或毒死。”阿珠总算有些人类的情绪了，很担忧地舔舔嘴唇，“僧人就是这样告诉我的。我也不知道选哪个杯子。但是机会只有一次。”

太难了！又是百分之五十。我的运气，会继续延续吗？

金杯，还是，木杯？

金，水，木。金生水，水生木，三者相生，选哪个似乎都有道理。

我拿起木杯，放下；拿起金杯，放下。

忽然，我想到，产生幻觉时出现的金银财宝，是“恶”的欲望……

我打定主意，拿起木杯，满满盛了一杯池水，正要仰脖喝下，我忽然醒悟，丢了木杯，拿起金杯盛水，一滴不剩地灌进嘴里。

一秒钟、两秒钟、十秒钟、一分钟……

我的心跳足以快过秒针好几倍，直到——我依然站在洞里，全身中毒的乌黑色，消退了。

我选对了！

“僧人最后一句话，记住哦，”阿珠走进水池，微笑着摆摆手，“终南山下，活死人墓。这就是下一个任务的线索。”

我没有心思记线索暗语，正要冲出洞，阿珠指着我身后：“出路在那里。”

我回头一看，岩壁不知何时，悄无声息地裂开一条石缝，青石台阶斜斜向上，尽头隐隐光亮。

再看阿珠，水池皱着波纹，人已不见。刹那，水池喷泉般激起水柱，如万马奔腾，携风雷之势涌向洞口，不留一丝缝隙。

片刻，水已经漫过我的腰。

月饼，我活着，你也不能死！

我内心狂喊着，拼尽全力冲进石缝，跌跌撞撞往洞口跑着，身上火辣辣的全是洞壁凸石划出的伤口，但这些，仍不如我心中的痛！

空气，由潮湿变得清凉；光线，由幽暗变得愈发明亮。

终于，我跑出洞了，是这座山的山顶。

白云苍狗悠悠，远山郁郁葱葱。鸟语花香，蝴蝶穿梭，景色很美。唯独，没有我熟悉的那个人，耷拉着腿坐在石头上，抽着烟，转过头，扬扬眉毛、摸摸鼻子，扬起嘴角笑着：“南少侠，怎么才出来？杂家等你多时了。”

“月无华！”我对远山喊着，“我活了，我活了，你也活着，对吗？”

我像个疯子大吼大叫，山谷回荡着：“月无华！我活了，我活了，你也活着，对吗？”

像是在嘲笑我独生，又像是在同情月饼的独死。

我跪在地上，拼命撕扯青草，十指陷进土里，紧紧抓着，号啕大哭！

“南少侠，怎么才出来？杂家等你多时了。”树冠里，懒洋洋的声音传出，“想休息一会儿都不消停。你这哭丧跟谁学的？我没死在洞里也能让你哭死。”

我：“啊！”

我：“啊？”

树叶乱响，月饼从树上跳下，叼着根树枝，耸耸肩，手搭凉棚望着山色：“景儿不错。”

二十八

我，月饼，肩并肩，抽着烟，坐在山顶的悬崖边，耷拉着腿。

“月饼，你怎么活下来的？”

“我不想说。”

不说就不说吧，活着就好。我用催眠式自我安慰强压好奇心。

“南瓜，为什么选择了金杯没选木杯？”

“我不想说。”

“第一，我没你那么强的好奇心，你可以不告诉我；第二，你把这段经历写出来，吊读者胃口。嘿嘿……你以为我不知道，经常在书里把话说半截，很多女读者会加你微信问这问那，借此多聊几句刷存在感吧？”

“滚！你怎么不死在洞里，”我脸红脖子粗爆怼了一句，随即很得意地晃荡着腿，“谁说‘百无一用是书生’？最后那一刻，我想到，进了死洞产生的幻觉，金银珠宝，荣华富贵，都是‘恶’的欲望。金杯和木杯，当然要选木杯，这才是‘弃恶从善’。我突然根据‘入生者死，入死者生’这句话，想到了‘生于忧患，死于安乐’，两者的逻辑反向交错，那么代表‘恶’、‘安乐’的金杯，是死，也就是生。”

月饼抓抓头发想了想，狠狠捶我一拳：“真有你的，这也能撞大运撞上。”

我差点被他一拳捶落悬崖，好不容易稳住平衡：“知识就是力量！没文化真可怕。”

“花开了。”月饼指着远处的苦楝花群，“活着，真好。”

白的花，紫的蕊，随着山风摇曳多姿，翩翩舞蹈，张扬着这座充满谜团的数百年小村最肮脏的“恶”。

山间，冉冉升起团团白雾，如丝如绸，轻柔地笼住了苦楝花，笼住了我的双眼。

朦胧中，我仿佛看到了大片茂盛绽放的花，花丛中，是那个，一笑倾人城、再笑倾人国的女孩。

他们在别有用心的生活里翩翩舞蹈。

你在我后半生的城市里长生不老。

第四章　终南山下

一

“杨过摔在山坡，滚入树林长草丛中，便即昏晕，也不知过了多少时间，忽觉身上刺痛，睁开眼来，只见无数白色蜂子在身周飞舞来去，耳中听到的尽是嗡嗡之声，跟着全身奇痒入骨，眼前白茫茫的一片，不知是真是幻，又晕了过去。

“原来这活死人墓虽然号称坟墓，其实是一座极为宽敞宏大的地下仓库。当年王重阳起事抗金之前，动用数千人力，历时数年方始建成，在其中暗藏器甲粮草，作为山陕一带的根本，外形筑成坟墓之状，以瞒过金人的耳目，又恐金兵终于来攻，墓中更布下无数巧妙机关，以抗外敌。义兵失败后，他便在此隐居。是以墓内房舍众多，通道繁复，外人入内，即是四处灯烛辉煌，亦易迷路，更不用说全无丝毫星火之光了。”

读到这里，我合上《神雕侠侣》，揉着眼睛："终南山下，活死人墓……"

"神雕侠侣，绝迹江湖。"月饼很应景地补了下半句，"南少侠，琢磨出墓在什么地方了没？"

"金庸老师书里没写确切地方，"我望着覆盖着皑皑白雪、连绵起伏的终南山，"正所谓'只在此山中，云深不知处'啊！"

说来惭愧，我和月饼破解了那么多晦涩的隐藏线索，唯独被阿珠留下的这条看似最简单的线索难住了。

本以为在终南山找重阳宫有个大致范围，再根据竹简记载，寻找附近聚气之地。凭着我对地势、格局的理解，那还不是"水缸里捉乌龟——手到擒来"的事儿？

然而，如果乌龟不在水缸里面呢？导航搜索，我们面面相觑：重阳宫和终南山压根不在一个地儿！

更让人沮丧的是：终南山东起盛产美玉的蓝田县，西至周至县最西界的秦岭主峰太白山，绵延二百多公里，满山找寻几十平方米的"活死人墓"，难度不亚于在太平洋找一座不知名的小岛。

当年我和月饼跳下飞机，在印度洋的荒岛当现代版鲁滨孙，遇到蛊族控蚁部落的族长，隔了一年多才被路过的韩国邮轮搭救（详情请见《印度异闻录》《韩国异闻录》）。

往事历历在目，我越想越觉得没希望，索性继续看《神雕侠侣》解闷儿。

月饼也没什么主意，一手搭方向盘一手抽着烟，摆出一副"就算我不知道怎么办，可是我依然很帅"的嘴脸。

"两位根骨清奇，万中无一，想来也是至终南山出世，隐居修道吧？"我们想不出办法，烟抽得很凶，满车烟雾像是着了火，开着车门散烟，冷不丁冒出个人来了这么一句。

我吓了一跳，再仔细看，想大笑又觉得不礼貌，咬着腮帮子硬憋，肚子里快把肠子笑断了，着实不易。

请允许我用评书的方式进行人物描写，因为实在是太欢乐了：

南晓楼、月无华困于终南山下，寻不到活死人墓，眼看日头偏西，没了主意。正踌躇间，忽闻车外有人高诵道号："无量天尊！二位少侠至终南宝地，可是寻修道求仙之术？"

南、月二人闻言大惊，定睛一看：此人脚蹬藏蓝翘头厚布靴，鞋帮湿泥半指有余。藏蓝八卦衣破破烂烂，油污锃亮的乱发胡乱绾了个髻，筷子长短的树枝横插于髻中。

再看此人相貌，淡眉塌鼻，薄嘴唇正中凸出两颗焦黄兔牙，面黄肌瘦，腮帮子没有二两肉，招风大耳盛了三钱灰垢，一双绿豆大小的眼睛滴流乱转，尽往车内打量，满是羡慕之色。

"这是个道士？"月饼声音压得低，声调却暴露了"忍俊不禁"的本质。

"难不成是和尚？"我低声反问，随即高声回道士话，"仙长从哪里来，自哪里去？"

此时这哥们儿就算来一句"贫道自东土大唐而来，往西天而去"，我也不觉奇怪。

"有吃的吗？"道士那双老鼠眼都快放绿光了，死盯着橱柜上面的几包方便面狂咽口水，"大过年的，该下山的下山了，该上山的也都不来了。饿死我了！"

南、月二人终于忍不住，"哈哈"大笑："道长有此雅兴，鄙车蓬荜生辉。"

二

"这些失恋、投资失败、高考失利而看破红尘的人，有几个真是修道寻仙？"老鼠眼把方便面汤水喝得连个渣都不剩，"小哥，麻烦您再泡一碗，好几天没吃像样的东西了。"

月饼笑眯眯地递过一根烟，老鼠眼点头哈腰双手接过，脸凑到火机旁单手遮火，使劲嘬了一口："白将，山东烟，够劲儿！"

我倒开水泡面，听着老鼠眼继续唾沫横飞：

“都说终南山有五千隐士，其实真正的隐士不超过十个。大多数所谓隐士啊，无非是带着装逼的心，做着发财的梦。”

“士是什么？《汉书》曰：‘学以居位曰士’；《后汉书》曰：‘以才智用者谓之士’。要不然就成了比尔·波特写的美国隐士，‘只是喜欢自个儿待着的人，往往都有点神经质’。”

“道长渊博啊。”老鼠眼一席话顿时让我刮目相看，往方便面里放了个蛋，“古往今来，中西结合，大才！”

“加点葱花，香。”月饼也来了兴致，往方便面里撒了把葱花。

老鼠眼接过方便面，半截烟怼着鞋底蹭灭，小心地夹在耳朵上：“混口饭吃，混口饭吃。要不怎么骗那些有钱人掏银子算命求个平安。”

别看老鼠眼满脸市侩气，秉性倒是不错，人也善谈。我和月饼正好没啥思路，听个单口相声倒也有趣。

“去年来了个小伙子，高考失利被家里打，跑终南山隐居，每天喝山泉吃野菜，连个房租都交不起。”

“还有房租？”我心说商业触角真是无所不至啊。

“啊！当然有了，当地山民老辈留下的破屋，一个月百十块钱，好点儿的二三百。”老鼠眼吹汤拌面，挑起长长的一条“呲溜”入嘴，“就这点儿钱，那个小伙都交不起。头俩月还能跟着别人采个草药换个钱，没多久就嚷嚷着嫌累，干脆躺石头上一动不动，说是已经领悟成仙之道，正处于‘采日月精华辟谷’状态，很快就会进阶地仙。后来让他爹找到，暴打一顿拖回家了。”

“这都从哪学的？”月饼眉头微微一皱，多少动了些“小伙子年轻轻不学好”的气。

“还能从哪儿？书店里那么多修真成仙的小说，”老鼠眼义愤填膺，“糊弄了多少啥也不懂的学生？”

我干咳一声，默默地打消了前阵子冒起的写套修真小说的念头……

“还有个公司总经理，功成名就，于红尘了无牵挂，隐居遁世。”老鼠眼绝对是无聊时的好聊伴，有自带话题的属性。

“那真是了不起！”我特佩服这类“大隐于市”的尘世奇人。

“屁！”老鼠眼狠狠咬了口鸡蛋，“他那叫什么？叫待价而沽！炒作！隐居？呵呵！每天用手机掌握商业咨询，发微博朋友圈显示清高。还不是为了引起更好公司的兴趣，拿份更高的薪水。”

“结果过去大半年，没公司找他，以前的竞争对手都比他过得好，绷不住劲儿，灰溜溜下山了。”

“敢情山上就没有真正的隐士啊？”我被这峰回路转的结局又逗乐了。

“还真有。”老鼠眼忽然收起玩世不恭的嘴脸，小心看看窗外，压低了嗓音。

此时天色已黑，山林夜枭鸣啼，穿过残雪老树的山风透着刺骨的冷。弯月悬在山尖，倒像是把整座山悬挂在漫无边际的深黑夜幕中。树林随着山风绰绰轻摆，远看似大片无意识的人木然走下山。

“据说，山中有个千年仙人墓，住着好几个修成地仙的人。每逢子时，就会登至山顶，迎风朝南跪拜，寻登入仙阶之道。”

“你怎么知道的？”半躺眯着眼的月饼绷直了身体。

“我看见过。”老鼠眼沉默片刻，嘴角微微抽搐几下，望着远山那轮明月，眼中透着一丝恐惧。

三

以下是老鼠眼的讲述——

六七年前，原是靠着坑蒙拐骗在当地混得小有名气的格局先生张宏志（老鼠眼），给一家开业公司看布局，凭着三寸不烂之舌，勾搭上了老板的小蜜。被发现后一顿毒打，放话“见一次打一次”，在当地实在混不下去了，跑到终南山冒充得道隐士，卖卖符水画画符，再没敢下山。日子虽说过得不如从前，倒也能“有瓦遮头，有粮果腹”。正所谓“有人的地方就有江湖，有江湖的地方就有纷争”，一众江湖骗子见到如此商机，蚊子见了血一样聚到终南山当“隐士”。

“一斤猪肉一个人吃，那叫有滋有味。十个人吃，当然谁也吃不饱。”“失节事小，饿死事大”，众“隐士”们为争地盘客源，大打出手。

作为入山最早的“前辈”张宏志，自然成了后辈们合伙攻击的第一目标。

挨了几顿打，张宏志哪敢多待，又没胆子下山，只好找租个偏僻地儿的破屋，捡些晚辈们的零落客源，有上顿没下顿地打发日子。

眼瞅着人都快比破屋门口的枯树还瘦，客源都快比枯树上挂着的残叶还少，张宏志无奈跟着当地药农上山采药，手熟路通后，也能自己背着药篓药锄入山。

张宏志本就无赖，全然不在乎“一人不入山”、“春草不可摘”之类的药农规矩。唯独带他入山的药农讲过的一事一地，他牢记在心，万万不敢触犯。

药农姓马，祖辈传的采药手艺。至他曾爷爷那辈，一次入山采药，回来就定了“马家再不许采药”的家训。若不是马药农生性执拗，不听家训，又眼毒手狠，隔着几百米都能发现峭壁生长的好药，剜药时连根带土不留些许根须，这门儿手艺可能早就失传。

至于马大爷为什么定这个规矩？说起来倒是件百年前的诡异往事。

凡是入山采药，均一师一徒。师徒二人观察悬崖有无药材，崖底有无逃生线路。要是找不到，崖上的药材再多、再珍贵也只能放弃。

准备就绪，确定此药能采，需一人腰系绳子下崖，一人在山上放绳。有些药材如石耳，往往长在崖壁的凹处。

此时采药人身体是悬空的，药铲铲不到，只能像荡秋千似的把身子荡到凹处铲下药，有时要荡多次才能完成。

马家历代采药，手段高超，通常都是单独入山。马大爷赶在年根时分，入山采“压岁药”，相传除夕前半个月采的药，经一年日月风雨，药性最佳。此药采了并非外卖，而是赠予家族孩童，由父母妥善保管。若孩童突发天花、肺痨、癫疯等急症，寻对症草药服下，三天痊愈。故称为“压岁药”。

马大爷早在开春，就寻摸好了一处长有十多株好药的悬崖。入山第三天，他赶至悬崖，围着松树系好绳子放下，边采药边向下滑。

那天上好药材很多，马大爷采着采着，竟忘记了山上采药有条不成文的禁忌，“珍时贪辰，朝生暮死”。

大概意思是，采药时要留意时间，白天采药至天色将黑，再好的药也不能采，否则生路将变成死路。

马大爷察觉时，日已落西山，峭壁还有些许夕阳余晖。他心知不妙，观察周遭有无落脚之地。又如此下滑十几米，发现崖壁有一岩洞，洞不大仅能容纳一人而已。

他想反正已经回不去了，不如在那个岩洞过夜，这也是药农采药常有之事。

刚爬进岩洞，他突然看到洞中有一具白骨骷髅，盘腿坐着背靠洞壁，这一下把他吓得汗毛都竖起来了。

这时候天色大黑，再离开岩洞，就无处可去了。留在洞中，骷髅占了大部分空间，别说躺，就连坐也难坐。

马大爷进退两难，只能面对骷髅三叩九拜：“晚辈不知先辈在此，搅了先辈清修。今晚我无处可去，请先辈屈尊，挪点位置给晚辈坐一晚。”

拜完以后，马大爷身披毛毡，紧挨着骷髅坐了下来。这一夜哪还能睡着？马大爷头都不敢动，生怕看到骷髅头忽然转向他，两截臂骨搭到他的肩头，牙床开合咬向脖子……

从骷髅颜色来看，此人死在山洞不知多少年。生前会是什么人？怎么会死在这里？洞内除了几根早已腐朽、三寸长短的桃木残渣，再无他物。

说明这人既不是猎户，也不是药农，更不能是游山玩水的游人。

这么胡思乱想着，月至中天，已是子夜时分。他忽然听到山体“轰轰”作响，就像山神搬动巨石挪路。洞外不远处的山顶，忽地冒起团团碧绿色的火。

火焰飘忽不定，像是有人提着绿色灯笼跑来跑去，映得整座山顶一片惨绿。

马大爷被所见景象吓得喘着粗气，偏偏视野离不开半分，完全忘记身边还有具骷髅存在。

就在此时，山顶树林里“嗦嗦”乱响，直挺挺地并排走出三人，嘴里念念有词，高声呼喝着什么。时至隆冬，山风甚响，根本听不清楚。

隐隐约约“南海”“原”“深重”“生世”几个字随风刮进耳朵。

马大爷正寻思这几个字的意思，那三人“扑通”跪地，对着南方重重磕了十八个头，方才起身，僵直地迈着长度相同的步子，没入林中。

马大爷探头张望，走在最后的那人，突然回头，一双没有瞳孔的血红眼睛直勾勾盯着他。那目光就像一团灼烧心脏的烈火，马大爷只觉心头一阵热辣疼痛，惨叫一声，仰面摔倒，把骷髅撞得七零八碎，骷髅头正砸在他的脸上。

连番惊恐哪里承受得住？马大爷白眼一翻昏了过去。

次日晌午，他才悠悠醒来。想起昨晚发生之事，“嗷”的一声蹦起，却忘记山洞矮窄，脑壳撞到洞顶，眼前一黑，差点又昏过去。歇了好半晌，他才恢复神智，却发现那具撞散架的骷髅不见了！

这一惊更是非同小可。马大爷收拾药篓，抓着绳子爬回山顶，一路跌跌撞撞下了山。

回至家中，马大爷大病一场，终日浑浑噩噩，满嘴胡言乱语，睡时更是忽喜忽悲，大声吆喝着谁也听不懂的话。

村民都说这是惊了山魈尊体，招此横祸，活不过半个月。

就在家人偷偷为马大爷准备后事时，村里来了一位身着黄衫的老人，一路打听来到他家。黄衫查望马大爷病情，取银针十三根，刺入十三个穴位。

说也奇怪，一炷香的工夫，马大爷呕出几口腥臭黑汁，立刻痊愈。

黄衫详细询问马大爷当夜发生的情形后，留下了“山中有神仙墓，扰了地仙清修，遭此劫”的话，入山而去。

村民本对此话将信将疑，但是黄衫神秘莫测，医术高超，便也信了。

几代口口相传，成了“神仙墓方圆十里不得入内”的规矩。

四

张宏志虽说贪财好色，对这些神神道道的事却深信不疑，采药多年不敢越禁地半步。

偏偏这年终南山下了雹子，草药骤减，十天半个月也采不到几株好药。张宏志寻思着，再这么下去别说温饱，用不了几天他也进阶地仙了。本着“宁可吓死，不能饿死”的生存法则，他动起了神仙墓的心思。

马药农曾对他说过，神仙墓那处悬崖，崖顶向外突起十多米一块巨石，远看如巨伞，形成遮风挡雨的天然屏障，生长于峭壁的草药极少受天灾，又有“不得采摘”的规矩，故草药种类繁多，珍稀圣药也多生于此。

“要是采到千年灵芝、百年何首乌，成了形的人参，卖了钱风风光光回家，女人还不乖乖倒贴上门？”张宏志打定主意，当夜收拾齐备采药工具，连夜入了山。

按照马药农“迎月一时辰，虎头三只眼，松柏前有火，巨石后有水”的说法，张宏志朝着月亮的方向走了两个小时，一方形似虎头的巨石很突兀地横立于怪石乱林，三处半人多高的风洞呈“品”字形洞穿虎头石。山风穿过风洞，“呜呜”声似小儿夜哭，群树随风晃动，树叶摩擦“嗦嗦”作响，倒显得虎头石如同活物，龇牙咧嘴逼近张宏志，随时张开巨口把他吞噬。

张宏志打了个哆嗦，咬咬牙壮胆爬过石洞，方才出的冷汗被山风一吹，寒意浸骨，狠狠打了几个喷嚏。想起马药农讲述传说的种种诡异之处，多少后悔此举冒失。

他喝了口水抽烟歇脚，眯眼远望，此时月色正好，方圆十多里地照个通透，愈发显得寂静。时至午夜，百鸟栖木而眠，百兽入洞而休，只有几种夜行动物，出没于山林，偶有声响传来。叠嶂起伏的群山树林，时有夜枭悄无声息地飞入林中，随着几声及其凄惨的小兽嘶叫，一只山鼠或野兔成了夜枭的口粮。片刻，夜枭振翅挣扎声、“咕咕”惨叫声、草木碰撞声像是摇滚乐队演奏的尾声，喧嚣过后，戛然而止……刚准备享用晚餐的夜枭，已经成了狐狸或者黄鼠狼口中的美味。

“人为财死，鸟为食亡”的自然法则，无比深刻地烙印在一人几兽的灵魂深处。

张宏志把烟头狠狠丢掉，紧了紧药篓准备起身，一道阴影如同黑布将他劈头盖脸遮盖，他顿觉眼前一黑，刚攒足的勇气就像戳破的气球，瞬时泄个干净。

再仔细一看，不由哑然失笑。原来是月亮偏西，不远处一座山峰遮挡月色，山影吞噬着月光所不能触及的自然万物。

他稳了稳神，正待出发，却从那处山峰看到了不可思议的景象。

月光沿着山峰边缘笼了一层耀眼的月芒，像是镀了一层白银镶边，映得山体明亮清晰。由此看到，山峰与山腰群林相连之处，冒出大片烈火熊熊燃烧般的红。

再细细一瞧，张宏志心下恍然——时至初秋，原来“松柏前有火”，是指这片红透了叶子的枫树林。

穿过枫树林，找到“松柏、水源附近的巨石”，应该就是神仙墓所在。

（讲到这里，张宏志老鼠眼瞪得滚圆，瞳孔涣散，双手捂着心脏位置呼吸急促，脸色煞白。月饼递过二锅头，张宏志一口灌了大半瓶，擦着嘴角残留的酒渍，剧咳几声才缓缓说起……）

张宏志走了几步，地底忽然传来地动山摇的巨石挪动声，整座山似乎都在抖动，群树更是钟摆似的大幅度摇摆。无数小兽从洞中钻出，撞着野草杂木，擦着张宏志双腿蜂拥而逃；林中惊起大片飞鸟，叽喳嘶鸣着乱飞乱撞；碎石像是烧煮沸腾开水冒起的水泡，“砰砰”弹起……

又是一声巨响，依稀能见山峰正中裂出一道透着耀眼白光的石缝。光影中鱼贯而出三道人影，围着山峰走了九圈，好像在重复说着同一句话，并排走向横突山峰的一块巨石，迎着月亮跪拜。

五

“张宏志说的话靠谱吗？”我举着夜视望远镜寻找状如虎头的巨石，故意不去想那个始终萦绕在心的几个疑问。

张宏志虽然油嘴滑舌，人品欠佳，但是绝不会瞬间编出这种逻辑严谨、活灵活现的故事。按他所说，马大爷遇见的很有可能就是葬着阿珠母亲的美人墓。

问题就出在这里：

墓里为什么会走出三个人；

他们绝不是玄乎其玄的地仙；

这三个人是谁？又是谁把他们三个关在墓中？他们的诡异举动原因何在？

最重要、也是最不愿面对的问题是：“焦不离孟、孟不离焦”的圆脸黄衫，这次只出现了黄衫，圆脸去哪里了？马大爷在峭壁山洞见到的尸骨，有个不起眼的细节，“洞内除了几根早已腐朽、三寸长短的桃木残渣，再无他物”。

这分明是黄衫常用的桃木钉，也是月饼独一无二的名片。结合海岛瀑布石刻的推测——圆脸死在了生死洞的生洞，黄衫顺着线索来到秦岭，医好马大爷独身入山探寻美人墓。

可是，马大爷在黄衫医治之前，就在山洞里发现了放着桃木钉的骸骨。

关键性的时间节点完全混乱！

这到底是怎么回事？

送走张宏志，我们讨论了半天，依着月饼的聪明，也是完全没有头绪。

“要想发现真相就去接近真相”，我们索性不想，一觉睡到第二天下午，收拾了装备，照着张宏志告别前画的草图入了山。

深冬的秦岭，植被枯萎、落叶尽凋，唯有数株松柏虽是青葱，也不愿和寒冷抗争，有气无力地托着残雪。黄土、白雪、绿叶夹杂，尽显冬的破落。

这种景色，游客自然不喜，我们却有些高兴。目力所及，几乎没有遮挡，寻找虎头石也好，藏匿美人墓的山峰也罢，省了不少事情。

可是按照路线，迎着满月走了三四个小时，哪里有什么虎头石？“我总觉得张宏志隐瞒了某些关键点。”月饼的眼角多了几条细纹，尽显疲态，“晓楼，我很后悔把你卷进这些事情。”

月饼这句话触发了我的莫名情愫。之前从未意识到，贯穿这场探索之旅的“圆脸、黄衫”，给予我们无比强大的信心，甚至会在潜意识里把自己主观代入成他们。当圆脸、黄衫在传说中一一离去，对我们信心的摧毁无比致命。

我点了两根烟，递给月饼一根，两人默默抽烟，谁也不知道该说什么。

午夜，满月，银河悄悄隐退，星星黯然疏落，夜空像泉水冲刷干净的墨砚，透着油亮的黑。月芒凄冷柔和似水，拂洒了千百年来紧随着斗转星移的永恒，缓慢移动着山影树踪。

月饼仰望夜空，烟已抽了大半，烟圈刚刚吐出，却被山风吹得支离破碎，转瞬而逝。月饼盯着烟雾消失的方向，茫然的眼神忽地凝聚，扬扬眉毛，嘴角扬起一丝不易察觉的微笑。

"张宏志果然没有说实话，"月饼迎着风走向悬崖边沿，衣服紧贴着豹子般精悍的身体猎猎作响，指着悬崖对面的三座山峰，"虎头石，不是一块巨石……你看……"

三座山峰两远一近呈倒着的"品"字形，满月垂悬于中间山峰凸起的巨石，乍一看毫无端倪。然而，三座山峰映出的影子交互重叠，映在斜对面的一处崖壁，居然形成了一个惟妙惟肖的虎头形状。山峰间的两处光隙，恰似两只虎眼，巨石影子顶端的月光，就像长在虎额的第三只眼。

就在那颗"虎眼"中，有一处生满枯黄杂草、极隐秘的半人高山洞。

崖壁目测一百米左右的高度，山洞居于中，崖顶突兀横出一块黄色巨型岩石。巨石向后延伸至枯树林立的悬崖，一方十几米高的崖石隐隐现于林中。

我拿起望远镜看得仔细，那方崖石正壁光滑，明显有人为凿痕的四边轮廓，两株残雪覆盖、依然郁郁葱葱的松柏张牙舞爪地分立崖石两侧。崖石后还有一处白色山峰，月色波光流转，好似从峰顶激流而下的瀑布。

"潜龙入渊（月光形成的瀑布），寿如松柏（崖石两侧松柏树），金玉满堂（黄色巨型岩石为金，白色山峰为玉），生者富贵"，竹简里关于"美人墓"的记载全对上了！

"张宏志这个王八蛋！"我回过味儿狠狠骂了一句，想起那双看到微信转账透着"又有人被忽悠"的狡诈老鼠眼，心里更是有气，"把道听途说的传说讲的和真事儿似的，难怪请他当向导死活不干，白转了666块钱给他！"

"真相往往传于谣言，去伪存真就会得到答案。"月饼倒是想得开，扬扬眉毛长呼口气，"能找到就好。南少侠，会爬山吗？"

美人墓所在的山峰，是座与群山不相连的孤峰，岩壁平滑压根没有搭手落脚的地儿。这百十米的悬崖，山风猛烈，稍不注意就是个葬身崖底，粉身碎骨的下场。

六

“月饼，要不咱从长计议？”我苦着脸摸着冻结冰雪的岩壁，仰着脖子往上看，孤峰根本看不到顶儿，越琢磨心里越怂，“就是道家的‘梯云纵’也上不去啊。咱这样靠谱吗？”

月饼紧了紧腰间的绳子，又替我把绳子使劲拽结实，差点没把我的胃勒成两坨：“要不你想个法子？”

“我要有主意能跟着你送死？”我郑重其事地从科学层次深刻分析种种危险；痛心疾首举了若干登山家丧命的例子；语重心长地解释“心急吃不了热豆腐”的道理。费了半天唾沫星子，总而言之就是表达了“爱谁爬谁爬，反正打死我也不爬”的坚定决心。

结果，月饼一脸坏笑钻进房车，从储物柜里面翻出两套整装的登山设备，随随便便往我脚下一堆……话说回来，房车的好处就是平时用不到的东西也都能装着。

我长叹一声“天亡我也，非战之罪也”，头一低，这事儿就算是认了！

“上升器、8字环、登山扣、岩石钉还记得怎么用吗？”月饼想多嘱托几句。

“爬吧！”我扒着岩缝，爬了几米，钉进岩石钉，固定登山扣，登山绳卡进扣里，大喊一句：“More responsibility and more ability！”

“你好，蜘蛛侠。”月饼更熟练地用着登山器材，几个攀跃就超过了我。

“月公公，还有什么是你不懂的事儿？”我还没来得及嘚瑟就被月饼用实际行动暴击一万点。

“女孩子。”月饼撂了三个字，爬得飞快。

我也懂一个道理——攀爬悬崖，队长总是第一个攀爬，勘察地形，固定安全装置，处理各种突发状况，随时都面临生命危险。

所以，月饼又冲在了前面。

七

各位看官，你们一定以为攀爬过程会出现什么危险吧？比如：固定扣松了、登山钉脱落、登山绳绷断几根丝儿、爬到半截遇到什么稀奇古怪的东西……猝不及防的情况下，爬在前面的月饼掉了下去，悬空荡在半山腰。我强忍着登山绳几乎要把腰坠断的疼痛，不断向岩壁晃动，手臂伸到极限也没能把固定扣塞进岩缝。

最后一枚卡在岩缝里的固定扣，支撑不住两个人的重量，眼看就要脱落！再有几分钟，我们会从五十多米的高度坠落，砸在谷底摔得稀烂。

生死存亡之际，月饼嘴角上扬着笑了：“南晓楼，听我说。拿出军刀，割断咱俩之间的绳子，你还能活下去。否则，两个人都会死。”

我的眼泪止不住流淌，明知这是唯一的办法，却做不到亲手割断这条“独生还是共死”的绳子。

我，怎么可能为了自己独生，亲手放弃月饼的生命？

固定扣就要完全脱落，岩缝边缘挤碎的石子“扑扑”落下，月饼吼着让我不要犹豫。

就在此时，从山顶垂落两根棕绳。我们顾不得谁放的绳子，抓住这根救命稻草，爬到山顶却空无一人，绳子拦腰绑在松柏树上……

这样更能彰显“面临生死存亡时，兄弟情谊深似海”的光辉人性，再抛出“究竟是谁救了我们”的疑团。

故事桥段如此设计，剧情才会更精彩、有血有肉、跌宕起伏、疑点重重。

然而，现实不是故事，哪有那么多的意外？人生哪有那么多的外挂？我们哪有那么多的倒霉事儿？

虽说爬得累，好在我们体力都还不错，月饼经验丰富，有几次小危险，倒也不是大事。四十多分钟，我们就爬到了半山腰那处小山洞。

我丢了根照明棒入洞，探头一瞧，心里一哆嗦，下意识地脚蹬岩壁悬在空中，山风吹过，我荡在空中转了一整圈，目光又回到洞中。

月饼已经猫腰钻进洞里，遮挡了大半部分视线，可是我的胃里依然阵阵作呕，再猛烈的山风也刮不去鼻子闻到的血腥味。

洞里，横卧一具高度腐败的尸体。手脚筋有深达寸许的刀口，白色的筋络从伤口里扯出，断口整齐。尸体的脸部被砸得稀烂，胸口深深凹陷。周围是几块大小不一，沾满暗黑色凝血的石块，洞壁随处可见迸溅的血渍。

角落里，药篓里的草药早已枯黄，红白夹杂的液体凝固在药锄刃口……

我瞬间脑补出这样一幅动态画面——两人采药耽误了时间，只得在洞中过夜。当晚，一人熟睡，另一人举起石头，对着他狠命地砸着，一下、两下、三下……

“他是药农，姓马。”月饼从尸体胸前的衣袋里翻出一张沾血的身份证，“咱们被张宏志骗了。”

此时我已经入洞，捂着鼻子接过身份证：“张宏志的面相和贼气，坑蒙拐骗可以，杀人，他没这个胆子。”

“不是他又是谁？我始终觉得他的话有所隐瞒，”月饼扬扬眉毛，“我们的注意力始终放在了美人墓的传说和地点上，忽略了告诉他这件事的药农在什么地方。”

“杀人总有动机，”我还是觉得月饼的推论武断了，“如果两人采到绝世奇药，张宏志见财起了杀意，可是他现在的生活状况完全不像。”

月饼指了指洞顶：“答案，就在崖顶美人墓。”

“砰！”巨锤砸石般的轰响从山顶震荡而来，狭小的洞顶“簌簌”落着碎石，山洞随着山体剧烈晃动，我们如同身处惊涛骇浪中的小船，紧靠着岩壁，抓着石缝才能勉强保持身体平衡。

“砰！”又一声巨响，石洞里响起两块巨石“吱吱”的相互摩擦声，牙根酸得直冒酸水，耳膜几乎被聒噪的怪音刺穿。

“月饼，美人墓，开了！”我顾不得身体平衡，捂着耳朵大喊。

忽然，我的喉咙被紧紧勒住，一双手狠狠掐进喉骨，掐得喉骨“咯咯”作响。瞬间的窒息让我眼前发黑，只听见沉重的呼吸声，以及月饼近乎野兽的嘶吼：“擅闯美人墓者，死！”

我心中大骇，睁眼一看，月饼嘴角狰狞抽搐，阴森森笑着，血红的眼睛犹如捕杀猎物的饿狼。

“你……你……疯了！”我用力扳着月饼的双手，无奈那双手像两副渐渐收紧的铁铐，根本动不了分毫。

我完全喘不过气，视线越来越模糊，胸口像塞了一团火，整张脸清晰地感受到迅速肿胀，血液涌向脑部，耳边不断回旋的“擅闯美人墓者，死！”越来越遥远。

“月……月无华，”我的喉咙快要被捏碎了，费尽力气吐出几个字，“是我，南晓楼……”

月饼骤然加力，推着我撞向最里侧的岩壁。

“喀啦”，断裂的声音让我以为是喉骨断了。月饼的手松开了，我如同一摊烂泥，软绵绵瘫在那具尸体旁。

浓郁的香气弥漫着整个岩洞，清新的空气迅速涌进肺部。尽管每喘一口气，喉咙都火辣辣的疼，却让我感受到“还活着”的生命喜悦。

照明棒的绿光被柔和的白光覆盖，使得恐怖诡异的石洞有了些许宁静。

“我怎么了？”月饼扶着我的胳膊，“你怎么了？”

我一拳重击月饼胸口：“月公公，你背包里的蛊虫跑出来附体了是不是？疯狗一样，差点把我掐死！”

“嗯？”月饼捂着胸口，目光却游离我身后，满脸讶异。

我心说坏了，别不是一拳打下去，又整出什么幺蛾子了？连忙高度戒备，随时应付月饼暴起。

“你身后……”月饼指了指我背对的岩壁。

这个时候我哪敢回头？万一再被掐住脖子，刚喘的几大口新鲜气又要憋炸了肺。

“我没事了。”月饼摸摸鼻子，歉意地点点头，猫腰向洞壁走去，“美人墓开启，也许能对特定的人产生影响。听到巨石摩擦声，我的思想一片空白，身体根本不受控制。这也许就是张宏志的杀人动机，并且是保护美人墓最有效的方法。还好，不是咱俩同时受了影响。入墓者死于入墓者，完美！”

我心里这才稍稍踏实，趁着月饼走过身旁，赶紧回头一看，视线就像被磁石牢牢吸附的铁钉，再也拔不出来。

洞壁，裂了一道半人多宽的石缝，里面居然是一座二十多平方米的石屋。

屋顶，镶嵌着颗鹅卵大小的珍珠，照得通透的石屋中央是方石台，端坐着一架人骨骷髅。

三枚桃木钉，整齐地摆在骷髅盘膝双腿前。桃木钉两侧，分别是十四颗金珀穿的手串、新月玉坠！

我不可置信地抬起手腕，那串代表“异徒行者”身份的金珀波光流转。月饼摸出挂在胸前的新月玉坠，摩挲端详……

我们的东西，一模一样的东西，怎么会出现在这里？！

洞内香气更加浓郁，如同拍开泥封的陈年美酿，不饮自醉。

我、月饼，仿佛已经醉了，分不清身处何地，身处何时……

八

“蛊族，香蛊。”月饼捻了点儿骨屑，拇指食指揉搓，“临死时服下香蛊，引来蚂蚁，把血肉啃食干净，以此保住骨骼永不腐败。”

我还在震撼于桃木钉、金珀、玉坠，尤其是那串金珀，结绳处第九颗，珀内金丝如同一朵向日葵，和我手腕的那串完全相同！

“香蛊的作用是骷髅某个部位做出指示，提醒或者警告蛊族……”

月饼还要继续科普蛊术大全，我实在忍不住吼了一声：“月饼！这是咱们的东西！”

“我知道！”月饼哆嗦着嘴唇喊了一声，“这个人有可能就是我！我知道！你呢？你在哪里呢？难道海岛生死洞死的那个人，真的是你？只有找到骨骼遗留的线索，才能弄明白到底怎么回事！”

月饼所说的每个字，都如同尖利的钉子，一根根刺穿我的耳膜，楔进脑子。

我胡乱挥着手，试图想抓住什么，又像是要把莫名的恐惧甩开。

“找线索吧。”月饼阴着脸，单手托着下巴，绕着骷髅观察。我使劲揉着太阳穴，闭着眼深吸一口气，徐徐吐出，勉强压住了乱糟糟的心情。

这具骷髅一副老僧入定的坐姿，颌骨紧挨肋骨，颅骨映着珍珠的白芒，泛着异样的暗青色。他的双臂半弯曲垂于交叉的双腿之间，拇指相对，左手托着右手，没有人为挪动、破坏的痕迹。

说明他死前很平静安详，完全找不到所谓的“提醒或者警示”。

月饼把注意力放在石台，东敲敲西碰碰，声音沉闷，只是一个普通的实心石墩子。

我趁这工夫，把石室能藏匿机关暗门的地方搜了一圈，没有任何发现。

我俩一头雾水，各自点了根烟稳稳神。

“蛊族对生命的理解超出常人，只有在遇到极大危险或者意外袭击，确定无法生还的情况，才会引发香蛊。通过身体的某个部位保持的特殊形态，留下线索。”月饼的目光穿过骷髅黑洞洞的眼眶，似乎想从空洞的颅骨里获取零星残留的记忆。

我心里一动，有个大胆的想法。假设骷髅是月饼，那么最了解他的就是月饼自己。

“月饼，你临死前留下警示，会用什么方法确保只有活着的‘你’才能懂？”

“我？”月饼顿住脚步随即明白了这句话的意思，模仿骷髅坐姿，盘腿坐下。

几秒钟的时间，就像几个世纪那么漫长。我屏住呼吸，不敢打扰月饼通过行为模拟，推论死者生前状态的举动。

月饼睁开眼，扬着嘴角笑了：“我懂了！如果他真是我，绝对不会用手指、脑袋所对方向进行提示。”

这种感觉实在怪异。两个活人研究死了的自己的所思所想，要不是亲身经历，打死我也不信这种扯淡都扯不着的事儿！

“我也懂了。”我对月饼的了解不亚于他自己，摇头叹了口气，“月公公，您老人家非要搞得很有智商才能合眼吗？”

那种极度恐惧，在这么几句对话中，消失了。

直面生死，才会无惧生死。

“说出你的答案。”月饼摆出洗耳恭听的姿势。

“答案就是这具骷髅本身。”我沉忖少许，试着用最简单的话表达想法，“我们的注意力，始终放在骷髅某个特殊举动，所能带来的线索。却忘记了最关键的一点……刚才你差点掐死我，想起这事儿我就来气。月饼，你到底是丧失神志还是‘有仇报仇，没仇练拳头’？”

“说正事。”月饼老脸一红，故意别过头不看我，“你这脑回路是太直线还是拐弯太多？”

“差点死了都没还手，算是对得起你了。”我摸着脖子火辣辣疼痛的掐痕，“我撞裂石壁，这间暗藏的石室才暴露出来。也就是说，他并不是通过石洞进入。那么，他是如何死在这里呢？这就是他留下的暗示。而这间石室，最不合常理的就是……”

我的手刚指向屋顶，月饼扬手甩出一枚桃木钉：“就是这颗珍珠。”

“叮”的脆响，桃木钉插入珍珠与石壁嵌连的边缘。珍珠松脱掉落，从镶嵌珍珠的圆孔中，连带出一根极细的银丝，牵引着珍珠悬在空中，如同钟摆左右晃动。

“嘭”！石室屋顶的石板，突然就这么斜着塌了一半，直接杵在地上。骷髅、桃木钉、金珀手串、新月玉坠被击个粉碎，蓬起灰尘、骨粉夹杂的刺鼻灰尘。

要不是我们躲得快，估计能直接被拍个脑浆迸裂。

“月公公，您尸骨未寒又遭此横祸，作孽哟。”我揉着鼻子打了个喷嚏。

月饼“哈哈”一乐背起背包：“起码不用顶着寒风，多爬五十多米了。”

石板背面，是一排人工凿出的台阶，斜斜向上延伸至屋顶的石洞，露出一条黑暗的隧道。

冷冽略带草木泥土味的气流从隧道涌出，由此推测尽头与外部空间相连，很有可能就是那处美人墓。

或许，这才是真正的，精通机关术的工匠（有可能就是陈七的父亲），建墓留下的秘密逃生通道。

九

按照孤峰高度计算，石洞位于悬崖50米左右，隧道如果斜通向上至美人墓，最多80~100米的长度，手机的手电功能和照明棒，不会产生视线受阻放慢速度的情况。由此推测，我们大约5~7分钟就可以走到美人墓。

然而，接下来发生的事情，虽不惊恐，却让我们无比震撼。

隧道并不是直的，曲曲弯弯东拐西绕，如果不是只有这一条路，稍微有个岔口就能彻底迷失在山腹里。

每走大约二十米，就会有一间巨型石室。第一间摆放着冷兵器时代的刀、枪、棍、斧等武器，第二间陈放着变质发霉的谷物粮食。由此延顺，依次是整个秦岭地图沙盘的战术室（沙盘边缘写着“宋”“辽”“金”几个繁体字），堆满盔甲战靴的装备室，被褥毯子早已成败絮的休息室……

这哪里是座孤峰，分明是挖空了山腹的战备指挥所。根据沙盘字迹推测，应该是北宋时期，宋、辽、金相互交战的年代。

在那个时代，挖空山腹建造石室，所耗费的人力、物力可想而知。

月饼拎起一把锈迹斑斑的铁剑，虚空挥舞几下：“金庸大师写的《神雕侠侣》，小龙女居住的古墓，倒和这里有些相像。”

“要是有间小屋，挂着一根绳子，墙上刻着什么《九阴真经》《玉女心经》，咱俩也不用探寻什么终极任务了。”我豪兴大发地活动着臂膀，“苦练个十年八年，学得一身绝世武功，下山行侠仗义，为民除害，烈马好酒江湖，也是一件快事。”

“问题是……”月饼也来了兴致，摸摸鼻子，“《玉女心经》必须男女赤裸双修，你到哪儿找个女的？月野倒是不错的选择。就怕南少侠把持不住，绝世武功没练成，南小侠们能组个足球队了。就是入中国籍还是日本籍要费些脑筋。”

“‘嫁鸡随鸡，嫁狗随狗，嫁个猴子满山走’，当然要做中国人！看书看得不仔细是不？在寒冰床练功不需要脱衣服。”我正要继续掉书袋，忽然怔住了。

传说里，陈七初入美人墓，阿珠母亲的遗体安置在海底玄冰凿成的冰棺，小说里恰巧也有这么一张寒冰床。并且小龙女居住的古墓，原本就是王重阳抗金的地下指挥室，与我们入洞所见惊人的相似。

难道只是巧合？

“小说不一定都是凭空想象的，”月饼揣摩出我的想法，“你写的书，有几个人知道是咱们的亲身经历？”

我有种书里和现实结合的不真实感，想想自己把这些年经历出版成书，读者朋友们也都当做小说消遣，随即释然。

这么边聊边走，总共穿过了九间石室，最后一间石室空无一物，正面的墙壁是扇五米多宽、三米多高的紧闭石门。白光从石门的缝隙滤出，气流顺着缝隙注入石室，“呜呜”作响。

仔细倾听，气流中夹杂着细微的男男女女哭泣声，在空洞的石室回荡重叠，宛如孤魂野鬼的哀号，令人不寒而栗。

我们的视线仅限于照明棒、手机手电的光线范围，对未知黑暗的恐惧结合诡异的哭声，更使得气氛异常压抑。

当然，这种内心发毛的状态，仅限于我。至于月饼，已经东拍西摸寻找打开石门的机关。

“月公公，你什么时候能有正常人的五感六欲？”

“饿的时候。”月饼从背包里摸出压缩饼干，掰了一半给我。

我拿着手机的手举起水壶，就着水扬脖咽着饼干，手机手电的光正好照到斜上方的石壁，上面刻着一尺见方、九宫格的图案。

九个格子里，刻着“壹”至“玖”的繁体数字。

“南瓜！”

“月饼！”

我们同时喊着对方。

月饼举着照明棒，站在我身旁七八米的距离，手指摸着石壁：“这里刻着字。”

我顾不上琢磨九宫格，几步跑了过去。幽绿的光芒将那几个字映的格外阴森，我右眼皮“突突”跳着，使劲捶着胸口，才不至于因过度惊怖导致呼吸困难。

如果你身处陌生的幽闭空间，寻找出路的时候，看到自己的名字，会是什么状态？

南月修我犯错

晓无正们下误

楼华的

这几行字，刻痕极浅，字缘尖锐，像是月饼的桃木钉尖刻出，又像是刀子划出。

比如，我常用的瑞士军刀……

十

“数字隐藏着开启密码。”月饼举着照明棒给我借着光亮。

我摸着刻在岩壁的九宫格，很想试试“62188”这串贯穿整段经历的神秘数字，又有些犹豫。一旦密码输入错误，开启石门的机关会从内部毁坏，永久封闭。

是的，这个时候，我们没有时间琢磨留下石刻的人与我们有什么关联，是否和石室骷髅是同一人。

如果这扇门后面就藏着真相，那么我们为什么要绞尽脑汁凭空推测，而不去寻找打开真相之门的方法呢？

况且，尽管隔着厚厚的石门，依然能听到，那几个人像是在承受某种残酷的刑罚，哀号声越来越凄厉，时不时夹杂着有些熟悉的笑声。

“打不开咱们就返回山洞爬上去。”月饼抽出数根桃木钉别在腰间。

我心说也是啊，这么纠结干吗？摁着“陆”的格子往里一推，轻微的“咯噔”声响起，格子陷进石壁半寸，类似于齿轮咬合的震感传至指尖。

我心里有了底，依次摁下“贰”“壹”“捌”三个格子。

每摁进一个格子，越能清晰感受到石壁暗藏的机关对上了扣。尤其是刻着“捌”的格子，陷进石壁“咯噔”几声，又顶了出来。我再次摁进，只见九宫格的四条边框，闪烁着一圈红如火的光芒，顺着字框汇聚到“叁”、“肆”“伍”“柒”四个字。

随着光芒灼亮至刺目，刻着这四个数字的岩块像烧红的烙铁，极其缓慢地从岩壁顶出，“扑通”掉落，早已烧酥的石皮受到冲力碎裂，四块拳头大小的岩石分别露出红、黄、蓝、白的原色。

拾起石块，手感温润，饱含油脂感。用灯光照着，晶莹剔透，光彩夺目，这哪里还是什么普通石块？分明是四块价值连城的各色宝石。

月饼随便瞥了一眼就专注于石门能否打开。我也只好压下把宝石偷偷带回去，卖个好价钱，从此登上人生巅峰的念头……

石门并没有如意料中“吱吱嘎嘎”开启，沉稳地就像蹲在墙根晒太阳的八旬老汉，一动不动。

门外的叫声越发凄惨，我稍有些烦躁，狠狠踹了石门一脚：“芝麻，开门！”

“咚”，有个什么东西落下，砸到脑壳，顿感晕眩。我捂着脑袋抬头一看，头顶上方大约二十厘米的位置，露出和宝石形状大小完全相同的石洞，一块岩石骨碌碌滚落在地。

“人倒霉喝凉水都塞牙。”我嘟囔着捡起岩石，没发现什么端倪。月饼伸手探入石洞，摇了摇头：“没有暗环、拉扣……”

“古人就是不嫌麻烦，”我焦躁地转着圈子，“就不能安个门锁藏把钥匙？整这么多机关，就算没困死人，也能活活气死人！”

“钥匙？”月饼摸了摸鼻子想到什么，捡起四色宝石，准备往石洞里塞。

我一拍脑门，心说这满脑子装的都是糨糊吗？设计如此精密复杂的机关，凭空冒出四块宝石，绝不是设计者吃饱了撑的，把探险节目换成寻宝栏目。

四块宝石其中之一，或许就是开启机关的钥匙。

月饼略有挑选，塞进了白色宝石。片刻，灼目的强光从宝石里迸射而出，几乎将整间石室照得通透。

“有戏！月公公，大学掌握的‘选择题全靠运气’的技能还没丢下啊。”

话音刚落，脚下剧震，通往石室的隧道，传来惊雷巨响。落石如同暴雨，“噼里啪啦”砸下，瞬间封住隧道。

石室的岩石地表，像是初起风浪的海面，颠簸震荡，龟裂出闪电状的裂纹，发出让人牙酸耳鸣的崩裂声，把整个岩石地面分割成一块块围棋盘大小的石片。

又是一阵山摇地动的晃动，石片由隧道位置向着我们依次落下。匆匆一瞥，塌落的地方，露出竖着无数根尖锐石笋的深坑，几具早已成骷髅的尸体，被石笋乱七八糟贯穿。密密麻麻的蝎子、毒蛇挤簇在坑底，翘着满是毒液的尾巴，呲着足可致命的毒牙，满怀期待地等着我们落下。

就这么一眨眼的工夫，石洞地表已经塌落了三分之一，很快就无我们的立足之地。

“赶紧试试别的颜色，”我的声调都变了，“学渣就是学渣，一辈子整不明白ABCD。”

向来心大的月饼，总算有了紧张的状态，手忙脚乱塞进了“红”、“黄”、“蓝”三块宝石，不但没有开启石门，反而加快了石片掉落的速度，如同海浪席卷而来。

我紧贴着岩壁，双手死死抠着岩缝，做好了“一旦石片全都脱落，好歹还能多撑几分钟”的准备。

“月饼，快想想办法！”

“下落时注意躲避石笋，毒蛇、蝎子拿咱们没办法。”月饼这句话算是表明了“他也没招了”的鲜明态度。

“谁能保证就那么巧，躲过所有石笋？”石片崩塌距离我们还有两三米，整个石坑恶臭无比，寒气森森，更多串糖葫芦似的骷髅露了出来。

我彻底绝望了，嚎了一嗓子：“设计机关的人太狠了，不把人命当命吗？”

“命？人命？”月饼一瞬间陷入游离状态，掂量着手里的四块宝石，“红黄白蓝……颜色……生命……”

“先给我吃颗能躲毒虫的蛊药。”我瞅准了一处石笋稀疏的位置，心一横，准备吃了药跳下去。

“南瓜！绿色！怎么调配绿色？”

崩塌声像无数道惊雷在耳边炸响，我根本听不见月饼说的话。

“你说什么？”我扯着嗓子吼着。

“绿色，生命的颜色，怎么调配？”

“蓝、红！”我刚吼完，又琢磨了一下，“不不不，是蓝、黄！”

“确定？”

“我好歹也学过几天油画！”

月饼把蓝、黄两块宝石挨个塞了进去。几乎是同时，代表希望、生命的绿色光芒，从洞里洋溢而出。

石室停止震动，石片不再脱落，绿光如同平缓的水纹，悄无声息地覆盖扩散、荡漾着石室每个角落。就连被绿光映得阴森森的骷髅，都不再恐怖，盈满着生命的活力。

“轰！”厚重的两扇石门，由中间向两边缓缓移动……

终于开了！

冷冽的寒风随着凄凉的月光，寒彻我们的身躯。眼前的一切，更是让我们寒冷至骨髓。

长满尸癍的两男一女，毒蛇般互相撕咬、交缠，在这座古墓演绎着人类最原始、最肮脏的杀戮和欲望。

一方淡青色的冰台摆在古墓中央，溢着森森寒气，冰台上堆满苦楝花和珍珠。世间最完美的身躯、最惊艳的容颜、仙子般圣洁的女子，安然卧躺于鲜花拥簇、珍珠璀璨的冰台。

她长长的睫毛微微颤动，似乎在熟睡，随时等待用爱的亲吻，将她唤醒的王子。

美人墓！

天使与魔鬼，天堂与地狱！

“没想到，你们居然能破解这么复杂的机关术。”

墓室角落，坐在石椅上双肘撑膝、弯腰抽烟的邋遢男子，阴恻恻地笑了。

我甚至不用看，已经想到那个人是谁了。

“张宏志，哦，不……”月饼笑了，笑得很干净，嘴角挂着孩子气的天真，“应该叫你‘老三叔’，还是‘海盗独耳’？”

这是，月无华，最愤怒的表情。

“名字只是个代号，活了这么久，用过很多名字，不在乎了。”张宏志掐灭了烟，打个哈欠伸着懒腰，伸出食指着我们，“上次来了一个，这次两个全来了。呵呵……你们根本不知道，你们自诩的道德感、善良，犯了多大的错误。”

十一

张宏志这番莫名其妙的话隐藏着好几层意思，解开谜团的关键就是他。

可是，我根本不想多问什么。因为，我恶心得想吐。

两男一女嘶吼着，牙齿和指甲互相撕咬彼此的皮肤、血肉，热腾腾的汗水从遍布全身的尸癍渗出，触到冰台凝结成团团白雾，浑然不觉我们的存在。

这是医族最禁忌的秘术——尸人术。具体方法我不是很明了，只了解个大概。

医，可使人生，亦能使人死。医术这把双刃剑，如果握在心存不良之人手中，必会用医术为恶，祸害人间。故此，医族选徒，要经过层层秉性考验，才能传授医术。

然而，所谓人性，无非是表面装给别人看的善良模样，有几个人会把内心的邪恶展现出来？

千百年来，医族考验再严格，也会出现诸多看似良善，实则险恶之徒。或为谋取暴利，或为控制民众，或为篡取权力，他们会大范围制造灾难性的疾病，再挺身而出治愈疾病，由此达到不可告人的目的。

自古以来，各朝各代突然爆发的瘟疫，总是会有那么一两个“神医”出现……南北朝时期，北朝的弹丸小国北凉，数次抵御兵力远胜其十余倍的北魏入侵，堪称军事奇迹。图书馆有本《纵横杂略》的书中曾记载：“北凉有异军，昼伏夜出，对阵命搏。无疲惫，不知痛，手足断，无首级、破肚腹，皆可战，是为‘冥兵’。驰骋七八载，后不知所踪。”

“没想到，活下来的六个海盗，居然是医族传人。”我把这段时间的经历见闻做了串联，得出了大概的结论。

“散播瘟疫被医族几个长老察觉，”张宏志苦笑着叹了口气，“只好做海盗了。”

月饼扬扬眉毛：“这三个人是？”

“你这么聪明，应该不会猜不到吧？”张宏志的老鼠眼闪着狡黠的光。

“陈七、阿黎、陈然？”月饼漫不经心走到张宏志左前方，“你说的‘你们’‘一个’‘两个’是怎么回事？”

月饼又向前走了三步，达到了桃木钉最佳的抛射距离。

“你觉得我会告诉你吗？”张宏志看月饼的眼神像是看见一个傻子。

月饼眼中杀机一闪即逝，摸了摸鼻子笑着：“如果想告诉我们，早在吃方便面的时候就说了。对吗？”

“你怎么没死？”我分散着张宏志的注意力，走到他的右前方，计算着军刀贯穿他的眼眶所需距离和力度。

“我掉进海里，被旋涡卷回海面，冲到岸边，”张宏志的声音很空洞，眼眶泛着悲伤的红，深深地注视着躺在冰台上的美丽女子，“珍珠村没了，阿珠回到海里。我就想再看一眼阿珠她娘。”

“后来的事情你们都知道了，”张宏志从石椅中起身，狠狠踹了三个纠缠在一起的躯体几脚，“呵呵……这个畜生，糟蹋了我最爱的女人，盗取医书，跑到海岛，洗心革面当了受人爱戴的名医？”

“一个人，从心里烂了，那就是烂了。名医？他利用医术聚集了一批追随者，往井里倒进他的血。村民饮了井水，都得了树藓，成了他做药理实验最好的活体。这些人，根本不知道他们其实是所谓名医的小白鼠。为了阻止病人们逃跑，他暗中设置了好几道机关，却宣称这是正常人对病人的歧视，把他们封在山里。”

“天作孽，犹可活；自作孽，不可饶。直到死，他也没有根治树藓，一辈子困在苦楝花村。临死前，他让儿子封了全村唯一的那口毒井，放出生死泉水可以治愈树藓的消息。村民争先恐后入了泉，结果成了他的陪葬。”

“我找到海岛苦楝花村，发现了一个更惊人的秘密。他们一家三口，并没有死。他通过诈死引得村民葬身生死泉，两毒相融，倒成了克制树藓唯一的方法。”

“这么歹毒的三个人，”张宏志疯了般踢踩陈七一家，直到把三具躯体踩踏的血肉模糊，喘着粗气吼道，“我把他们制成尸人，带到秦岭，日夜跪在阿珠她娘墓前忏悔，承受着人类最肮脏的痛苦，有错吗？”

我很想说“没错”，张宏志曾经是个坏人，因为阿珠和阿珠母亲的感情，他的良知觉醒，打开了内心深处的善。当他发现陈七侮辱了阿珠母亲的遗体，换作任何一个人，都会产生强烈的仇恨，激发内心深处的恶。

陈七虽然恶毒，靠着高超的医术确实救了很多人；张宏志为了报仇，让陈七一家三口承受了数百年的痛苦。

到底，谁善？谁恶？

“你的错在于放不下。”月饼收回桃木钉，叹了口气，“你没有权利操纵别人的生命，哪怕他们罪大恶极。圆脸、黄衫，一个死在生死泉，一个死在美人墓。难道和你没有关系吗？你怎么找到了苦楝花村？他们帮你，是为了让你放下仇恨，你呢？利用他们的信任，通过某种医术或者诡计，害死他们。这就是你说的‘有错吗’？”

月饼的推论我也想到了。张宏志绝口不提“圆脸、黄衫”，其中的隐情可想而知。

“是圆脸、黄衫把你从海里救上来的吧？这座古墓，这座冰台……”我双手比画着古墓形状，“是阿珠母亲去世的时候，圆脸、黄衫告诉你如何保存遗体，还有古墓的位置。”

张宏志眼角挑了挑，诧异地眯着看我们：“南晓楼、月无华，果然聪明，真像他们。可惜，你们的弱点也很相似，那就是……”

“太善良对吗？”月饼拍拍我的肩膀，“圆脸、黄衫帮助张宏志，你觉得是为了什么？”

我模仿月饼摸了摸鼻子：“一、想化解珍珠村几百年来的罪恶；二、感动于张宏志对妻子和女儿的爱；三、苦楝花村的树藓怪病，需要医族张宏志的协助，才能取得任务；四、生死泉也好，美人墓也罢，会有寻找终极任务的线索。我觉得，线索就在冰台某处。”

“圆脸、黄衫为什么分别死在了苦楝花村和美人墓？”月饼和我一问一答，完全把张宏志当做隐形人。

“你刚才说过了，他们太善良，被张宏志的伪善欺骗……”我盯着张宏志，他的脸色忽青忽白，“至于你用了什么手段，我们不想知道。”

“你们也没机会知道，”张宏志脸色阴森，闪过一抹杀气，“我要从根源结束这件事情。只有你们死了，才会让过去的灾难不再发生。”

“你没有机会了。”我转身向墓外走去。

月饼点了两根烟，递给我一根，和我并肩往外走。

“你们确实很强，但是医族……”张宏志嘲笑的声音突然停住了。

“临死前哪来那么多废话？”我深吸一口烟，张开手掌托着月光，掌心圆圆一点，竟有些微凉，“月饼，你什么时候给他下的蛊？”

“你猜？”月饼扬扬眉毛。

“我做方便面的时候，你撒了把葱花。”

身后，美人墓响起宛如从地狱传来的痛苦嘶吼，血肉撑裂的“啵啵”声，急促的呼吸声，以及……

“老婆，我终于可以死了，我来陪你了。”

“南晓楼，月无华，你们俩必须死！否则，会产生无法挽回的后果！相信我！”

“如果有机会再见到阿珠，不要告诉她关于我的任何事，拜托！”

轻微的血管爆裂声，皮肉碎骨迸溅声，陈家三口临死前最后的哀号声，墓门缓慢、沉重的闭合声，随着猛烈的山风，渐渐消逝了。

就像一切都没有发生过。

墓门完全闭合，隔断了张宏志和陈家千年的仇恨，隔断了这段不为人知的悲伤往事，隔断了爱、恨、邪、恶交织的人性。

“刻在岩壁的字，还记得吗？”月饼笔直的背脊竟有少许弯曲。

“修正我们犯下的错误。”

“为什么是‘修正’，而不是‘弥补’‘改正’‘纠正’呢？”

“月饼，或许咱们俩必须死，才能避免很多事情的发生。”

“活着，挺好。”月饼单手插进斜碎半遮眼的长发，露出浓密的剑眉，“冰台侧面刻的任务线索看到了吗？”

“寻你千百度，一夜乱世烽火，十寸彩云南飞，侠气保山河。怎忘染指南红，龙凤同排渡缘可愿？”我对自己的记忆力一向很自信。

“云南、保山、盛产南红。”月饼指着极远处的南方，“按照图书馆的任务指示，这是最后一个了。”

“终极，我们来了。”我对着群山大喊，山谷回荡着“来了……来了……来了……”

高速公路上。

我坐在副驾驶，合上《神雕侠侣》，揉着眼睛：“月公公，金庸大师到底是怎么知道这处古墓的？”

“也许他也见过圆脸、黄衫，所以他的小说中，经常会出现身着黄衫的人……”月饼打了个响指，“到服务区换你开，别以为我不知道，拿着读书当做偷懒的借口。”

“我是怕‘书到用时方恨少’！”

最终章 终极

从云南保山到古城图书馆将近两千公里，途中穿四川，越秦岭，路况很复杂。我们一路没有休息，来回换着开车，用了两天开回古城。

“两年，终于到了终极任务。”月饼站在酒吧门口，眯着眼笑道。

这两年发生的事情从脑子里往外冒，想到几次迫不得已做的事情，我心里百味杂陈。

月饼摸了摸鼻子：“我很期待终极任务，你呢？”

“我无所谓，反正这几年就没过过正常人的日子。”

电话铃声响起，编辑电话。

“老羊，你失联一周了，是不是又准备拖稿？”

“我刚写完一个故事，这就发给你。”

我对月饼摆着手，示意还要再说几句，月饼点点头，拎着石匣进了酒吧。

“恐怖吗？”

“这次不恐怖。”

“你的故事到底是不是亲身经历？”

“今天没时间，下次再聊这些事吧。”我岔开话题，“我把稿子发你邮箱。”

“记得下次交稿时间。”

回车打开电脑，连上WiFi发出稿子，我又坐了一会儿才进了酒吧。李奉先没有像平时那样嚷嚷着冲出来，少了几分欢乐。我背着行李绕过吧台暗门，回到隐藏在图书馆里的小院。

实在是太安静了。

我觉得不对劲，冲进图书馆，跑上三楼。

馆里的书不见了。暗室里的异宝，不见了。李奉先，不见了。

“月饼！”我对着空荡荡的图书馆喊道。

无人应答。

月无华，失踪了。

我是南晓楼，所有的事情，要从两年前那封信说起……

整整一周，我找遍古城每一处角落，把图书馆翻了个底朝天，仍然没有丝毫关于月饼的消息。甚至连李奉先、陈木利、燕子都凭空消失了。我试着联系月野、黑羽、小慧、杰克，不出所料，手机号码都是空号，甚至连微信号都无法查询。

我甚至怀疑，他们有没有在这个世界出现过？他们是真实存在的人，还是我常年写书臆想出来的角色？难道我是一个写书写到精神分裂的患者，分不清现实世界和虚拟世界，把书里的人物当做现实世界里活生生的人？

否则，他们怎么会消失得如此彻底？空荡荡的图书馆没有任何他们存在过的证据。手提电脑的Word文档始终处于打开状态，“最终章终极”五个大字占据了整个屏幕。

只有这几十万字的文字里面，还能看到他们的名字，他们的音容笑貌，以及或许是我幻想出来的那段人生。

我的头，要炸了。

一

古城，图书馆，第八天。

我捏扁烟盒，丢进堆满烟蒂的垃圾篓，摇摇晃晃走进洗手间，准备洗把脸出门买条烟，再买几包方便面打发肚子。

隆冬，水龙头喷出的水柱寒冷刺骨。我掬了捧水，默默地盯着手掌冻得由白转红，渐渐肿胀，觉得很舒服。只有疼痛，才能唤起“我是正常人”的意识。

我疯了般把水龙头拧到最大，塞紧水塞，直到冷水即将溢出，把头深深埋进水中。水流击打着我的后脑，寒意让思维变得迟钝，却让内心变得平静。

脸，如同千万根细针扎入般刺痛，我很享受这种真实的痛感。我瞪大眼睛，看着气泡从鼻孔飘出，耳膜“嗡嗡”作响，直到肺里的空气吐尽，我才猛地抬头，大口喘着气。

镜子里，湿漉漉的头发贴着额头，布满血丝的眼球几乎压垮乌黑的眼袋，水珠顺着深陷的两腮，滑过胡子拉碴的脸庞，流进嘴角，流到下巴……

我凝视着镜中那个陌生苍老的人，两鬓竟然长出了些许白发。恍惚间，镜子里那张脸，渐渐皱纹丛生，皮肤紧皱皲裂。眼球干瘪缩小，两腮迅速凹陷，整张脸皮紧贴脸骨，寸寸脱落，终于变成一个骷髅头。

又是幻觉。

我苦笑着摇摇头，正要离开洗手间，忽然怔住了。

我摸着镜子，划出一道水痕，扭曲着皱着眉头思索的脸。

自古人“以铜为镜”始，镜子就一直是很玄的物件。传说，午夜不要对着镜子梳头。梳到第三十六次，体气弱的人，会看到镜中人撩开头发，变成自己死前的模样。也不要在某个特殊时段（具体时间不方便说）对着镜子猜拳。猜到第十八次，你会发现，镜中那只手，会出现和你完全不同的手形。如果你赢了，立刻用冷水洗眼沐浴，毛孔闭塞，封闭外气由肌肤入体的途径。如果你输了，镜中人会和你交换空间，你会永远封在镜中，看着那个“你”按照你的方式继续生活。直到下一个猜拳的人出现……

古往今来，国内国外，关于镜子的恐怖传说比比皆是，就不一一列举。

究其原因，镜子可采光、纳气、汇阳、聚阴。所谓“采光”，是指现实之相，均会留于镜中。只需用“韬光术”，就可从镜中引出曾经的映像。

据图书馆《奇术札记》记载，“韬光术”由商周大战时期姜子牙所创，他派遣细作从纣王宫中盗出妲己常用铜镜，现出其原形，由此激起周国讨伐商朝的决心。周灭商，姜子牙封地齐国，后人世袭国君，再无人研习姜子牙所传玄术，此术就此失传。

我当时读到这一段，大感兴趣，翻遍了图书馆，终于在一册竹简里找到了如何使用“韬光术”的方法。

“南少侠，你这么煞费苦心，怕不是想从镜子里看到月野女神洗澡吧？”

“滚！”我被月饼戳破心事，色厉内荏回骂，“小爷凛然正气，岂是寻花问柳之徒？”

记忆里的画面如电影，在眼前一幕幕闪过。

如果，韬光术真会起作用，我就能看到图书馆到底发生了什么？也能确定月无华他们，是否真的存在过！

二

即将子时，我把图书馆里的所有镜子摆在大厅围成一圈，镜圈中按照十二个时辰的方向各插一根白色蜡烛，月饼等人常用物品（房车里找的）整齐排放于蜡烛之间，取银针刺破左手食指、右手中指，挤出的血滴入盛着糯米水的瓷碗，十二张画着引发韬光术图案的符纸烧灰，混入碗中均匀化开，由丑时依次点燃蜡烛。

子时时分，正好点到子时位置的蜡烛。由于镜子互相反射，我看到了无数个我，无数根蜡烛在镜子里由近及远，层层叠叠。我擦了把额头的汗，屏着呼吸观察，直到蜡烛烧到三分之一，混着纸灰、人血的糯米水一半倒入常用物品，另一半涂抹在子时位置的镜面，按照书里记载，画了个类似“卍”

的符号。

蜡烛燃着枣核形状的火焰，偶尔蜡芯“噼啵”，爆起一两个零星火花。

眼看蜡烛烧了大半，镜中是我越来越不耐烦踱着步子的影像，还有无数烛火闪烁，像是在嘲弄我白费力气。除此之外，并没有出现其他景象。

我心说难道镜子必须是铜镜不是玻璃镜？韬光术也有材质之分？

正胡思乱想，蜡烛的火焰忽然间“腾”地爆燃半尺多高，火光由明黄逐渐变成翠绿色，镜面流动着一层幽绿的荧光，类似于静电摩擦的电花“噼里啪啦”作响，蛛网般铺满整张镜面。

“嘣”的一声轻响，镜面光芒大盛，如同旋涡般旋转至镜面中间，凝聚成一个光芒极强，围棋子大小的光点，颤巍巍抖动，像颗随时都会爆炸的炸弹。

三四秒钟，所有的光芒聚进光点，绿光瞬间骤亮爆裂，震波似的铺满整张镜面，无数影像在镜中出现。

古人果然不欺我啊！我心头狂喜，一眨不眨地瞪大了眼睛，观察着出现的每一段影像。

由于影像实在纷杂，我挑几段关键影像描述吧。

影像一：月野、黑羽、小慧、杰克在图书馆很激烈地讨论什么，由嘴形能看出，我和月饼的名字经常出现。

影像二：月饼给了李奉先、陈木利、燕子各一张银行卡。奉先眼眶通红，木利和燕子表情很不舍。月饼扬扬眉毛，拍着他们肩膀说了几句话，最后一句是“各自保重，后会有期”。

影像三：月饼、月野、黑羽、小慧、杰克围着桌子，神色凝重地看着一张类似于八卦的图，几人间隔很久才讨论几句。月野有一句话按照口形，大概意思是：“真的不能让南晓楼知道吗？”其余四人点了点头，五个人伸出右手，摞在一起，做出承诺的姿势。

影像四：月野、黑羽、小慧、杰克搬着图书馆里的书籍、古物，没有留下任何物件。

影像五：月饼匆匆进了图书馆，杰克守候多时，两人点了点头，由后门走了。

我把重要的影像用手机拍摄，心里愤愤怒骂：你们五个几个意思！就算是玩游戏组团开五黑，让我当个观众都不行吗？我有那么菜吗？

我很清楚他们的用意，虽然不确切具体原因，但是很明显不想我参与终极任务。同时，我又埋怨自己太大意了，去海岛的路上，随口问过月饼，月野他们四人去了哪里。月饼找了个借口就这么把我糊弄了。实际上，他们那时在清空图书馆，等我们完成最后那项任务，和月饼汇合出发。

你们不带我，我自己去！

打定主意，我翻出影像三的照片，装进电脑，放大了细看那张八卦图，越看越觉得奇怪。

这张图，确实是八卦形状。青灰色的街道、绿色的草地纵横交错，形如八卦勘盆。极远处，依稀能看到湖泊、河流。

这是一座按照八卦造型设计建造的城市。

我依稀有印象，好像在哪里见过这座城，偏生想不起来。我放大缩小着图片，抓心挠肝想不出所以然，愤愤地一摔鼠标，光标落在屏幕的某个快捷方式图标。

我一拍脑门，心说这不是骑着毛驴找驴吗？现成的百度搜索不用，费这脑细胞干吗？

点开百度，输入“八卦城”，轻击“百度一下”，顿时出现了好几十页“新疆伊犁特克斯城”的词条。

我对比照片，和特克斯城鸟瞰图完全相同，不由心头狂喜，一页页翻阅着特克斯城种种传闻介绍……

许久，手里的烟灰烧到过滤嘴，“噗”地掉落，我才从震惊中回过神。

我终于知道，月饼他们去特克斯城的原因了。也终于知道，他们下一个目的地，或许就是终极任务完成地了。

你们这群笨蛋！少了我这个格局先生，只能去八卦城，实地寻找终极任务所在。

其实，地图已经显示的明明白白，再结合八卦城的由来、终极任务的关键点，答案很明了。

三

终极任务，源自于老子西出函谷关，关令尹喜请老子著书。老子写下五千字《道德经》，传于世间。通过八族讨论研究，现世流传的《道德经》其实只有半部。当年尹喜读了《道德经》全文，深知如果让世人知晓，必然会颠覆千年认知，连夜重写《道德经》，把最重要的语句删减，携带原本随老子西行而去。

八族中的卜族，通过空白竹筒出现的神秘图案，进行先天演算，推出昆仑山，也就是传说中老子得道成仙的地方，藏有下半部《道德经》。

为寻找半部《道德经》隐藏的终极秘密，八族召集精英奔赴昆仑山。一年后，仅回来灵、蛊两族各一人，这二人便是最初的异徒行者。

此后，八族以及异徒行者活跃于各朝各代，甚至为完成终极任务，暗中改变历史格局、国家更替（详情请见《灯下黑》第一部“夜店羊人”）。

宋末元初，长春真人丘处机召集八族精英，以给成吉思汗讲道为名，跟随元朝大军远赴西域，实则为了寻找终极任务（详情请见《灯下黑》第三部“黄金家族”）。

这座按照八卦建造的特克斯城，正是丘处机于西域所建。

显而易见，丘处机没有闲情雅致彰显建筑天赋，建八卦城其实是为了暗藏终极任务的最终位置。

特克斯城的八条主干道分别对应“乾、坎、艮、震、巽、离、坤、兑”，六十四条街相通，正符合了“无极生太极，太极生两仪，两仪生四象，四象生八卦，八卦生六十四合”的道家至理。

更让我感兴趣的是，特克斯城没有红绿灯，却从来不会发生堵车现象。我和月饼在关岛，有过一段关于“提灯小僧”的诡异经历（详情请见《日本异闻录》之“人头灯笼”），对红绿灯的由来以及作用进行了很详细的解释。

没有红绿灯的城，概因此处位于先天至阳之地，阴气不扰。生活于城内的居民神清气爽，行走也好、开车也罢，无混沌之感，故不会堵车。

由此，更证明了我的判断。

结合特克斯城的布局，中心八卦文化广场为太极“阴、阳”两仪，按八卦方位以相等距离、相同角度如射线般向外伸出八条主街。

每条主街长1200米，每隔360米左右设一条连接八条主街的环路。由中心向外依次共有四条环路，其中一环八条街、二环十六条街、三环三十二条街、四环六十四条街。我打印了一份特克斯城全图，削尖了筷子一头，插在城市中央文化广场，模拟成观光塔（该城地标性建筑），用手机手电功能，模拟成太阳，按照6点、2点、1点、8点、8点方向照着筷子（那串神秘数字62188），记录筷影位置所对应的街道方位，查询了这几条街道的名称。

根据推演，再结合街道名称，推算出两个字，倒是很出乎我的意料。

按照验算前我做的研究，特克斯在西汉时期是乌孙国政治、军事、经济、文化中心之一（与传闻中，宋末元初，长春真人丘处机建此八卦城有出入），现存近两万座乌孙古墓，分布在依山傍水的草原，呈南北走向，五至七座为一列。伴随古墓的还有鹿石和石人，目前已发现十七尊草原石人、十一处鹿石岩画。

这些墓都是空墓，又称“衣冠冢”，将墓主生前所用衣物安于墓内。那这些人去哪里了？结合中国五千年历史，无数人终生寻求成仙得道之术，答案显而易见。

石人17座，鹿石岩画11处。17与11，均为奇数偶数相加所得，即为“顺逆相合，阴阳相融”，鹿自古被称为仙灵，多为神仙坐骑。那么这17人，或许就是最终“成仙”之人。

至于17个人怎么骑11只鹿，那就只有“神仙才知道”了。估计这些人都当了神仙，也不能为少了6只坐骑内讧，搞“神仙打架”这种不靠谱的事儿。

所以，我最初判断，最终任务的地点，应该隐藏于特克斯草原还未发现的某座神秘古墓，或许就是藏匿《道德经》真本的“老子墓”！

可是，推演出的两个字，却和这些没有任何关系（后来，我曾经因为某种原因，去了一趟特克斯草原，有过一段很奇怪的经历。这是后话，暂且不提），而是西域三十六国最繁华时期，位于昆仑山下，塔克拉玛干大沙漠南缘，被西方考古学家称为“东方庞贝”的神秘古国——尼雅！

月无华，月野清衣，柳泽慧，黑羽涉，杰克，你们组团“开黑”把我撂下……

我自己carry！

嗯，出发！

四

“南晓楼，不是大叔不帮忙，实在是没有办法。”坤福搓着手，黑里透红的老脸快皱成菊花了，“现在是冬天，进大沙漠会很危险，最好的向导也不敢冒这个险。”

“坤福大叔，咱们认识多少年了，这点小事都不帮我？”我又闷了口号称“夺命大乌苏”的乌苏啤酒，啃着羊肉串，“这肉真香！大叔的手艺还是这么好。”

人与人之间，总是有某种很扯淡的狗血缘分。比如，参加多年未见的同学婚礼，发现新娘竟是前女友；比如，两个网聊很久准备走进现实恋爱的人，见面才知道对方居然是一个公司的同事，之所以互发照片没认出来，只能说明美颜软件功能太强大；比如，我和月饼上大学时最喜欢吃的新疆烧烤，也就是遇到卓玛的那家烧烤店的老板坤福，上了岁数回到家乡开店，居然就在塔克拉玛干大沙漠最边缘的小城。

多亏了万能的朋友圈，坤福大叔虽说六十多岁，倒也懂得朋友圈发位置晒美食招徕顾客的营生。我还经常留言有空儿去喝“夺命大乌苏”，吃最正宗的羊肉，没想到一句客套话成了现实。

我开着车一路导航，从古城横穿宁夏大草原、甘肃黄土地，怀着投奔亲人的心情进了新疆，直奔坤福大叔的烧烤店。

出发那天是2018年2月28日，我发了朋友圈和微博，号称要去敦煌喝最烈的酒，看最美的壁画，其实是为了让月饼他们认为我找错了地方。

就算微信没了联系，微博是公开状态，想看自然会看到。

依着月饼的性格，进大沙漠探寻尼雅古城，必然会做好详细的物资准备，制定周全的计划。

而他们最后可能的落脚地，或许也是坤福大叔的烧烤店。说不定我到了，那几个还在忙活着没出发。

螳螂捕蝉，黄雀在后。

五

一路风驰电掣，面包牛奶，几乎没合眼开了三天两夜，终于见到了坤福。我差点掉出眼泪喊了声："大叔，还记得我吗？"

坤福烤着羊肉串瞥了我几眼："不认识。"

"我是南晓楼啊！"

"南瓜，你怎么胖成这样了？月饼呢？"

一路上我把几个细节琢磨明白了，我和月饼执行任务的同时，月野他们四人也在做的其他任务。用游戏里的说法，就是我和月饼做主线任务（寻找完成终极任务的关键物品，如此想来，应该是石匣里满是乱七八糟符号的《入阵曲》）；月野他们四人做的是支线任务（新疆伊犁特克斯城暗藏的终极任务地点）。

唯独五个人把我撇下的原因，始终想不通。我的人生原则是"光靠朋友圈晒的美食图片哪能解馋，想吃就立马去"！琢磨不明白的事干脆就不要去想，立刻行动才是正理儿。坤福喝了口乌苏，酒意上涌，黑脸都快红成酱紫色："羊肉正宗，手艺正宗，当然好吃。"

"大叔，你就不能想想办法，"我恭恭敬敬给坤福点了根烟，"要多少钱都行。"

"南瓜，这不是钱的事，我确实没招儿，"坤福抽了口烟，打着酒嗝，"就算装备齐全的越野车队，也不敢这个季节进沙漠，更不用说寻找尼雅古城。"

"大风沙，晚上零下几十度的气温，水和食品的储备，陷进去就出不来的流沙，饿了半个冬天的狼群。听说这几年你当作家了，赚了不少钱吧？就这么好好过日子挺好……"

"可是，为什么你会帮月饼他们？"我把酒杯端在眼前轻轻摇晃，淡黄色的酒液折射着坤福大叔震惊的眼神。

坤福下意识“呃”了一声，突然剧烈咳嗽，看架势不把肺咳出来不罢休。

“大叔，你不用蒙我。”我点开微信，找到坤福的朋友圈，快速翻了好多页，找出一张照片，举到他面前，“喏，你看。虽然你只晒了一桌子菜没有拍人。可是大叔，白将军是山东特有的烟，露出的火机一角，是我送月饼的火机。这个椅子旁边拍到了很长的头发，和月野的发色、造型一样。把照片放大细看，啤酒瓶子，酒杯，墙上风景画框的玻璃，能模糊映出几个人。”

“那段时间，正好是我和月饼分开，在黄河入海口的小城写《灯下黑》第一部、第二部的时候……”我一眨不眨地盯着脸色越来越难看的坤福，“他们早就来找过你对吗？几天前，他们来你这里，带着早就准备好的物资，进了沙漠对吗？而且嘱托你不要告诉我见过他们对吗？我都知道了，又何必瞒我？”

我连问了三个“对吗”，手心里全是汗。因为我也没有完全把握证明这些推测是否正确，也没有把握坤福是否会如实相告。

坤福不再咳嗽，脸腮的肌肉跳了几下，起身走进内屋：“南晓楼，跟我来吧。”

六

坤福的卧室只有一张满是羊膻味的床铺，一把椅子，一张木纹裂开的桌子。坤福摸着摆在桌上的花瓶，许久没有言语。我没有催他，只是静静地站着。这时候，沉默比有力的说服更有作用。

“三十年前，我曾是大漠最出色的向导。”坤福扳着花瓶向左转动，木床旁边的空墙缓缓上升，露出一间暗室。

“我目睹了那批寻找终极任务的八族由最初的满怀信心、彼此信任，到后来的互相猜忌、互相残杀的全过程。”坤福闪身进入暗室。

我跟了进去，图书馆所有的古籍、古物，整齐地摆放在一排排博古架上面。坤福背着手，看不到他的表情，却能听到声音里的悲伤："物资、粮食、水都没了。为了活命，我做了许多不该做的事。逃出沙漠，我背井离乡，在全国各地开烧烤摊，只是不愿回到故乡，想起那段不堪的往事。"

"直到五年前，烧烤店里来了个老头，我一眼就认出他是谁。那么多年过去了，他的眼神还像饿狼一样。"

"老馆长？"我试探着问道。

坤福点了点头："月无华说你很聪明，一定会找到这里。他们能做的就是拖延你的时间，提前去完成终极任务。"

"为什么？"

"我不知道。"坤福走到博古架前，拿起一尊唐三彩，"这些东西，随便一件都能让普通人活好几辈子，偏偏你们八族根本不看在眼里。难道终极任务真的这么重要？"

"有些人，活着不是为了钱。"我也很喜欢钱，可是我知道有些事情、有些执着，再多的钱也无法替代。

"我活着是为了钱，"坤福把唐三彩放回原处，"当老馆长给了我很大一笔钱，让我在你和月无华那所大学旁边开个烧烤店，我毫不犹豫地答应了。"

当坤福提到重逢老馆长，我已经有了大概的判断。许多之前很不明了的事，也豁然开朗。

"我负责观察你们，随时向老馆长汇报，直到你们担任异徒行者，就可以带着这笔钱回故乡。人老了，总是要想家，虽然家乡已经没有我的亲人。"坤福绕到博古架后，拖出个箱子，"一年前，月无华和两男两女突然找到我，直接说出了老馆长和我之间的协议……"

"他是怎么知道的？"我没想到月饼从内蒙古和我分别，去云南石林前居然做了这么多事，略微有些始终被隐瞒的失落。

"电话、短信，微信、银行转账，这个世界已经没有秘密了。"坤福拨动着箱子的密码锁，"你和月无华都是好孩子。我担心总有一天，你们会探寻终极任务，发生意外。我把那段经历告诉了月无华，希望他放弃异徒行者的身份。但是从他的眼神里，我知道这根本不可能。"

“月无华也和我达成了一个协议。如果你们能够完成任务，会把图书馆所有东西交我保管，卖钱送人，自行处理。”坤福抬头看着博古架琳琅满目的书籍、物件，“而我要做的是，准备骆驼队、粮食、清水、尼雅地图。”

“四天前，他们五个开着货车来了，放下这些东西，进了沙漠。”

“大叔，请您再画一张地图。”

坤福掀起箱盖，取出覆盖在最上面的羊皮毡子，用力拍打着灰尘：“我就是活地图，还要画什么？”

“您和我一起去尼雅？”

“我活了六十多岁，在外漂泊了大半辈子，福也享过，罪也遭过，这把老骨头埋在沙漠，也算是没心事了。月无华很希望我能做向导，想起三十年前那些可怕事，我始终没有答应。”

“这几天我也想明白了，不再去一次那个地方，我只能一辈子活在回忆里。”坤福黝黑的脸上哪里还有酒色，混浊的眼球迸射出明亮的热情，“你的出现，更让我坚定了这个想法。那些年少的日子，我也曾像沙漠的红柳一样孤单、骄傲，因为恐惧、逃避了这么多年，变成了每天算着羊肉多少钱一斤的烧烤店老板。你愿意为了朋友只身闯沙漠，让我想起了当年的自己。年轻，热血，无所畏惧。不用谢我，我是为了自己！”

七

“大叔，按着这脚程，什么时候能追上月饼？”我裹着毛毡冻得直哆嗦，拨着干枯红柳燃起的篝火。

坤福吆喝着十几头骆驼围成圈，拖起麻布袋子拾着骆驼粪。沙漠昼夜温差极大，夜间如果没有篝火，无异于自寻死路。风干的骆驼粪是最好的柴火。

“如果他们没有迷路，”坤福把骆驼粪丢到篝火旁烘烤，塞了一锅子莫合烟，拾起柴火点着，使劲嘬了一口，浓白烟雾遮挡着眺望夜空的老眼，“月亮再到这个位置，就能撵上了。”

我从包裹里掏出馕掰碎，割了块干羊肉，抓了把葡萄干塞进嘴里，嚼得腮帮子发酸。

“暖暖身子。”坤福递过酒囊。

骆驼粪受热散发出的臭味顶得脑壳发晕，我连忙灌了口马奶子酒，微酸夹杂着淡淡的苦涩，于味蕾化成沁人心脾的清凉，入喉又似一条火线，热辣入腹。

这是入沙漠的第三天了。坤福所言不虚，曾经驰骋大漠的最杰出向导，血管里流淌的简直不是血液，而是沙子。

收拾妥当，入了沙漠，我才知道独身骑着骆驼，按照地图寻找月饼等人的想法实在太天真了。

且不说第一天就遇到了大雪，被白雪覆盖的沙漠无边无际，空寂、苍凉的孤独感就像是到了外星球。就算是有地图，也没办法找到正确路线。

白天温度还算好，也就零度左右。到了夜间，零下二十几度的气温足以冻死任何一个毫无沙漠求生经验的人。

第一天晚上，坤福东转转西晃晃好半天，才寻了处背风的沙丘安营扎寨。他丢给我几个麻袋，收集越多的雪越好。我心里还纳闷儿，这满沙漠的雪，都是天然储备水源，这不是“骑着毛驴找驴，多此一举”吗？

扛着几麻袋的雪回来，坤福已经烧好了篝火，扒拉出滚烫的热灰，均匀铺撒在挖好的沙坑，再垫上烤热的沙砾，或躺或坐，热气暖得四肢百骸无不舒服，真的是解乏祛累。

架起锅煮着雪水，俩人抽着莫合烟，吃着烤羊肉，喝着马奶子，坤福给我上了沙漠生存第一课。

沙丘看似庞大，但有许多沙丘会移动，如果栖息在移动沙丘，晚上在睡梦中，不知不觉就被沙丘埋了，死得毫无痛苦。直到多年后，随着沙丘的缓慢移动，风干的尸体重见天日，成为后人异常兴奋的考古发现。

看似满沙漠的雪，不愁水喝。第二天太阳升起，气温升高，沙漠的吸热作用明显，积雪很快就融化，或渗入沙粒汇入暗藏在沙漠底下的地下河，或化成水蒸气重回蓝天，直到再次降雪、降雨，反复循环着大自然的基本规律。

我不由地担心月饼几个人的安全。坤福面有得色：“晓楼，放心。几个小娃子出发前，我把这些年攒的经验都教了。绝对比大多数沙漠专家更懂沙漠。”

我这才略略安心，顺口询问当年八族在罗布泊到底发生了什么。

坤福哆嗦着嘴唇，闷头抽烟：“该知道的你都知道了，不该知道的我不想说。”

话说到这里，我也就不再多问。每个人都有被尊重的权利，何必为了好奇心或别的目的，揭开别人的疮疤呢？

如此走了三天，骑骆驼也不像第一天那样晕头转向、翻肠倒胃，也学会了用简单的吆喝招呼骆驼围成圈，沿途收集风干的沙枣、蝎子、蜥蜴、富含蛋白质的沙漠蜘蛛（一旦出现意外情况，导致粮食短缺，这些都是味道无比恶心，却富含蛋白质、维生素的必需品）。

严重缺水找不到水源，那就寻找干枯的沙漠植物，围着根部挖沙坑，直到挖到略微潮湿的沙子，含在嘴里汲取微乎其微的水分。

最重要一点，夜间解手，手里一定要拎根一头烧成红炭的木棍。如果突然有东西搭到肩膀，千万不要回头，很有可能是一匹饥饿许久的孤狼。一旦回头，孤狼就会张嘴咬断喉咙。这个时候，立刻用木棍顺着耳侧向后捅，位置正好是狼眼。

如果夜间的沙漠像是等待人类拓荒的死亡星球，白天的沙漠就是有生命迹象的小行星。

偶尔跑过的几匹黄羊、从洞里探出脑袋警惕张望的沙鼠，几株依然有些许绿意的植物，一掠而过的灰岩燕。让我震撼于生命顽强的同时又惊叹造物主的神奇。

八

“大叔，我去解个手。”我拎着烧火木棍起身。

“别走太远，稍微刮个风就看不见脚印。”坤福一口口灌着马奶酒，呼出的酒气似乎随时都能被篝火引着。

我应了一声绕到沙丘后面，夹着烧火木棍正准备解腰带，肩膀好像被一只手拍了一下。

刚想惊呼跳起几步躲开，我硬生生停住了所有动作。除了瞬间激起的鸡皮疙瘩和根根竖起的汗毛，身体处于完全静止的状态。

与此同时，裸露的脖颈有种毛茸茸类似毛发摩擦的瘙痒，冰凉潮湿的气息沉重地呼在耳垂上。

我僵直着身体，心脏跳得几乎要爆掉，极其缓慢地握住烧火木棍，迅速向后捅去。

没有意料之中的孤狼嚎叫，也没有戳中实物的着力感，我回头看去，身后空空如也。

这种极度恐惧瞬间放松的脱力感，让我汗涌如浆，双腿再也站不住，双手撑地跪在沙子里，大口喘气。贴身衣服早被汗水浸透，冰凉黏腻地止不住哆嗦。

这时候哪还有心思解手？我踉踉跄跄绕过沙丘："大叔，刚才……"

更让我无法置信的一幕出现了！

沙丘后面，什么都没有！

坤福、骆驼群、篝火、马奶子酒，就这么凭空消失了。

我跌坐在地，从未感受过的强烈恐惧，顺着血液灌入，心脏像被狠狠攥住又突然松开，闷痛沉重。视线所及范围，景物如同坐过山车般，晕眩中天旋地转。

此时，哪怕大喊几声，也能稍微缓解心中的恐惧，可是我的喉咙只发出了沙哑的"嗬嗬"声。

我的神经几乎要绷断，牙齿深陷唇肉，疼痛和黏热的鲜血嘲笑着"这是幻觉或者梦境"的自我安慰。

"南晓楼……南晓楼……"沙丘后面，随着风声传来微弱的男子声音，很像月饼。

呼喊声飘忽不定，像是食人蚁群从四面八方向我涌来，细细密密的摩擦着沙粒，随时会把我吞噬。

我是真的害怕了！

"南晓楼……过来啊……是我，小九呢。"声音由男转女，依稀是小九熟悉的呢喃。

听到这句话，我反而踏实了。

刚入沙漠，坤福特地嘱托过我，有可能会遇到一种比饥渴更可怕的现象——魔音蜃惑。

“北海有蜃，似牡蛎，又或水龙，食溺者，阴气聚腹，月圆夜，潮汐异于往同，出水吐气，所见者，皆幻视幻听，多为所思所念。阳气盛者，随声而至，蜃吸其气，以盛阳解纯阴，是为魔音蜃惑。”

此情此景，很有可能，我遇到了沙蜃。

据研究，罗布泊所处的塔克拉玛干（意为“进去，出不来”）沙漠，在远古时代，曾是一片汪洋大海。近些年，从中发现的大量海洋生物化石更证实了这个推论。

蜃，本为上古海物，地境变迁，物竞天择，成了沙蜃，匿于沙漠地下的暗河。千百年来，死于沙漠的人不计其数，汉代张骞出使西域，开拓“古丝绸之路”，往来商贾丧命于沙漠者更是多如牛毛，很多人都成了沙蜃的美食。

更有迷路、断水缺粮者，濒死时阳气外溢，沙蜃感知，从沙底爬出，制造幻象，把人吸引过去，瞬间吸掉阳气，成了一具干尸。若阳气没有吸食干净，则化成湿尸。

这也是沙漠偶尔会发现干尸、湿尸的原因。

蜃制造的幻象，有个更通俗的说法——海市蜃楼。

沙蜃最大的弱点，是天生无足，只能靠躯体（类似于蚯蚓）上下钻动，不能前后左右移动。只要保持三丈三的距离，就无法被吸食阳气。然而，困于沙漠即将死亡的人，看到有水有树有绿洲的海市蜃楼，谁不是欣喜若狂，拼着最后一口气爬过去?

我分别听到了月饼、小九呼唤我的声音，十有八九是沙蜃制造的幻听。

眼前所谓景物消失，也是由此产生的幻视。

未知的才是最可怕的，就像没有人会恐惧于“养鸡场母鸡离奇失踪”、“天空掉落的神秘冰块到底是什么”的《走进科学》栏目。

想到这一层，我不由地担心坤福大叔。他有可能就在我身边，同样中了幻象，经历着和我同样的恐惧。

转念一想，我心里暗笑，真是“咸吃萝卜淡操心”。坤福纵横大漠多年，什么场面没见过？“会者不忙，忙者不会”，估计这会儿已经按照嘱托我的方法，“遇到沙蜃，屏住呼吸，塞住耳朵，放缓心跳，慢慢靠近，对准它双目之间凸起的孔洞，用金、石物品堵住，立刻破解幻象”行动了。

从五行角度来说，蜃就算是待在沙漠，老辈儿也是属“水”，金、石物品倒是符了相生相克的理儿。

我心里略略松快，摸了摸腰间，军刀还在。抽出紧握手中，手心冷汗几乎黏住刀把。割了衣服袖口的布塞住耳朵，深吸了口气，强压着心跳，靠着沙丘向后绕去。

九

圆月映着惨白积雪的大漠，夜风分外冷清，尽管塞着耳朵，依然能隐约听到，时而小九时而月饼的呼唤声，异常凄凉。

眼瞅着绕过沙丘，我探头望去，“一坨”说不上来的生物趴在不远处隆起的沙堆上面。之所以用“一坨”这个词，因为我确实找不到更合适的词来形容。

从没见过沙蜃到底什么样子，暂且就用这个名字称呼它。

沙蜃像是长满鳞甲、三四米宽、两米多高的巨型贝壳。上半部分壳盖长着一颗像人又像猪、直径足有半米的圆形脑袋，鹿形犄角从乒乓球大小的红色眼睛上方长出，犄角连接的骨节，凸起着手指粗细的骨洞，一缕缕灰气从洞中溢出，幻化成月饼、小九模样，一边招手一边呼唤我的名字。

下半部分贝壳半截掩埋在沙里，依稀能看到围着贝壳长了一圈密密麻麻长须状、头发丝粗细的须足。一条包着粗糙黄色皮膜，类似于人类脊椎骨的长尾巴左右摆动，摩擦沙面“沙沙”作响。月饼、小九的声音正是由此发出。

沙蜃颜色呈黄褐色，与沙粒颜色完全相同。如果不是坤福大叔提醒，远看只会以为是块奇形怪状的沙堆或者石头，根本不会想到这是一个远古生物。

我瞅着这玩意儿心里发毛，还好沙蜃没有嘴，不会出现一口活吞的惨景。我挪动步子，心算着距离，准备一刀插进骨洞，封住阴气外溢，破了幻象。

沙蜃似乎没注意我的存在，直勾勾地盯着月亮，阴气越喷越多，依次幻化成月野、杰克、小慧、黑羽的模样。

这种真实的感觉让我几乎相信他们是活生生的人，只能压住越来越纷乱的心思，一步步接近。

忽然，沙蜃的眼珠骨碌碌转动，很漠然地盯着我。两道赤红的光芒像是烧红的铁钎，直接刺入我的双目，赤灼的热度使我出现了短暂的失明。

我急忙后退，仓促间一脚陷入沙坑，仰天摔倒。正在这时，我听到身旁传来踏着沙堆的疾跑声，苍老而熟悉的声音在耳畔响起："南晓楼，沙蜃能够幻化出你的朋友，不仅是你心里所想让它感知。很有可能它见过他们的模样。他们很危险，快去找。"

"大叔！"我睁开痛得满是眼泪的眼睛，只见坤福精赤着上身，脊梁满是触目惊心的老伤疤，吆喝着听不懂的语言，握着滚烫的烟斗，闪转腾挪躲避着灰气，"之"字形冲向沙蜃。

"哈哈，你问我当年发生了什么？"坤福距离沙蜃越来越近，沙蜃两角间的骨洞不再喷出灰气，而是发出"呜呜"的抽气声，隐约能看到周围的空气化成淡淡的旋涡，吸入骨洞。

几缕白色体气从坤福五官涌出，随着气流卷进沙蜃的骨洞。精壮的身体像是戳破的气球，离沙蜃越近，气流泄得越快，衣服碎成寸寸破缕，随着气流螺旋状飘舞。

漫天飞舞的布片中，坤福的皮肤皲裂，爆出一蓬蓬血雾，暗红色的肌肉纤维，像是拉到极限的橡皮筋，纷纷绷断。

坤福踉跄几步，跌倒在沙子里面，很快被掩埋了半截。

发生的这些事情，用文字表述很长，现实里就是几秒钟的工夫。我没有想到沙蜃如此厉害，更没有想坤福会如此搏命。

恐惧、悲伤、犹豫、感动……诸多情绪塞在心里，大脑瞬间停止思维。

突然，沙堆里一声沉闷的怒吼，坤福全身浴血，一步一步，深陷进沙堆，艰难执着地走向沙蜃。

每走一步，沾着鲜血的沙子“簌簌”落下，如同一阵血雨。

“大叔！”流淌在血管里的血液热得几乎要爆炸，我握着军刀，冲向沙蜃，“要死一起死！”

“你别过来！”坤福大叔的吼声虚弱却充满不容置疑的威严，一步步挪动着和沙蜃仅有的两三米距离，“当年，我们为了活着走出沙漠，互相……”

沙蜃的红色眼睛映着坤福大叔神魔般的气势，透出“怎么会有这么顽强的人类”的讶异，骨洞吸气声骤然猛烈。让人牙齿发酸的“嗤嗤”声愈发密集，坤福大叔像是被高温瞬间烤干，眨眼就成了一副干皱黑皮包着骨骼的活骷髅。

“我们互相厮杀吃对方的肉，喝彼此的血，活了下来。如果有人死了，我们会很高兴，因为不用吃自己了。”坤福大叔挺着脊梁，每走一步，都如同再也走不了第二步。偏偏，膝盖“咯噔咯噔”响着，下一步，又迈了出去。

距离沙蜃，更近了。

“南晓楼，我很贪财，我没有朋友。那个人给钱，让我监视你们，我本以为那场噩梦过去了，见到钱的时候，立刻答应了。这些年，你们很照顾我生意，对我很好，很尊重我这个糟老头子。看着你和月无华从刚上大学的毛头小孩，成长成独当一面的小伙子，我更愿看你们继续成长。所以，当秀珠找到我，隐瞒着那个人，冒充流浪歌手给你们讲人獒王，暗中提供异徒行者的线索，我毫不犹豫地答应了。我读过你写的书，那么多次生死关头，你们都选择让对方活下去。我很羡慕这种感情。也许我想要的不是钱，而是更珍贵的友情。可惜我没有。但是你有！所以，你要活……”

“大叔！”我的心很热，血很热，眼睛很热，眼泪很冷。

终于，走到沙蜃身前的他，已经瘦成一具骷髅了。

沙蜃似乎察觉到危险，骨洞吸取阳气更加急促。坤福回头看了我一眼，他的眼眶已经深陷，但我知道，他在看我，他在对我笑！

“上一次，我们也遇到了沙蜃，那个人选择牺牲了一个同伴，喂饱了沙蜃破除幻象，所有人都选择了沉默，包括我。也就是从那件事开始，队伍起了内讧。”

“我老了，生死看开了。临死前，能干掉这个畜生，也算是为那个同伴赎罪。”坤福抬起枯枝般的骨手，那根烟袋依然紧握。他扳着沙蜃的鳞片，哆嗦着，摸索着，寻着那个骨洞。

沙蜃的须足乱爬，想钻回地底，正好降低了高度。

烟袋，插进骨洞。沙蜃颤抖着身体，体内赤红色的光映透了贝壳，须足疯狂地挖洞，巨大的身体瞬间没入沙堆。

“嘭”！一声沉闷的巨响从沙中响起，整片沙漠似乎都在晃动，喷泉状的沙子迸射到夜空，沙面如同大海怒涛，荡漾层叠，久久不能平息。直到沙子雨纷纷落下，方才平静。

我被沙子雨淋了满头满脸，手足并用爬向沙坑，旋涡状的沙子涌进坑里，几秒钟时间，再无痕迹。

沙蜃、坤福大叔，几十年后的第二次博弈，一同粉碎在同一处沙堆。

“大叔！”我抓了把沙子，扬在空中。风吹过，沙子落下，沙尘随风飘动，似乎化成了坤福大叔，微笑的脸。

“你要活着……月无华他们很危险……找到他们……”我大口喘着气，头发被汗水浸透，瞬间冻成冰坨。

“轰”！

“轰”！

“轰”！天崩地裂般的炸响从沙漠深处震出，目力能及范围，二三百米高的沙丘如同沉睡中惊醒的巨人，颤立着庞大的身躯，沙粒潮水般滚动，相互摩擦着震破耳膜的声响，迅速覆盖整片沙漠。

沙崩!

大自然最恐怖的威力。

我仓促间想起坤福大叔初入沙漠说的那句话：“向着月亮前行，红色的山和黑色的岩石，魔鬼注视着一座残破的古城，那就是咱们要去的地方，尼雅。”

沙面颠簸，如惊涛骇浪，我跌跌撞撞，手足并用，狂奔。

身后，涌动的沙堆，吞噬着、掩埋着一切生灵。

身旁，蝎子、沙鼠、蜥蜴、沙狐、沙兔不知从哪里冒出来，嘶叫着四处逃窜……

十

沙崩后的第一天。

毒辣的阳光晒着整片沙漠，折射出黄金色炫目的光芒。风镜早已随着背包被掩埋进沙堆，我尽管眯着眼，依然出现了“沙盲”现象。

眼中所见，都是金灿灿的黄沙，偶尔抬头看蓝天，也成了金色的盖子。

体力早在狂跑中消失殆尽，我舔着干裂的嘴唇，低着头一步步往前挪动。浸透衣服的汗水随着太阳升起就被蒸干凝成盐粒，衣服像是坚硬的铁甲，无比僵硬沉重。

我撕了块外套的衬布，做了顶帽子扎在头上，遮挡阳光的炙烤。

没有了月亮，只能靠太阳的位置辨别方向。我挪着脚，不敢停下来休息。因为，我害怕一旦坐下，就再也站不起来了。

我就这么走着、走着、走着。

不知能走多久，仍然走着。

沙崩引起了地貌的改变，深埋沙下的或许死了上千年的人骨、骆驼头骨、小兽凌乱的碎骨随处可见，偶尔几只生命顽强的蝎子、蜥蜴在骨缝里爬来钻去。

我咽着唾沫，除了夹在牙缝、舌头两旁的几颗沙粒，什么也咽不下。

我很渴!

我想喝水!

黄昏时分，极远处几座巨型沙丘上，夕阳摇摇欲坠，余晖挥洒着血红的残光，整片沙漠如同血海。

冻彻骨髓的寒冷无声无息地笼罩着我，关节和血液似乎被冻住，我的腿肚子哆嗦着，“扑通”栽进沙窝。再也走不动了。

沙粒摩擦着脸，火辣辣地疼。突然，我想起坤福大叔一句话，发了疯般挖着沙子。

指甲挖断，手指头冒着血，我丝毫不觉得疼，依然一把一把挖着。

直到，挖的沙坑足以把我掩埋，终于摸到了一点潮湿。

我抓了把湿沙塞进嘴里，用力吮着，一丝丝几乎察觉不到的凉意顺着喉咙滑进食道，却像是炎热的夏天喝了一瓶冰镇可乐，无比清爽惬意。

天色已黑，冷风“呜呜”掠过沙漠，几声野狼望月的嚎叫断断续续。

我靠在沙坑里，紧紧裹着衣服，一口口吮着湿沙。更意外的是，居然从沙子里抠出一只说不上来名字的甲虫。我把甲虫举到面前，只有拇指大小，爪子胡乱舞动，头部长着一只钳子般的犄角，铿锵有力的开合，肉嘟嘟的肚子鼓鼓囊囊。

胃部已经饿得如同火烧，我摸出军刀切掉甲虫脑袋，脓黄色的体液淌了出来。我伸出食指蘸着体液，举到眼前看着，伸出舌头舔了舔，黏腻的腥臭味冲进鼻腔，熏得差点吐出来。

我第一次懂得，人的求生欲望是如此强烈。当我把甲虫塞进嘴里咬爆，满嘴黏腻的汁液竟然不觉得恶心，为了节省体力，慢慢嚼着，慢慢咽着，像是品尝山珍海味。

但愿，明天能找到尼雅，找到月饼。

我望着月亮，迷迷糊糊地睡了过去。

十一

沙崩后的第二天。

沙漠似乎没有尽头，连绵起伏的巨型沙丘印着一串东扭西歪的脚印、手印，我已经没有力气翻越沙丘，只能手脚并用往前爬。

湿沙极为咸苦，尽管能补充体内严重缺失的水分，却让嘴里更为干渴。

从清晨走到中午，我捡了一条风干的蜥蜴尸体，胡乱塞进嘴里，暂时解决了饥饿，却更激起了对水的渴求。

我爬上了一座沙丘，没有一丝体力，顺着沙丘滚下，呆滞地盯着前面一座更高的沙丘苦笑——我要死了。若干年后，会不会有探寻尼雅的新一代“异徒行者”，看到我的尸骨，却不知道我是未完成任务的先驱者？

也许，一丝怜悯都不会有吧？

一只沙漠秃鹫始终在上空盘旋，稀稀疏疏的羽毛，歪歪扭扭的飞行轨迹显示着它的苍老。几声悲哀的啼鸣，似乎在告诉我：“赶紧死吧，这样我就能多活几天。”

“呵呵，我一定不会死在你前面。”我嘲弄着苍老的秃鹫，“哪怕就是死，也会挖个坑把自己埋起来，让你吃不到。”

一人，一秃鹫，沙漠，为了活着，角逐着谁的求生欲望更顽强。

我试着爬起来，却没有任何力气，索性一动不动躺着，恢复着肌肉里最后一丝力气。

秃鹫降低了高度，扑棱着翅膀，似乎在试探我是否死了。

我心里一动，眯着眼屏住呼吸，降低已经很缓慢的心跳，静静地等待。

秃鹫如此试探几次，确定我“死”了，落在距离我三五米的位置，收起翅膀，探着脖子小心翼翼地观望。

我的心脏“突突”跳了几下，秃鹫似乎察觉到，扇着翅膀退了几米落下。这一次，它没有行动，如同一尊雕塑，很耐心地等着。

军刀就握在手中，我没有力气也没有把握一刀命中，只能继续假死。但是我能感觉到，秃鹫如果再不吃东西，很快也会死。

南晓楼，耐心点，稳一稳，你还比不过一只鸟吗？

如此过了很久，疲惫和虚弱的状态，让我几次就要昏睡过去。我咬着舌尖，使劲抠着手指的创口，用疼痛保持着清醒。

终于，秃鹫向我靠近，“呀呀”叫着，混浊的眼中迸射着对食物的渴望。

振翅，飞起，落到我的胸前，弯曲的喙啄向眼球！

侧头，扬手，军刀刺入脖颈，猩热的血溅到嘴唇！

秃鹫哀鸣、挣扎，振翅欲飞。我翻身压住，一口咬住它脖颈的伤口，吸吮着滚烫的血。

半个小时。

我靠着沙丘，“咯噔咯噔”嚼碎了最后一块鸟骨，舔干净骨头上的那点儿残血，“哈哈”笑着。

“想吃小爷，门儿都没有！看咱俩谁吃谁！”笑着笑着，眼泪不知怎么就流出来了。

十二

沙崩后的第三天。

按照坤福大叔所说，应该已经快到了。可是，除了黄沙，还是什么都没有。

也许，走错路了。但是，我已经没有任何可能去寻找正确的路线。

我实在走不动了。

秃鹫肉和血提供的生命所需能量，对于我这副虚弱到极点的身体，只是杯水车薪，无非是推迟几个小时死亡而已。

我吃它，也许不是为了活着，而是为了证明我还活着。

我绝对不会像上一批八族互相吃对方，或者像斯蒂芬·金写的一部小说，主人公落难荒岛，为了活下去，自己一点点吃掉自己。

反正都是死，干吗还要瞎折腾，疼不死也恶心死了。

虽然我很想活着，可是我还没变态到这种程度。

也许，吃一根手指，能多活一段时间，可能就会找到尼雅。不行，吃了手指那不就成了残疾人，以后怎么找对象？怎么打字写小说？要不用军刀割块大腿的肉?

我被这个忽然冒出来的念头吓了一跳，竟然有些理解了八族当年那残忍毫无人性的做法。

一旦产生某种念头，尤其是生与死的抉择，就会“星星之火，可以燎原”，在心里不可阻挡地膨胀。

我根本不知道在做什么，只是木然地拿着军刀，扫过身体，决定先吃哪个部位。

我不想死，我想活着！

不吃饭可以活七天，不喝水只能活三天。要不割破手腕，喝血，还能多活几天。

我举起左手，右手握着军刀，对准手腕，锋利的刀刃划破了一层油皮，没有疼痛。

南晓楼，这一刀，是在救你的命！

那一刻，时间仿佛凝固了，空间似乎缩小了。

因为，我听到了某种物体破空而至的风声。

“叮”，击落军刀……

很熟悉的声音，很熟悉的物体。

桃木钉！

“南瓜，你怎么样了！”沙漠，急速掠过一团沙尘扬起的身影。

他，逆光而来，由远及近，几个纵跃，出现在我几乎看不清东西的视线里：斜斜碎发微微遮着眼睛，随时都会扬起的嘴角，棱角分明的脸……

“月公公，快来救驾，朕等你很久了。”我笑了，意识游离于现实和虚幻之间，眼睛慢慢闭上。

我很想睡觉。

“啪啪”两记耳光，月饼晃着我的肩膀：“不能睡！保持清醒。”

“你大爷的，用得着使出把牙扇掉的力气吗？”我的脑袋摇得像拨浪鼓，“快停手，脖子都要断了！”

十三

“你们五个几个意思？肉！”我“咕咚咕咚”喝了半囊水，擦擦嘴角半靠着羊毛毡子。

小慧老老实实端过一盘羊肉，我毫不客气地大吃特嚼：“五人‘开黑’一人？把我撂下了？打‘王者荣耀’呢？酒！”

月野颠着小碎步递过一囊马奶酒，我扬脖灌了几大口：“要不是小爷天生命大福大造化大，死在沙漠里，你们良心不痛吗？烟！”

黑羽难得没有黑着脸，送过来烟和火机。我接过点了一根深吸一口：

“没找到尼雅吧？缺了我，你们能干点啥？在这地堡里待几天了？水果！”

杰克扔过来苹果，我接着啃了一口，伸长脖子咽进肚子：“说说吧？这是谁的主意？”

“我提议你不参加最终任务。”月饼似笑非笑地扬着嘴角，“万一全军覆没了，好歹留个活口记录咱们的光辉事迹不是？”

“你妹！”我把酒肉水果胡乱往肚子里塞着，“不亲身经历怎么记录？编啊？月公公，你好好说话，到底是怎么回事？”

“是这样的，南君。”月野拂了几缕脸庞的乱发别到耳后，“一年前，月君联系我们，希望能协助完成任务。”

月野思索片刻，估计在琢磨怎么解释这件事情。小慧急性子，竹筒倒豆子：“我来说吧。在华山执行任务的时候，我们从装线索的匣子里，发现了一样不属于那个年代的东西。”

“总不能是一张照片，拍的是我和月饼吧？”我总算吃饱喝足，懒洋洋摊着腿打饱嗝。

忽然间，这座沙漠半掩埋的地堡像是时间静止了，这五个人保持着几秒钟前的表情、动作，十道目光齐刷刷注视着我。

我被瞅得心里发毛，干咽了口吐沫，意识到问题所在！

“真有这么一张照片？真是咱俩？”我瞪着月饼，嘴巴张得能囫囵塞进苹果。

月饼从背包里摸出一张照片，食指中指夹着，甩落到我的腿上：“华山任务的历史渊源，发生在魏晋，和五石散有关。那个匣子，装的是五石散的配方，黑羽从匣子夹层，发现了这个。”

我匆忙一看，心头像是被重重捣了一拳！

照片泛着陈旧的黄色，边角磨损不堪，显然年代已经久远。照片里，一片郁郁葱葱的竹林，几个人或歌或酒，赤身裸体，披散长发，形如疯子，仰首张嘴，正要吞服手里赤红色的药丸。

七人没有注意到，竹林外侧的一方岩石旁边，两个身高一米八多，背着背包，穿着牛仔裤，短头发两人的背影。

照片极不清晰，仍然能看出其中一人，手腕戴着一串金黄色的珠串。另一人的右手抬到面前，似乎在摸脸部的某个部位。

“看背面。”月饼揉着太阳穴，很疲惫地走出地堡。

我气都喘不过来，连忙翻过照片，几行蝇头小楷笔迹清晰：

“余七人，于竹林遁世，天为席，地为榻，纵歌饮酒，不问世事，其间之乐，何足道哉？然某日服散，欲登神仙之境，奈何修为尚浅，未入仙阶。次日，魂由太虚而归，见桌有此图，画之精妙，曹张不及。此二人身着怪异，大异常人。众窃窃，概为仙人，入凡寻仙品者。余等当常服散，固仙根，培仙品，终能再得仙人垂怜，脱俗世纷纷，早入仙阶。”

魏晋时期，嵇康、阮籍、山涛、向秀、刘伶、王戎及阮咸七人，常在当时的山阳县（今修武一带）竹林，喝酒、纵歌，肆意酣畅，世谓“七贤”，后与地名合称“竹林七贤”。

中国历史的各朝各代，都有其显著的文化特点。魏晋以“清谈”“寻仙”“炼药”著称，通俗来讲，“清谈”就是一堆人吃饱了撑的没事干，凑一块唠嗑，比谁说的话更高深莫测。“寻仙”顾名思义，不多赘叙。“炼药”则是用各种金属、矿石放于丹炉炼制仙丹，期望服后可白日飞升，成仙得道。然而仙丹没练出一粒，倒是练出了类似于毒品的“五石散”。

这玩意儿的主要成分是石钟乳、石硫黄、白石英、紫石英、赤石脂。

《世说新语》记载，“服五石散，非唯治病，亦觉神明开朗”。服用五石散会强烈刺激大脑，产生幻觉，飘飘欲仙，灵感迸发。诸多魏晋名士脍炙人口的文章、书画，均是在这种状态下的即兴创作。

魏晋通用楷书，符合照片背后的楷体字。

这段文字中的“画之精妙，曹张不及”的含义，更准确地显示了拍摄时间。“曹张”是魏晋时期著名画家曹不兴、张僧繇。竹林服五石散的七位哥们儿，哪见过这么栩栩如生的画（照片），自然认为是神仙所创，曹张两人都比不上。

我对摄影略有研究，这张照片里，穿牛仔裤背着包的两个短发男子，绝对不是PS上去的。何况，其中一人，手腕戴着我作为“异徒行者”身份的金珀；另一人，看举动很明显是摸鼻子。

我和月饼，出现在一张将近两千年前、保存至今的照片里？

我没来由地恐惧着，因为有个更可怕的问题突然从脑子里冒了出来。

照片，谁拍的？

“我们看到照片，也很震惊，月君认为这和终极任务有关，他不想你再参与这件事。如果终极任务是某种时间、空间的转换，那么谁也无法保证能够回来。也就是说，在现有的时间维度里，你们已经死了。”月野缓慢地说着每句每字，希望我能平静地接受，“所以，请谅解我们做出的决定。”

月野的声音很好听、很温柔，却在我的耳膜里像是一连串炸雷，轰得脑壳“嗡嗡”作响。

“喝口酒吧。”杰克递过囊子，拍了拍我的肩膀，“你们出现在照片里，我们都很震惊，你们会更恐惧，为什么出现在照片里？”

我大口喝着酒，微微眩晕的醉意缓和了紧绷的神经，脑子里乱糟糟完全不知道在想什么。

“月无华见到照片，虽然表面看不出，但是他的内心和你有同样的觉悟吧。”黑羽用石头磨着武士刀，头也不抬，“他选择自己扛着，确实是好朋友。”

“月饼，你想怎么扛？自己完成终极任务，从这个时代消失？在各朝各代留下关于你的传说？”

“对啊。”月饼满不在乎的声音从地堡外传来，“这么伟大的事情，南少侠这种凡人还是不要掺和了。”

“你们好好聊聊。”小慧指了指地堡外，月饼坐在沙堆上孤独的背影。

十四

“坤福大叔是个好人。”月饼接过我点着的烟，捻着过滤嘴转动，“杰克的精神力很强，破除了沙蜃制造的精神幻象。”

“大叔临死前，嘱托我务必找到你们。”我心头一阵酸楚，抽了抽鼻子，“要是知道你们没出事，大叔也许不会选择与沙蜃同归于尽。”

“我倒不这么想，”月饼扬扬眉毛，摸起一块石头远远丢出，“从哪里开始，从哪里结束。否则一辈子只能活在最初的痛苦。”

“我们从什么时候开始的？”我苦笑着摇摇头，“十万大山？泰国、日本、印度、韩国？或者是毕业后，古城图书馆？还是几千年前？”

“希望你能理解，我选择独自结束。”月饼抓了把沙子，让沙子顺着指缝徐徐滑落，“也许正是如此，那个我会制造各种线索，提示现在的我们，不要完成终极任务。或者，暗示我自己去完成。”

“照片里面可是有我们两个人。”我想起那张照片，依然觉得很恐惧。

“你别忘记，还有个人拍了那张照片。”月饼心是真大，摸了摸鼻子笑了，“就为这，我还特地买了个拍立得。”

“你的意思是，在另一个时间维度，咱们发现了终极任务的秘密，千年穿越。在这个时间维度，你得到了那个‘咱们’的暗示，自己回到过去，留下线索提醒你？”

“谁说‘百无一用是书生’？”月饼拍着我的肩膀很赞许，“分析很透彻啊。”

“原因自然是海岛生死泉、终南山美人墓，咱俩先后被团灭，才会做出警示。”我的脑瓜子生疼，这种时间概念，存在着很多悖论，也正是因为这些悖论，才证明了时间的真实性。

本来说好的悬疑灵异小说，怎么就走了科幻路线了呢？我一文科生，哪懂时间、空间、虫洞、量子、暗物质这些比花精树妖、狐仙女鬼还要复杂的玩意儿。

“知道罗布泊的另一端是地球的哪儿？”月饼指着脚底，在沙面画了眼睛和耳朵，“地球另一处死亡禁地，百慕大。”

“宇航飞机拍摄的地球照片，罗布泊是耳朵形状，百慕大是眼睛形状。这两处是世界公认的死亡禁地，经常会出现交通工具失联、电子产品失灵，人类失踪的神秘事件。有报道记载，曾有探险者目睹过古代海船、‘二战’飞机出现……”

“这些我都知道，”我揣摩着月饼话里的含义，“月公公，你无非是想证明并且说服我，所谓的‘异徒行者’任务，是那个时间维度的咱们，在罗布泊发现了能够穿越时间、空间的某种……某种虫洞，根据现实发生过的事情，布置任务，提供线索，让现在的咱们寻到这个虫洞。”

“继续说下去。”月饼摆弄着桃木钉，没有否认我的推测。

“这完全是‘鸡生蛋、蛋生鸡’的死循环。咱们这么做，不是给自己找不痛快吗？”我没来由烦躁着，越想越觉得很荒谬。

穿越时间、空间的我们，设置了各种线索，让现在的我们穿越时空布置任务。

扯淡呢？

“八族刚成立的时候，觉得突然多了两个人，那就是咱们。利用他们所不了解的现代科技，暗示了最初的任务线索。生死泉的岩刻文字、美人墓那句‘修正我们犯下的错误’，很明显是在警示，阻止‘我们’执行任务，避免出现咱们死了的事实。所以，必须有人回到过去，于是才会有魏晋时期那张照片。”

“咱不执行最终任务不就完了吗？”我终于憋出了想了许久的话，“这就回去好好喝一顿，睡个觉，太阳照常升起，人生照样‘柴米油盐酱醋茶’，该干吗干吗。”

月饼没有言语，侧头很认真地盯着我，许久才说出了四个字：“祖父悖论。”

我怔了怔才明白其中含义。

“祖父悖论”是一种时间旅行的悖论。法国科幻小说作家赫内·巴赫札维勒在他的小说《不小心的旅游者》提出过这样一个概念——假如你回到过去，在自己父亲出生前把自己的祖父母杀死，但此举动会产生一矛盾的情况：你回到过去杀了你年轻的祖父，祖父死了就没有父亲，没有父亲也不会有你，那么是谁杀了祖父呢？或者看作：你的存在表示，祖父没有因你而死，那你何以杀死祖父？

“也就是说，咱们必须完成终极任务。”我有种“明知道不能去做，却又不得不做”的无力感。

“这也是根据种种线索做的推测，”月饼伸了个懒腰，收起桃木钉，起身往地堡里走去，“没有证明事实之前，任何合理的推测仅仅是推测。”

“月无华，请你答应我。”我没有起身，背对着月饼说道，“无论什么状况，你绝对不许自己做决定！要去，一起去；要死，一起死。”

“乌鸦嘴，电影里面只要说出这句台词的人，都死了。”月饼打了个响指，篝火映着他消瘦的影子，虚虚实实地晃动。

“你才是乌鸦嘴。”我怒怼一句，丢掉烟头，“话说你们比我早到这么多天，还没发现尼雅古城？”

“按照坤福大叔标记的位置，就在这里。”

十五

“向着月亮前行，红色的山和黑色的岩石，魔鬼注视着一座残破的古城，那就是咱们要去的地方，尼雅。”我对着地图重复着坤福大叔关于尼雅位置的隐喻。

“前几天发生的那次沙崩，我们躲进这座地堡，”月野指着地图的一个小红点，“沙崩结束后，这里的地貌已经完全改变。”

“我们分头行动，以三公里范围进行圆形搜寻，”杰克眨着蓝白色的眼睛，“否则月饼也不会发现你。”

“南少侠既然能用‘韬光术’找出线索，对着特克斯的地图推出终极任务在这里，想来根据这张地图找到尼雅古城也不是什么难事。”月饼有滋有味地喝着酒，顺手往篝火上的烤羊腿撒着孜然。

“有地势格局才能按图索骥，”我举着夜视望远镜巡了一圈沙丘连绵起伏的沙漠，“地貌完全改变，我也没有办法。”

“噌”！黑羽拔出武士刀，斜着冲到门口，对着我劈出一刀。

电光火石间，我根本没做出反应，任由武士刀擦着鼻尖划下，刀气刺得眼睛生疼。

“噗”的一声闷响，似乎有什么东西在面前爆开，猩热的液体糊了满脸。月野从长发中抽出纸刀，挥舞着刀花封住地堡门口。

“现在回去，还来得及。”空旷的沙漠远远传来忽男忽女、飘忽不定的声音。

黑羽和小慧微喝一声，追了出去。

月饼拾起落地的物件，是一只长着翅膀、身长足有半尺、削成两截的乌黑色蜈蚣，尾部绑着一张小纸条。

“入尼雅者，死。”

杰克拿着马奶子酒倒了我一脸：“杀菌，消毒。”

月饼把纸条揉成团扔进篝火，火焰忽地旺盛，映着他托着下巴、深深思索的脸。

“也许，我的推测错了。”月饼的目光没离开火焰，喃喃自语。

我擦干净脸，吐了几口吐沫：“这还用说吗？用蜈蚣投石问路的下三烂手段，指定不是什么跨越时空的人能做出的事！”

“我们在地堡里好几天，直到你来了，才出现警告，这说明什么？”杰克瞳孔异彩连连，精神力扩散到极致，“月饼，附近一公里，只有咱们六个。”

接受任务以来，月饼曾经说过，他是“行者”，我是“异徒”。难道这就是异徒的真正身份？我是那个抵达终极任务又回到过去留下诸多线索那个人？

“听着声音明明就在附近，”小慧发狠地跺着脚进了地堡，“喜歌乱舞的音浪回震都搜不到。”

黑羽收刀回鞘，半蹲在始终守着地堡门口的月野身边，如同一条随时伺猎的猛犬。

“东南方，1200米。”月野的长发无风自动，一丝丝肉眼几乎看不到的气流从四面八方汇聚到每根发丝。

“再不走，就来不及了。”半男半女的声音再次传来，细细一听，果然在东南方向。

“你会让我们走吗？”月饼朗声高喊，“明知道我们不会走。”

“曾经有七次，异徒行者闯过了终极任务，都造成了不可估量的可怕后果。”声音停顿片刻，伴着一声深深地叹息，“每一次，他们都怀着善良的梦想，却最终迷失于无限掌控带来的邪恶快感中。没有人，像他那么伟大。所以，这一次，我不会心软，也不会相信你们任何一句话。”

“异徒行者的任务到底是谁布置的？”月饼问到了最关键一点。

"这个不重要，你们已经是死人了。"

"对我们说这句话的人，都成了死人。"

"呵呵……那你们去吧。"

瞬间，除了呜咽的风声，沙粒"簌簌"的摩擦声，篝火"噼啵"的爆裂声……

天地，安静了。

那个人的话，信息量非常大——七组异徒行者，取得那个人的信任，完成终极任务，最终却丧失了本性。

我突然想到了历史中许多不解之谜，以及产生谜团的朝代，出现的几个非常奇特的人，他们曾经引发了极度可怕的混乱。

"嘭"！像是陨石砸进沙漠的巨响从距离我们最近的沙丘响起，一蓬蓬沙粒飞天震起，沙尘随着冷风飘荡，如同盘旋在黑夜的幽灵，遮住皎洁的月亮。

月芒裹着沙尘边缘，分明是一张脸的形状！

沙脸的眼睛位置，恰好没有沙尘，形成两颗细长的眼睛，月光由此渗出，正如目光，斜斜射向那座不断蓬起沙尘、即将崩塌的沙丘。

渐渐地，沙粒或扬起或滚落，顶端红色、底部黑色的山峰，从沙丘中现出端倪。

山脚处的整片沙漠，如同不堪重压、突然崩塌的房顶，"轰"的完全塌陷。流沙瀑布般倾泻，巨响震耳欲聋，沙漠战栗怒吼，一座岩石建构的古城，掩埋于沙漠数千年，带着昔日的辉煌，口口相传的神秘，闻之色变的恐怖，终于重见天日！

向月亮前行

红色的山峰

黑色的岩石

魔鬼注视着

残破的古城

尼雅

十六

我无法形容此时的震撼！当一座绵延数千米的岩石巨城，如同史前巨兽一般从沙漠中突然出现，相信任何人都无法用准确的文字描述心情。

形如人脸，遮住月亮的沙尘随风消逝，凄冷的月色笼罩着整座尼雅，视线格外清晰。

尼雅依山而建，呈台阶状。外墙由数千条三四米长、两米多高的黄色岩石堆砌而成，每条岩石严丝合缝，最锋利的刀刃都无法插入。

外墙中央，足已并排通过五六辆卡车的黑色石门，不是传统的方形或拱形，而是类似于倒置的月牙形状，像极了咧嘴大笑的巨人之嘴。

外城则是一排排青岩石屋，众星拱月般沿山环绕着道观状的八座红色内城。

内城坐落位置很是蹊跷，呈圆形建于山腰，远看像是巨大的表盘。三条类似于时针、分针、秒针的通道由内城延伸至表盘中央十米多高的纯金色人像，依稀能看出是位裙摆飘飘、云髻欲坠，相貌威严的女子，映着月光更是璀璨生辉，唯独那双眼睛是晶莹剔透的赤红色。

我有些目眩神移，暗暗咂舌，心说尼雅不愧是西域三十六国最繁华的国家，这座金属雕像怕不是纯金的吧？那双眼睛保不齐是整块巨型红宝石镶嵌，这得值多少钱？

“西域三十六国以尼雅为首，建筑结构却是你们中国风格。”黑羽难得开了金口，看来也是压抑不住内心的兴奋，“南晓楼，你怎么看？”

“当然是用眼看！我又不瞎！”我听得很是不爽，随口回了一句，“什么叫我们中国，你们小日本的建筑不也是从唐朝学来的吗？”

“南君，你别误会。”月野微微鞠躬表示歉意，“黑羽君的意思你还不明白吗？”

不愧是月野，就是这么有礼貌。我心里暗赞，余光顺便瞄了一眼月野弯身时，露出胸前的一丝迷人缝隙，鼻血差点喷出来，连忙假装观察尼雅：“黑羽的意思是，中华文明自古为周边国度向往模仿，东至扶桑，西至尼雅，都以此为荣。”

“扑哧扑哧！”小慧忍不住偷笑，“南瓜，胸虽然好看，也不至于让你拔不出眼吧？”

月野微微“啊”了一声，捂着衣领羞得满脸通红。

“为什么我们偏偏要保护你完成终极任务？”黑羽叹着气，万年不变的扑克脸居然露出一丝笑意，“小九若是泉下有知，估计要多喝几碗孟婆汤，把你彻底忘干净吧？”

“黑羽！你闭嘴！有本事单挑！”我握着军刀色厉内荏。

“男人嘛，理解。”杰克拍着我的肩膀打圆场，“消消气……消消气……反正你也打不过黑羽。”

我气得两眼发黑，琢磨着也确实不是黑羽对手，做“哥不和你一般见识”状，悻悻地蹲在篝火旁烤火。

其实，这种互相怼来怼去、肆无忌惮开玩笑的感觉，我们都很享受。

如果这个世界没有友情，我们还有什么温暖？

“正所谓‘一胸障目，不见尼雅’啊。南少侠，这座城市为你设计的，或者有可能就是‘那个你’设计的。”月饼摸摸鼻子很无奈地摇着头，“异徒的真正秘密就藏在城市格局里。”

我心说不是吧？难不成这五个人都看出来了？就我没注意到？别不是城里某个地方写着“南晓楼到此一游”？或者那个金属铸造的女子，是小九的模样？

收敛心神，再次观察尼雅古城，我“啊”的一声惊呼。

这座城，类似于特克斯城，利用了五行八卦的格局。

十七

尼雅古城外墙为黄色，五行属土；石门为黑色，五行属水；石屋为青色，五行属木；内城为红色，五行属火；雕像为金色，五行属金。

八座内城看似圆形分布于山腰，实为八卦的休、生、伤、杜、景、死、惊、开八门。如果把三条道路的长短粗细模拟成表盘的三根针，按照秒针、分针、时针依次排列，分别指着“开”“死”“休”三门位置。

雕像赤红色的双目，折射着月光，两道红芒射向“生”门。

这五门位置对应的数字，正是“62188”。

我心里虚拟了一张八卦图，标识了对应的数字、文字，暗自推演，心里惊得直打哆嗦。

“月饼，出来一下，我有事跟你说。”我抽着鼻子，径自走出地堡。

十八

“回吧，不要再纠结终极任务了。”我接过月饼递过的烟，狠狠吸了一口，依然压制不住心里的恐惧。

“嗯。”月饼不置可否地耸耸肩，“那就回。”

这倒完全出乎我的意料，原本想好的一堆说辞派不上用场，心里没着没落很不得劲儿。

“我相信你的判断。”月饼扬扬眉毛，很奇怪地眨眨眼，“所以，我不会问为什么。”

多年老友，默契到一个眼神，就深知彼此的想法。我立刻懂了，故意大声说道：“休息一夜，赶紧回去写大结局。编辑、读者催了我一年了。”

“可是，我们想知道为什么。”杰克吹了个口哨，用欧美人特有的夸张口吻问道。

“杰克，你居然用精神力影响我俩的感知，”月饼虚空弹出一指，“小心我给你下蛊。”

“如果不是你们俩，我们早已经死了。”黑羽一改平日的傲气，笔直鞠了个小鬼子很有礼节的躬，“当月无华找我们的时候，我们就已经抱了必死的决心。请让我们陪同你们走完最后一程。”

“黑羽涉，你的武士道精神能不这么丧吗？”我无奈地撇撇嘴，摆出很嫌弃的表情，“动不动就死啊亡啊，有劲吗？”

“南瓜，你别装了。你和月饼早就发现杰克用精神力掩护我们接近并偷听对不？”小慧气鼓鼓地涨红了脸，“准备假装放弃任务，等我们都回了，你们再回来。”

月饼讪讪地笑着："小慧，我们真没这个意思。哈哈……突然觉得厌倦了，不想继续了。"

"南君，月君，咱们认识多少年了？"月野咬着嘴唇，纸刀束起长发，越发显得冷艳，"你们俩都不擅长说谎。"

"你看着办吧。"月饼在我耳边低语一声，溜达到一旁去了。

我心说月无华啊月无华，平时总是冲锋在前的豪气呢？这就怂了？

"斗转星移，日月轮回，有些事情是无法更改的。"月野走到我身前，半仰着头莞尔一笑，"南君，比起刚认识你的时候，好像又长高了呢。"

我本已打定主意什么也不说，就这么和月饼一走了之，过段时间再回来完成最后的任务，探寻根本无法放弃的真相。

然而月野看似平常的一句话，却击溃了我内心的坚持。

"这座城，或许真如月饼所说，由我建造。"我颓然地望着尼雅，"它藏着只有我能看懂的秘密。"进入尼雅古城，需要有乾（最年长的男性，杰克）开启大门。坤（女性，小慧和月野）于死门丧命。休门为吉门，坎为水（黑羽涉）。艮为山（晓楼南月照无华，金樽对饮闲望山，月无华和我）由生门而存。

简单来说，就是杰克打开尼雅古城的大门，小慧和月野会死于城内，黑羽涉是六人中逢凶化吉的福将，而我和月饼通过生门寻到终极任务，最终幸存。

"我和小慧会死吗？"月野眨着美丽的大眼睛，没有丝毫恐惧。

"那我们就跟着福星咯，"小慧摆弄着手腕的铃铛，"黑羽，没问题吧？"

"嗯。"黑羽拔出半截武士刀又重重回鞘，"铿锵"作响，"我在，你们在。"

"不是你们想的这样。"我的心很疼，却不能再解释太多。

"我来说吧。"月饼走到我们中间，环视着四人，"杰克、黑羽、小慧、月野，你们忽略了南瓜说的真正意思。最终，活下来的只有我们俩。既然如此，你们就退出吧。"

四人相互看了一眼，目光最终落在我的身上。我不想言语，只能点了点头。

“好久没看加拿大的枫叶了。”杰克耸耸肩，回了地堡。

“黑羽，富士山的樱花快开了。”月野向往地望着东方，“一起去看好不好？”

黑羽“唔”了一声，跟着月野走进地堡。

“韩国没有好看的花，不过我好久没有吃泡菜了。”小慧蹦蹦跳跳追上三人。

我没有丝毫责怪他们，每个人都有活的权利，更不能因为别人的要求放弃这个权利。

也许，这样才是最理智的，是我们最希望看到的决定。

“又剩咱俩了，这样最好。”月饼笑得很轻松，脚尖在沙面磨出两个沙窝，“反正咱们是最终幸存者。”

“如果这座城真是我建的，必然会告诉现在的我，不要让他们进去。”我已经彻底被时间的概念弄混乱了。

之所以留下预示，是因为事情存在并会发生。月野他们各自回国，就不会发生。那么，那个我又何必煞费苦心做此安排？

“别想那么多，车到山前必有路。”月饼遥指着金色雕像，“据说，尼雅之所以是西域三十六国最强盛的国家，是因为统治尼雅的女王，生了一双红色眼睛，可以看到过去、未来。她死后，尼雅迅速消亡，这是至今无法解释的历史谜团。对了，你的红瞳消失几年了？”

“月公公，别闹了。我现在没心思开玩笑。我一性取向完全没问题的大老爷们儿，怎么可能是尼雅女王？”

“那我们更要一起去探寻真相啊。”

地堡入口，四个人漫不经心地随便站着。

杰克丢过两个背包：“说不定时间轮回可以转变性别。”

“于是呢，南瓜日夜思念咱们，望穿秋水，死后嘱咐国人建这座雕像，盼着看到现在的我们。”小慧冲我扮了个鬼脸，吐吐舌头，“说不定那个南瓜还会找个老公哦。”

“很有可能。”黑羽的语气就像武士刀般简洁有力。

“别拿南瓜开玩笑啦，”月野强忍着没笑出来，“既然宿命安排六个人一起去，那就一起去啊。”

“你们……”我实在说不出话，眼泪打着转，只能揉着眼皮掩饰，“这风沙，生生迷了眼。”

“走吧。”月饼拎起背包，头也不回地往尼雅走去，“地堡里哪有风沙？”

我和月饼，同样的想法：哪怕我们死了，也要让他们活着。

他们四个，同样的想法：哪怕我们死了，也要让他们活着。

我们六个，同样的想法：哪怕自己死了，也要让他们活着。

友情是什么？

这就是友情！

十九

“做出决定那一刻，历史的齿轮，咬合了。”半男半女的声音居然透着一丝悲伤，从尼雅传来。

难怪刚才“只闻其声，不见其人”，那个人一直藏身城中，古城还未从沙漠里浮现，自然寻找不到他。

“雕像，有人。”月饼递过望远镜。

一条模糊的人影，站在雕像的头顶。距离太远，无法看清他的相貌，只能隐约感觉到，这个人很熟悉。

会是谁？

就在这时，两道强烈的红光笼罩着我们。放下望远镜，才发现红光由雕像的两颗红色眼球射出，如同架在监狱岗哨的两盏高瓦数探照灯，而我们是试图越狱被发现的罪犯。

奇怪的声音从地堡里响起，还未等我们做出反应，几道裹着泥沙，直径足有半米的泥流如喷泉般从沙漠里狂喷而出，直抵夜空十多米。

泥沙洋洋洒洒落下，强烈的腥臭味令人作呕。我们左避右闪躲着落沙，更诡异的一幕出现了。

泥流冲击而开的沙坑里，不断翻涌着密密麻麻的红色“细沙”，某种奇特的摩擦声让人耳根发麻。

我突然觉得脚踝火烧般剧痛，低头一看，几只足有半截小拇指大小的火红色蚂蚁，喷着刺鼻的酸液，融破裤腿，锋利的双颚死死咬进腿肉，搅动吞噬。

“千万别拍，”杰克揪起红蚁，连带扯掉小块皮肉，疼得龇牙咧嘴，“沙漠行军蚁，体内有高浓度强酸，拍烂了会腐蚀皮肉。”

月野、小慧，黑羽也受到袭击，手忙脚乱揪着行军蚁。

想到科普栏目对于行军蚁的介绍，所到之处，一切生物瞬间化成白骨的惨景，我不由胆寒肝颤，狠命跺着成片爬过来的行军蚁。

“啵啵”爆裂声从鞋底响起，我竟有些快感，狠狠吼着：“想吃小爷，门儿都没有！”

月野的纸刀，黑羽的武士道，挥舞着密不透风的刀花，刀气在沙面划出深深浅浅的切痕，暂时阻挡了行军蚁的攻势。小慧的喜歌乱舞此时竟有奇效，音浪所及之处，蚁群竟然会呆滞几秒钟，暂停行动。

趁此机会，我的鞋底攻势明显比刀气更有用场，一时间踩得好不痛快，颇有些童年时，踩爆塑料包装袋气泡的惬意。

就是苦了杰克，白装了一脑袋超凡精神力，吱哇怪叫着躲在我们身后，本来挺利索的汉语也成了“加普”（加拿大普通话）：“小灰，呢里。黑玉，做边。难挂，赶德浩。月野，还是你最厉害。”

就这句话说得字正腔圆。

这就是男人！

“你们往尼雅跑，我挡着。”月饼径自冲向越涌越多的蚁群，军刀握进手掌猛地一划，鲜血顺着指缝淌出，所落之处，蚁群像是被点燃的汽油，冒着青烟迅速蔓延，眨眼工夫烧掉大片。

“蛊族的血是万能的吗？”我拔足狂奔不忘揶揄，“月公公，您真是居家旅行探险必备良器啊！”

“南瓜这时候还有心思开玩笑，”杰克人高腿长，逃在最前面，“当心被啃成白骨没人给你收尸。”

黑羽、月野、小慧呈“品”字形护在月饼左右，刀气纵横，音浪震荡，掩护月饼后退。

行军蚁似乎拥有高智商，停止攻势，触角相互碰触，居然有秩序后退，爬回蚁穴。

我刚松了口气，无数声凄厉的吼叫，从我们和尼雅之间的地底嗷嗷响起。这种吼声既像禁锢多年的人类最绝望的嘶喊，又像是濒死猛兽垂死挣扎的暴怒。

沙漠鼓起几十个两三米大小的沙包，一双双黑色的尖锐耳朵顶出沙面，数十只乌黑干枯、长着钩的爪子从沙子里探出，左右摸索，深深抠进沙粒，艰难却坚定撑起即将重见天日的身体。

继而，我看到了最为惊恐的一幕。

数十个身高两米半左右的怪物，静静地站着，脑袋长了一圈赤青色骨质甲壳，延伸至头顶形成两根黑色犄角（也就是刚才看到的耳朵），双眼红得几乎能滴出的血，四根獠牙从唇中交叉刺出，背后长着一双类似蝙蝠的翅膀。

月色凄冷，怪物黝黑的身体泛着青色月光，竟折射出炫目的铁青色。裹着细微沙粒的冷风卷过，扬起蒙蒙沙雾，只有红色的双眼、模糊的黑色身躯隐约可见。

宛如，一尊尊千百年来守护着诡异的尼雅古城，从地狱归来的魔神。

“他们存在于上古传说，这么多年了，我也只见过一次而已。”不男不女的声音透着疲惫，“撒旦、魔鬼、修罗、地煞……都是他们的名字。”

“坤福这个废物，为了区区沙蜃，选择同归于尽。呵呵……他以为这么做就能赎罪？其实，他放出了这群怪物。”

“这片沙漠，终年无水，为什么会有水源丰富的地下河？为什么行军蚁会有规律的掠食又迅速消失？都是因为，他们需要水和食物啊。除了吃喝，他们还需要沙蜃吸食的天地精气。尼雅最前端的守护屏障——沙蜃，一旦死亡，失去精气来源的它们，就会重现人间，形成第二道屏障……”

“这还是生物武器！”我狠狠打了个哆嗦，几乎把军刀握进手掌肉里，“只要是活物，在蛊族最强男人眼里就是隐形的。”

“呵呵……南晓楼，我就喜欢你这种天真。否则，当年怎么会心甘情愿建造这座城，又怎会用‘天灵地气’阵法封印这群怪物呢？”

“你说什么？你再说一遍！”

“我不会和死人多说一句话。岁月太漫长，说的话太多了。能说这些，只是为了向你……你们表示感谢，死也做个明白鬼。”

月饼抿着嘴，笔直站着，手掌划破的伤口兀自滴血，渗进沙漠，留下一滴滴红色斑点。

“蛊术，不起作用。”月饼指着沙粒中的血迹，如同红色蛛网覆盖整片沙漠，隐约能听到“吱吱”的细微叫声，延伸至怪物脚下，聚成一团，分明想爬上去，但是接触到怪物枯树皮般的脚踝，瞬间化成白烟。

“城里那个人，不仅利用了你，也利用了我。”月饼扬扬眉毛，细长的双眼眯成一道线，迸射出森冷的光芒，“这些蛊人，是我炼制的。”

“这么多年，我一直等着与你们重逢。我很想知道，南晓楼，你亲手设计了十三处红尘客栈，用来运送月无华炼制的蛊尸守护尼雅。当你们面对自己的杰作，是什么反应？”

“那个人”所说的话，对我们产生的震撼，无法用任何形容词来描述。

我和月饼对视，四道疑惑的眼神碰撞，狂乱、惊怖……

“现在，没有时间考虑任何问题。”耳畔，是杰克柔和的声音。

他原本蓝白的眼眸，此时像盛雪般洁白。这是杰克精神力运用到极致的状态。

一道温和的暖流，随着声波溢进耳道，如同柔滑的纱覆盖了大脑，惬意舒适。

我深呼口气，尽管空气里满是蛊人腥膻的体味，激荡的心情却渐渐平复。

是的，这个时候，我可以写出长篇大论，推测我和月饼之于什么原因，在何时何地，相信了那个人，给这座神秘的尼雅古城设置层层机关……

但是，实际情况，我们已经没有时间考虑这些问题了。

“呲呲”几声，金色雕像的赤红双眼，射出的光芒更加炫目，扫过这群木然而立的怪物。

“嗷！”

“嗷！”

“嗷！”

随着怪物的觉醒，禁锢千年，挣脱束缚的嘶吼，回荡于沧桑荒凉的沙漠。

怪物，动了！如同一支神话传说中的异兽大军，踏足人间，燃起战火。

记得很多年前，和月饼去看《X战警3》，万磁王率领变种人大军进攻，只有几个X战警孤零零地应战。

坚定、勇气、信仰、血性……

年少热血的我，曾经为这个镜头感动了很久。

经常幻想我的人生，如果有这么一回经历，此生无憾。

血液几乎烫爆了血管，蛊尸大军，越来越近。我，越来越兴奋。

男人，该战，则战！

永不退缩！

“南晓楼，”黑羽简短的话语永远像刀子般锋利，“你是我的好朋友！第一阵，我来。”

“尽管不知道原因，”月饼摸摸鼻子，嘴角扬着笑，“我和南晓楼的事情，还是由我们解决吧。”

“黑羽，我没把你当朋友，”我打了个哈欠，摸出军刀掂弄着，“既然是我们设计的，自然有解决办法，用不着你替我操这个心。”

杰克：“都这时候了……”

小慧：“你们俩……”

月野：“还这么矫情。”

“南晓楼，我不想等你活着出去，在书里记录我是不战而逃的懦夫。”黑羽难得笑了，居然有颗虎牙，“喜欢我的读者可不少哦。”

“滚！”我怒了。

“真让人感动啊。多么美好的……友情。”那个人森冷地笑着，“算是彼此告别的遗言吧。”

“羌笛何须怨杨柳，春风不度玉门关。”那个人吟唱着唐诗，音律很奇怪，蛊尸停顿片刻，骤然加速，疾冲而来！

沙尘、扬起；吼叫、震耳；大地、颤动！

我们，无惧！

二十

黑暗中，炽白的刀光一闪，黑羽如同暗夜的幽灵，瞬间隐于黑暗。片刻，沙面隆起一道浅浅的灰线，闪电般笔直疾行。

怪物群中，黑羽冲出沙漠，高高跃起，纷纷落下的沙子里，夹裹着两道凌厉的刀气，生生将两只怪物，由头至胯，斩成两段！

“天！下！无！双！”黑羽暴喝一声，双刀盘旋，又将扑袭近身的几只怪物拦腰斩断。

“阴阳术·风之炫舞。”月野挥动纸刀，周身包裹一道有形的旋风状空气，脚尖轻点沙面，留下浅浅一窝，轻盈如飞天仙子，飘然掠出。

“噗噗噗噗”，娇柔的身躯所到之处，旋风如同盘旋刀刃，所经之处，怪物皮肉横飞，血花四溅。

“月公公，你炼制的蛊尸，这么不抗打？”我倒很有些意外。

“居然让两个日本人抢了风头。”月饼摸出数枚桃木钉，“南少侠，给杂家掠阵。”

话音未落，月饼双足蹬地，身躯如鹰隼，双手疾甩桃木钉，正中数只怪物双眼，随即拔出，一抹，割裂。

“南瓜，知道喜歌乱舞的最终奥义吗？”小慧冲我眨眨眼睛，莞尔一笑，“其实，你挺讨人喜欢的。”

“叮铃铃”小慧就这么慢慢走进战场，长发无风自舞，双手抬至胸前，摆动着奇异的旋律，腕间两串青铜铃铛，碰撞出极为妖异的乐声，浅浅的音波以圆圈状荡漾。

波及之处，怪物们如同喝醉的酒汉，步伐踉跄，晃晃悠悠，双耳喷出血箭，头颅爆裂。

短短几分钟，凄冷的大漠如同被血燃烧的修罗战场。怪物们纷纷倒下，四个人，浴血奋战。

我和杰克，手忙脚乱。

“小慧挺喜欢你啊！”杰克一拳闷向侧面扑来的怪物，疼得龇牙咧嘴。

我趁着怪物受击后仰，屈身近前，军刀刺进怪物下巴，血水喷了满头满脸：“也就你，姥姥不疼，舅舅不爱。”

“我催眠了小慧，她才会说出喜欢你的话，”杰克狼狈不堪躲着另一只怪物袭击，脸庞被爪子划出几道血口子，“别以为自己多有魅力。”

“有本事你催眠月野，让她喜欢我。”我屈膝跳起，膝盖撞向怪物脖子，骨裂声如断竹，“救你一命，还不谢我。”

“你们两个，给我记住，死定了！”月野和小慧搏杀着怪物，异口同声。

“这些蝼蚁，根本不是对手。”黑羽杀红了眼，豪气干云，回手一刀，两只怪物身首异处。

我心说这些玩意儿看着吓人，敢情都是花架子，中看不中用，真给月饼丢脸。

“不是它们太弱，是你们太强。”那个人成竹在胸，“几十年前，曾有人误入尼雅，唤醒了他们，结果……呵呵，引发了一场绝密行动。我在此之后，接到命令，至此调查，无意中发现了尼雅的终极秘密。”

他的这番话，让我有种很异样的感觉，脑子里有无数条线头乱窜，只要能接上一条，就能知道他是谁，他所说的命令和事件，到底是什么。

可是，形势不容许我有思考的余地。貌似强悍的怪物只剩寥寥几只，依然不畏死亡地冲向我们。血染的大漠，地底又是一阵轰轰巨响，无数沙包隆起，无数怪物破沙而出。

“人多，力量大。”那个人“桀桀”森笑，“有绝对性人数优势才能取得压倒性胜利。”

“你！你是……”这句话的年代感，突然让我知道他是谁了！

居然是“他”！我曾经以为“他”是老馆长，或是这段经历中，遇到的几个幸存者之一，没想到“他”一直就在尼雅。几十年前，关于这片沙漠，所发生的种种神秘事件，都是源自于“他”！

甚至连“他”留下的那张纸条，都引发了种种推测，成为众多电影、小说的灵感来源。

“太多了。”月饼的牛仔裤已经被染得血迹斑斑，盯着密密麻麻的蛊尸群，“想想办法。”

黑羽拄着武士刀，单膝跪地，发梢滴着血珠，大口喘着气：“唯一的办法，杀光。”

“南君，月君，”月野脸庞有一道浅浅的划口，更显得冷艳，“我们尽力顶住，你们俩进城，解决那个人。”

“我快累死了。”小慧甩了甩手腕，嘟着嘴抱怨，“回去请我们吃火锅。”

一番恶战，看似轻松，却已让大家的体力到了极限，多多少少受了伤。再面对多出数倍的蛊尸，这已经不是战斗力所能解决的，因为体力有限。

当下，只有两个选择：一、无休止的战斗；二、按照月野所说。

虽然，第二个选择，最合理。但是，我和月饼，做不到。

因为，这么做，朋友们很危险，甚至……

彼此都懂，他们把生的希望留给了我们。

每个人的一生，会做很多愚蠢的事情。有些愚蠢，却是为了更神圣的原因。

或许是友情、或许是执着、或许是信仰。

只要，多年以后，回想曾经，笑着对自己说：“我，问心无愧！”

所以，我和月饼，很愚蠢。

为了彼此能付出生命的友情，我们选择了“一”。

二十一

“其实，还有一个办法。”杰克漫不经心地耸耸肩，“气氛不要这么沉重。”

“赶紧说，别磨叽。”我眼瞅着密密麻麻的蛊尸越来越近，估计就等着“那个人”再念首唐诗发动进攻。虽说不害怕，大不了“杀一个够本，杀两个赚一个”，可是有办法总是好的。

“那个人念的唐诗，重点不在诗句，而是旋律。”杰克指了指太阳穴，加快了语速，“这种旋律类似于催眠术中的声音催眠。也就是说，蛊尸或许有残留的意识，或许是脑电波受到音律控制。”

“杰克，你能催眠他们？”我有些疑惑。

且不说蛊尸有没有意识、脑电波不是很靠谱。催眠本就是凭借精神力，针对单一个体最有效果。这么一大群蛊尸，杰克的精神力虽说远超常人，要想全体控制，说神话呢？

再看月饼他们，有着和我同样的疑惑。

杰克猜到了我们的想法，指着我手里的军刀，笑得很诡异。

“你要干吗？”我以为他要给我催眠，接受这个提议，立刻提高警惕，守住心神。

“既然不接受，那就继续冲上去砍，直到筋疲力尽，才叫英雄是吧？”杰克脸色赤红，怒吼着，“你们能不能清醒些？真的要我们一个个看着对方累死，才对得起友情吗？”

“杰克，”月饼摸摸鼻子，这次，摸得很慢，“你行吗？”

“正常人，我能控制几十个。”杰克吹了个口哨，又换回玩世不恭的态度，“蛊尸的脑电波很微弱，简单得很。”

“对了，南瓜，你不是说，由我打开古城大门吗？”杰克拍了拍我肩膀，径自走向移动缓慢的蛊尸大军，“怀疑我，也不能怀疑你自己啊！”

“大漠孤烟直。黄河入海流。”那个人旋律奇异的声音飘来，蛊尸大军爆出嘶吼，潮水般奔腾而至。

杰克，气定神闲地背着手，任由蛊尸大军越来越近。

十米……

八米……

三米……

两米……

一米……

就在此时，杰克伸出双手，周身颤动，灿金色的头发无风自飘，唱出一串更为怪异的音律。

奇迹，出现了。

蛊尸群如同汹涌的海潮撞到了坚不可摧的屏障，生生顿住，木然呆立。

“杰克，你好厉害！”小慧拍着巴掌，“欧巴！”

“小慧你就不要见一个爱一个啦。”杰克居然还能抽出空儿开玩笑，“你们还不赶紧进城。愣着干吗？看马戏呢？”

我心头轻快不少，暗想杰克这精神力，虽说领教过，没想到这么厉害，看来以后要多和他搞好关系，说不定有啥事儿就用上了。

就这么一愣神的工夫，月饼几人已经跑到杰克身边，我几步追上：“杰克！行啊，真有你的！”

然后，我们真愣住了。

杰克，那双蓝得近乎海浪般的眼眸，流下两行鲜血，顺着苍白的脸颊，滴淌……

他的鼻子、耳朵、嘴里，不停地涌着血沫。

“你们赶紧进城啊。”杰克咳了口血，还是漫不经心地笑，“精神力用到极致，就是这个样子。”

“我看不见东西啦，”杰克抽抽鼻子，一串血浆吸回鼻腔，又喷出更多，“我要死了。死一个总比六个都死，要好。不是吗？”

他的眼眶，两个血窟窿，像是能看到我们，挨个认真看了一遍：“从泰国到尼雅，认识你们，很高兴。”

我的心，酸痛得几乎要爆裂，根本无法呼吸，眼泪烫着下巴，一滴一滴……

“你才是真正的武士。”黑羽红着眼眶，恭敬地鞠躬。

“杰克……”月野泣不成声，长发挂着串串泪珠。

“我要嫁给你，只要你活着。”小慧踮着脚，轻轻地吻着杰克满是鲜血的脸庞。

“我不喜欢太瘦的女孩子啦。”杰克“哈哈”笑着，声音渐渐低了。

“兄弟，没办法了吗？”月饼走到杰克身前，擦着他脸上的血迹，“你早知道会这样，是吗？”

“我能撑到你们进城，我能感应到，我能摧毁它们的脑电波。”杰克很坚定地回答，“这就是唯一的办法。”

“嗯。”月饼点点头，钻进呆立的蛊尸群，“谢谢你！”

“我的命，你们给了我一次。这次，还给你们，很合理咯。”杰克狂喷一口鲜血，双膝一软险些跪倒，遂后又绷紧膝盖，坚挺地站立，“南晓楼，帮我一个忙。”

“嗯。”

“我很喜欢你们中国的民谣，来一首《春风十里》好吗？”

我在二环路的里边 想着你

你在远方的山上 春风十里

今天的风吹向你 下了雨

我说所有的酒 都不如你

……

苍凉的沙漠，冰冷的月光，蛊尸如塑像，歌声很平静，很悲。

“多好的女孩子，”杰克仰起头，眼眶淌出两行血泪，“如果能再活一次，我会珍惜……”

我们，默然。

为什么总是在生离死别，才懂得珍惜和懊悔？

“还愣着干什么！赶紧到城门！”月饼消失在蛊尸群，“杰克，兄弟，再见！”

“再见！”杰克吐出最后两个沾满鲜血的字，灿金色的长发毫无生气地垂落，高抬的头，缓慢地、缓慢地低下了，直至，下巴抵着胸口。

唯独身躯，依然挺拔。

我把手机放在杰克脚下，让这首歌和他眷恋的女孩，陪伴着走完最后一程。

“扑通”，摔倒声从身后传来。

我听到了，但我不愿回头。

“扑通”“扑通”“扑通”……蛊尸群如同多米诺骨牌，接踵摔倒，扬起漫天黄沙，唯有我们五人，站立。

黑色、倒置月牙形状的巨型石门，近在眼前。

门上刻着两条栩栩如生、相互纠缠的青色巨蛇，蛇头是一男一女，面对面吐着长长的舌信子。

“吱嘎”，沉重的摩擦声由石门内部响起，伴着蓬起的尘土，缓缓开启。

尼雅，我们来了。

莫名的情愫啊，
请问，
谁来将它带走呢？
只好把岁月化成歌，
留在山河。

杰克，再见！

二十二

城内很安静。石块砌成的房屋，蒙着一层细沙，显是许久未有人涉足其内。

“月饼，找到那个人，你别拦着我。”

“作家的手，用来拿笔。这种事，我来吧。”月饼扬扬眉毛，“走哪条路？”

我点了根烟，观察着道路走向。此处是尼雅外城，坐落在巨型女像的脚下，由此向上看，更觉得这尊雕像巍峨壮观。更不可思议的是，雕像没有一处接榫，似乎是金水灌入塑模，整体浇筑而成。

这种工程，放到现在都极难完成，更何况两千多年前的尼雅。

我指着坤位，也就是死门的位置，一条台阶穿过石屋群，顺着雕像裙边蜿蜒而上，直抵顶端。

月饼从我手里接过烟，狠狠抽了几口：“月野，小慧，黑羽，我恳求你们，就在这里等我们。好吗？”

“尼雅大门，正北。休门，坎位，吉。黑羽对应这个方位，你们很安全。”我用了最简单的语句。

杰克，已经死了，正如我初见尼雅格局时做的判断。我和月饼，不想再有人出现意外。

“你们小心，我保护她们。”黑羽靠着墙，怀抱武士刀，郑重地点头。

月野、小慧垂着头，咬着嘴唇，默许。

我们心头一阵轻松。

他们三人，绝不是怕死退缩。杰克的死，让我们切身体会到，眼睁睁看着好友离世却无能为力的悲痛。这种感觉，我们在韩国经历过一次，不想再有第二次了。

初见尼雅，我们信心十足，从未想过真的会有人出现危险。死亡来临，才让我们意识到——原来，没有人拥有主角光环，生命其实很脆弱。

这个选择，更能让我和月饼，心无旁骛地找到那个人，完成任务！

“南君，”月野从脖间摘下一枚纸娃娃，“阴阳师的护身符，你戴着。”

小慧吐吐舌头：“月饼，我没有什么东西送你。反正你很厉害就对了。”

“小心！”黑羽暴喝一声，雪白的刀光如同旋风，“叮咚”“噗噗”声不绝于耳，“趴下！”

我们急忙蹲下身，只听见耳边“嗤嗤”声密如雨滴，慌忙一瞥，石墙不知什么时候现出数排孔洞，喷着手指长短的黑色短箭。几处手腕粗细的洞里，接二连三飞出一尺多长、软而韧的弯曲物体。

黑羽挡在我们身前，双刀密不透风，短箭纷纷落地，弯曲物体拦腰斩成数段，血珠四溅，竟是一条条三角脑袋的毒蛇。

仅仅十几秒的时间，却如一个世纪那么漫长，直至孔洞再也不喷毒蛇、短箭。

我的额头冒起密密麻麻的汗珠，心有余悸。暗自庆幸黑羽确实是逢凶化吉的福将，否则我们就算不被射成刺猬，随便被毒蛇咬上一口，也就一命呜呼了。

“杰克死了，你不要乱了心神，”黑羽收刀入鞘，傲慢地笑着，“我去城门守护，你们快去吧。”

我第一次觉得黑羽的笑容其实没那么讨厌，当然，一点儿也不可爱！

“小慧，月野，由我保护。”黑羽慢悠悠走到城门处，依然怀抱武士刀，倚着石墙盘腿坐下，闭目养神。

“我们能照顾好自己。”月野握了握我的手，很软很热，“黑羽，很值得信任。”

“等回来再亲热。”小慧撇撇嘴，蹦蹦跳跳跑到黑羽身旁，推着他的肩膀，“武士，谢谢啦。”

“走吧。”我不想再耽误时间，催促月饼。

然而，月饼没有动，喉结滚动，注视着黑羽。

扭头再看，小慧跪在地上，捂着嘴，眼泪无声地流。

黑羽，依然保持着怀抱武士刀的姿势，侧倒在地。

他的脖颈，被一根短箭，贯穿了。

这个傲气的男子，这个不苟言笑的男人，这个临死都保持战斗姿态、随时保护我们的武士，死了！

“浑蛋！黑羽！”

我心头大悲，冲向黑羽，忽然大地颤动，“轰隆隆”的巨响从四面八方传来，一块滚圆的巨石，从城门上空砸落，正中小慧。

“小慧！”我的声音，嘶哑撕裂，前冲的身体被月饼一把拽住。

“快跑！”

无数巨石，顺着各条街道，由内城向我们滚来，沿途碰撞石屋，石屑迸飞，势不可当，石屋被摧毁夷平。

“黑羽，小慧，”我就这么被月饼和月野拖着，眼看着石球滚到城门，相互撞击，笨重的堆积，越摞越高，掩埋了我的好友们。

二十三

“咕咚咕咚”，被巨石砸毁的石屋，碎石成堆，涌出黑色的腥臭味的水流。从石缝里钻出几只仓皇逃窜的沙漠蜥蜴，沾到黑水，“嗤嗤”作响，瞬间化成黑烟。

我踢蹬着腿，奋力挣脱月饼和月野的拖拽，冲回城门，于越涌越高的黑水前驻足。

黑水渐渐淹没了堆砌于城门的巨石，几缕白烟随着水泡绽破，冉冉飘出水面。我已经没有眼泪流出，也没有声音能发出来。狠命地抓着头发，跪倒，任由黑水越来越近，即将把我淹没。

“南晓楼，死在这里很英雄吗？”月饼的语气里没有任何情绪，“你对得起杰克、黑羽、小慧吗？想陪他们，就去雕像顶部，找到那个人，完成终极！”

“去你的终极！”我暴跳而起，几步冲向月饼，狠狠抓着他的衣领，眼睛几乎要喷出火，“我们为什么要完成终极任务？凭什么这就是我们的使命？如果不是你，我怎么会担任‘异徒行者’？杰克、黑羽、小慧又怎么会死？你凭什么找他们帮忙？你凭什么？为什么你总是一副高高在上，掌控一切的姿态？你有什么资格操纵别人的生死？那是……那是……那是……咱们最好的朋友！”

“骂完了？”月饼嘴角扬起笑容，抬起右手，狠狠抽了自己一个耳光，“我替你打了，不解气对吗？我继续。”

一下、两下、十下……

我瘫软在地上，傻笑着，无声地哭着，任由月饼把自己的脸抽肿，嘴角淌着血。

“月君，该说出真相了。”月野虚弱地靠着台阶，“南君，不这么做，我们一样会死。”

月饼从背包里摸出瓶二锅头，拧开盖灌了一口，塞到我的手里。辛辣的酒精入喉，一溜火线顺着食道窜进胃里，灼热的麻醉让我稍稍平复。

“都这个时候了，你们还有事瞒着我？”

“南君，我们，有苦衷。”月野拢起长发，脸色异常苍白，很疲惫地笑了。

月饼点了根烟，仰起头，吐出一个烟圈，弹指，击破，烟雾四散，“十万大山、泰国、日本、印度、韩国，知道为什么会是咱们六个人吗？

“人类，是永不满足的生物。拥有远超于地球任何生物的智商，还不足以填补贪婪的欲望。鱼会游泳，鸟会飞，乌龟长寿，豹子跑得快，猩猩力量大……各种动物，有着人类无法比拟的能力。

“上古时期，人类进行了各类实验，以动物之血输入人体内，希望通过对血的崇拜，获得动物的天赋。全球各地，数千年来，就有关于人体解剖、血脉经络的医学著作，也是这个原因。

“结果可想而知，所有人都死于血液排斥。然而，死亡不能阻止人类的贪婪。那时，地球生存着许多传说中的异兽，人类捕杀它们，仅仅是为了它们的血。

“生命，很奇妙。居然一部分人和异兽的血成功融合，拥有无可比拟的力量，形成了威胁常人生存的氏族。由此，中原大地引发了一场存在于上古传说中的常人与异族之战。”

那场战争，我自然知道，只是没想到，真正的原因居然如此。而且，我隐隐猜到了真相。

“异族固然强大，却有个致命的缺陷，那就是血液的融合，改变了它们的外貌、体型、能力，却剥夺了正常人所拥有的寿命。”月饼伸出三根手指，“不超过三十岁。

“战争以常人胜利结束，大多数异族逃至深山，部分异族成了常人驱使奴役的奴隶。还有极少数异族，体态相貌与常人无异，战败后隐入常人族，以此苟活于世。

“防患于未然，常人将异兽捕杀殆尽，杜绝后患。常人族的首领，著了一本关于人体经脉、穴道、内脏、阴阳二气的奇书，暗中隐藏着克制异族、寻找异族的方法。这本书你自然知道是什么。

“这些异族有个很明显的特征：那就是处于极度亢奋、愤怒的状态，身上会浮现出所输异兽血的形状。为此，他们在身上文出异兽，称为图腾，以此掩饰，延续至今，成了文身。”

“你……我……”我想起了很久以前，曾经出现在我们身上的异兽图案！

“没错！”月饼点点头，眼神中透着悲伤，“你、我、月野、小慧、黑羽、杰克，都有异兽图案，我们是异人。”

“所以，我们拥有超于常人的能力。所以，我们都是孤儿。因为，我们的父母，活不过三十岁。

“千百年来，真相被人遗忘，传说代替了真相。很多异族人，根本不知道自己和常人不同，甚至连常人都不曾知晓有异族存在。只有极少数几个奴役异族为己用的家族，依然有关于异族的记载。他们之中，野心昭著者，利用异族发动战争，甚至建立政权；安于享乐者，控制异族给他们带来无尽的财富。为了探寻更多的异族，他们多以教师、医生、传道士的身份出现，寻找异族。

“这也就是历史中，为什么一介平民可以颠覆国家政权，一个普通人能一夜暴富拥有惊人财富的原因。很多智商超群、拥有某种奇妙能力，体能超越正常人的运动员，他们都是流淌着异族之血，自己浑然不知的异人。”

这些年，始终萦绕心头的种种疑惑，终于解开。

我身上竟然流着异族的血！

“你是什么时候知道的？这又和终极任务有什么关系？”

月饼和月野对望一眼，苦笑着叹了口气：“图书馆，老馆长。他找到我，讲了这些事情。”

“他是寻找异族人的常人家族？”

月饼摇了摇头：“他也是异族人。八族，都是异族人。当年，老子西出函谷关，留下半部《道德经》，带走的下半部，据说有惊人的秘密。那个秘密，就是关于我们异族的记载。”

“月饼，老馆长在骗你。”

“哦？”

“因为上代八族，都活过了三十岁。”

“当初，我也是这么问的老馆长。《道德经》上半部，隐含着异族延长寿命的方法，下半部记录着真正根除异族短命的秘密。知道为什么你是‘异徒’吗？相传，有一脉异族，血统非常奇异，能与上古神物、树精花妖产生共鸣。韩国、白头山、九尾狐，以及你的能力，无一不证明，你就是异徒。而《道德经》下半部，只有异徒才能看懂。”

我听得头皮发麻，突然感觉浑身发冷，一种很莫名的恐惧让我忍不住牙齿打战。

“老子也是异族？”

“谁也不知道。或许，他是同情异族的常人，用博大的智慧和悲悯的同情心，留下了拯救异族的方法。或许，他确实就是异族。想想关于他出生的传说以及神秘的一生。”

“也就是说，‘异徒行者’的终极任务，就是拯救我们自己？”

“还会拯救更多不知道自己是异族的人。”月饼摸摸鼻子，“艺术不仅记载着文明，也暗藏着许多不为人知的玄机。很多异族人，苦于不能公开身份，便将延长同族生命的方法，写进书籍、融入音乐、藏于画中，只有异族人才能对之产生感应。欧洲文艺复兴时期，极为著名的科学家、画家、音乐家、作家，穷极一生致力于此事。”

我想到几位最有代表性的人，他们的生平事迹，种种不为常人理解的行为，原来竟是这个原因。

“我很支持你写书。”月饼扬扬眉毛，笑得很温暖，“我们都可以死，你不能。”

“原谅我们始终瞒着你。”月野脸色白的更加异样，“如果你早知道这些，按照南君的性格，是绝对不会寻找终极任务。因为……因为你不会放弃我们的生命。可是，有更多的生命，更不应该放弃。”

“月野，谢谢你，陪我们走了这么长的路。”月饼俯身，像一个温暖的哥哥，摸着月野乌黑的长发。

“你们，要努力啊。”月野长长的睫毛颤动着，慢慢合上很好看的眼睛。

嘴角那丝笑容，成为永恒。

“刚才，”月饼将月野轻轻平放于平坦的石台，脱了外衣轻轻盖到月野身上，“她用后背，挡住了一条咬向你的毒蛇。我察觉时，毒已攻心，没有办法了。”

“嗯。”我起身，沿着台阶，一步步，走到雕像脚下。

一条金色的台阶，盘着雕像裙摆，直至后脑一道不起眼的暗门。

“月无华，我很想做个普通人，娶个老婆生个孩子，买个房子买辆车子。”我鼻子很酸，心很疼，眼睛很涩，声音很平静，“其实，我就是个普通人，贪财好色、爱喝爱吃，不该承担这些不属于我的责任。”

“走吧，就差这几步了。”月饼拍着我的肩膀，准备登上台阶。

“月无华，这一次，我先上。”

二十四

雕像很高，台阶很长，爬至一半，冷风透骨。

东方，地平线，几根赤红色的阳光，贯穿沙丘，烫红了金黄色的沙漠。

我们彼此，没有说一句话。

暗室里，真的有下半部《道德经》吗？那个人，就这么任由我们上来？黄衫、圆脸，到底是谁？那张拍于魏晋的照片，从何而来？

我很担心，雕像的暗室里，除了那个人，什么都没有。

直至，我们爬到雕像后脑，远看斜插发髻的梳子形状的平台，那扇一人多高、金黄色的小门，虚掩未锁。

很安静，太安静了，安静得很可怕。

我们将面临什么？

没有答案！

我推门而入。

二十五

“终于来了。”苍老至近乎死亡的声音，“终究阻止不了你们啊！”

暗室，依着雕像头颅的形状而建，近乎一个圆形。顶部，镶嵌着星星点点的璀璨磁石，细看是一幅星空图，许是磁力作用，代表星辰的磁石缓慢地移动。

正对尼雅石门的方向，有两扇红色圆窗。两颗拳头大小的红宝石折射出阳光，位置正好是雕像双眼。

左侧，一根一米左右的金属方台，顶端托着半尺见方的水晶盒子，里面放置一卷竹简，上面刻着密密麻麻的小字。

右侧，横放一张寒气逼人的石床，上面躺着一个“人”。

我，从未见过，这么老的人。

他已老得不能动，灰白的长发顺着石床垂到地上，脸上堆砌的皱纹夹满皮屑，手脚的指甲弯弯曲曲，像是数条树根，盘住了手脚。

这，就是，我们要找的那个人？

我想了无数种可能，唯独没有想到这种可能性。我想了无数种折磨他的办法，见到他时，都已忘记。

“你是……”月饼说了一个名字。

“月老师，是我。”苍老的声音很恭敬，“南老师，你应该听我的，不要进入尼雅。两位老师的朋友们，就不会死了。”

“为什么叫我们老师？”月饼问出了我的疑惑。

那个人干瘪的眼皮簌动，似乎勉强睁开一条缝，盯着屋顶移动的星辰：“几十年前，我接到任务，数次远赴沙漠寻找你们。终于，最后一次，在营地东边，遇到了两位老师。是你们告诉了我尼雅的秘密，为我打开了全新的世界。尊称‘老师’，也不足以表达我对你们的崇拜。”

“几十年前？”我和月饼关于最终任务，最扯淡的推测，似乎就要从这么行将就木的老人嘴里变成现实。

“水晶盒里，是下半部《道德经》。也是八族终生寻找的至宝。然而，当我了解了尼雅真正的神秘，才懂得生命的乐趣不在于活多久，而在于活多远。”

这句话很费解，可是我瞬间理解了。

“生命是有限的，时间是无限的？”月饼扬扬眉毛，眼神中流露出一丝神往，转瞬即逝。

“是的，有限的生命存在于无限的时间，这是多么有趣的事情。”那个人语气中透着一丝兴奋，“在我那个时代，遇到了这个时代的你们。”

“起初，我并不相信，直到按照你们所说的方法，亲自领略了无限的时间，才体会到其中的乐趣。那种感觉，无法形容。我曾经在某个时间，利用掌握的知识，尝试进行社会改革，失败了。但是，那种掌控的快感，像毒品一样，真的很上瘾。”

“你在曾经遇到了现在的我们？”我脑子有些混乱，这似乎又是一个“祖父悖论”，“我们怎么不知道？”

刚问出这句话，我不由暗骂自己愚蠢。

如果把这件事比喻成百米冲刺，我们跑到五十米，怎么可能知道谁第一个冲过终点?

只有到达终点，我们才知道结果，并且会回忆起五十米时，对手的位置。

简单来说，我们还没有做未来一小时的事，而未来一小时我们做的事，又会对过去的我们产生影响。

现在—未来—过去，整个时间维度的逻辑顺序。

“‘我们’为什么要阻止‘我们’到达尼雅？发现终极秘密？”

“因为南老师，爱上了一个人。”

“小九？”我全身一颤。

“是的，你爱上了不该去爱的人，在无限的时间里，你不停地寻找她，却只能眼睁睁地，无数次看着她死去。”

“南老师，你为了挽救她的生命、你们的爱情所做的事，产生了很深远的影响。”

“我遇见两位老师的时候，你终于接受月老师的劝阻，大彻大悟，放弃了无限的时间。为了纠正这段错误，你们教会了我进入无限时间的方法、尼雅的种种机关、蛊尸的唤醒方式，让我在现在阻止你们进入尼雅，避免错误发生。”

我心头狂跳，隐约想到一种可能性，忍不住脱口而出：“如果，我们现在选择放弃，那么……”

“时间很奇妙，任何一件微不足道的事，都足以对时间线产生影响。现在放弃，那就是另外一条时间线，你的朋友们，可能……”

“可能什么？”我冲到石床，嘶声问道。

然而，那个人，微睁的双目，闭合了。

我没有得到回答，但是我得到了答案。

“月饼，你听到他说的了吗？”我狂喜大笑，状若疯癫，“咱们本来就对无限的时间不感兴趣。那条时间线的咱们做的选择，这条时间线的我们完全可以不做选择！”

“我懂了！黄衫、圆脸留下种种线索，就是为了让现在的咱们找到这里，了解一切。当他们布置了所有线索，却发觉这是个错误，选择告诉这个人，阻止咱们的错误！”

“只要不做，就不存在那条时间线。这条时间线，会修正所有的错误。他们，不会死！”

“月饼，你听见我说话了吗？”

我手舞足蹈，兴奋转身，却看到月饼摸着墙壁，嘴里不断重复：“无限的时间，多么奇妙。”

我心生寒意，打了个哆嗦：“月……月无华，你在想什么？”

“哦……”月饼像是梦中惊醒，“我在思考他说的话。”

我更觉恐怖，月饼的眼睛，有种很异样的神色：狂热、迷茫、渴望、向往……

“月饼，我们……我们走吧。”我喃喃低语，挪到水晶盒子，“下半部《道德经》，这才是我们的终极任务。我把它读懂，隐晦地写进书里，看到书的异族就不会活不过三十岁。别……别管什么时间线了，那和咱们没有关系。对吗？”

“唔……你说得对。”月饼笑得很不自然，“我……我确实……”

“月饼，现在好好活着，安安稳稳过完一辈子，这才是最好的选择。”

“小心！”月饼突然面色一变，紧张地指着我的身后。

正是那个人所躺石床的方向。

我下意识扭头，转身，突感后颈被重重一击，眼前一黑，大脑阵阵晕眩。

我捂着脖子，踉跄转身，模糊的视线里，看到月饼放下手，嘴角上扬，笑着。

“月……月无华……你……”我即将失去意识，唯独能撑住残余精神的是失望和震惊。

月饼拍拍我的脸，抬起我的手，撸下一串东西，对着我的太阳穴轻轻一弹。

我彻底失去了知觉。

月无华，兄弟，别去！

这是我最后想说的话……

尾声

“五代十国，石敬瑭割让燕云十六州，此举被后人称为‘汉奸’，将大好河山拱手送与外族。

“其实呢？石敬瑭本来就不是汉族人，何来‘汉奸’的说法？后唐末帝兵围太原，石敬瑭若不割地求助契丹，就要亡国。

“同学们，你们说，该怎么办？

“更何况，五代十国，群雄割据，各民族纷纷建立政权。今天亲如兄弟，明儿就能拍桌子兵戎相见。割地、赔偿、侵略都是家常便饭。

“石敬瑭莫名背了‘汉奸’身份，憋屈了一千多年。估计早就想说句话——别骂老子汉奸了，老子本来就是沙陀人！”

台下轰然，学生们笑得前俯后仰，我满意地收着讲义：“还有十分钟下课，今天讲的内容，说不定就是考试重点，别忘了做笔记。哪位同学还有问题？”

“南老师，你相信穿越吗？”一位戴着厚厚眼镜、头发乱蓬蓬如同鸡窝的男学生举手。

“这是物理课研究的问题，不是历史课谈论的事情。”他的问题，触及我内心深处最不愿回忆的往事。

尼雅归来，我把这段经历写成书出版，多少有了些名气。一所重点大学聘我当特约教授，隔三岔五来讲历史和民俗，倒也很符合我写的小说类型。

没想到的是，很多学生看过我的书，更感兴趣的是“到底有没有月无华这个人”？

我无法回答。我的记忆里，月无华，存在。在这条时间线里，他并不存在。

醒来的时候，我一度以为，月饼真的因为“有限的生命存在于无限的时间”做出了选择，独自体会那种奇妙的感觉，放弃了友情、信仰、正直。

其实，换个角度想，任何一个人，面对这种诱惑，有谁会像我这样，傻得放弃？

可是，当我走出雕像，发现尼雅完好如初时，有些懂了月饼的选择。

很多读者问我《灯下黑》第四部什么时候出版。

真正的原因，我无法明说。

因为，当我把所有经历原原本本记录下来，才发现其中一条忽略了的线索。

是谁在魏晋时期，拍下了我们的背影照片？圆脸、黄衫两位老人的传说，又是谁口口相传下来的呢？

肯定不是称我们为“老师”的那个人。

他，是谁？很明了。

月饼做出的选择，其实就是在纠正我们犯的错误。

当一切如初，唯独少了他。

我知道，他还活着，只不过，没有活在我们身边。而是活在传说，活在历史，活在我的小说里。

这个浑蛋，总是这样，牺牲自己，成全别人。

至于如何进入无限的时间，我不想说。

每道门，都有打开它的钥匙。而开启那道门的钥匙，就在我的手腕、月饼的脖子上。

还有一点，我只是推测，不敢确定：

我们看到的那个人，确实死在现在。但是，他依然活在无限的时间里。

我们在海岛、终南山所经历的事以及碑刻上面的文字，似乎证实了他才是阻止我们进入无限时间的人。

临死前，他所说的话，自然是为了让我们坚信，选择放弃才会一切如常。

毕竟，当他体验过进入无限时间所带来的成就感，活跃在无限时间的我们，自然成了他不能为所欲为的绊脚石。

根据上一代八族远赴沙漠，探寻尼雅所发生的重重事件表明，他也确实不是什么好人。

而从根源上阻止我们，有什么比“临死的肺腑之言”更让人相信呢？

这个老不死的玩意儿，等着月饼收拾你吧！

至于尼雅为什么会有进入无限时间的方式，估计一百年内，仍然没有人能做出解释。

就像百慕大三角洲，经常会出现过去的运输工具，甚至不为现代科技文明所理解的物体。

最好的朋友，即便不在身边陪伴，但是知道他依然活着，就很好。

不是吗？

有什么比生命更宝贵呢？

哪怕是无限的时间，也无法代替。

活着，才是最好的。

“南老师，我还有个问题。”眼镜男简直是“十万个为什么”。

“王莽篡权，改国号为‘新’。反对奴隶制，推崇依法治国，进行人体解剖实验，主张土地国有，平均分配。建立贷款体系，政府参与的计划经济和盐铁专卖，改革货币。甚至出土的青铜卡尺，与现代的游标卡尺几乎一模一样。”眼镜男扶了扶眼镜，“很多人说，王莽是穿越者。在中国历史中，朝代、国家，从未有以‘新’为国号。他的种种做法，更像以新中国为模板。而且，他怎么会在刘秀还未起义时，要在全国诛杀叫刘秀的人呢？”

“我写的书，很多同学都看过吧？你们相信是真的么？我都不信。历史，都是由人撰写，自然是想怎么写就怎么写啊。”我没有直接回答眼镜男的问题。

下课铃声响起，我如释重负，匆匆收拾着讲义。方才还满当当的讲堂，瞬间寥寥无几。学生们对下课铃的热爱远超于对知识的渴求。

“南老师，这个送给您。”面相很陌生的女学生递给我一个信封。

出于礼貌，我没有拒绝。轻轻捏了捏，薄薄一张硬纸片。

明信片？照片？

“记得看哟。”女学生摆了摆手，蹦蹦跳跳地出了讲堂。

我这个人，好奇心强，有事儿憋不住。环顾四周，空无一人。我拆开信封，抽出一张照片。

几分钟后，我依然呆立，照片落在讲桌上：北方老房的院落里，一棵老桃树茂盛绽放着桃花，一个男子背身立于树下。

瘦瘦高高的个子，洗得发白的牛仔裤，白色衬衫，匡威帆布鞋，熟悉的背包……

微信语音："南瓜，我今儿帮你把女神月野约出来了。为了避免你尴尬，杰克、黑羽都叫上了。晚饭你安排，请我吃火锅哦。"

我回了一句话："小慧，我没时间！"

我要找到他！

（《灯下黑》系列　全书完）